Jul-30-2007
購自博客來

斜屋犯罪

島田莊司

劉珮瑄◎譯

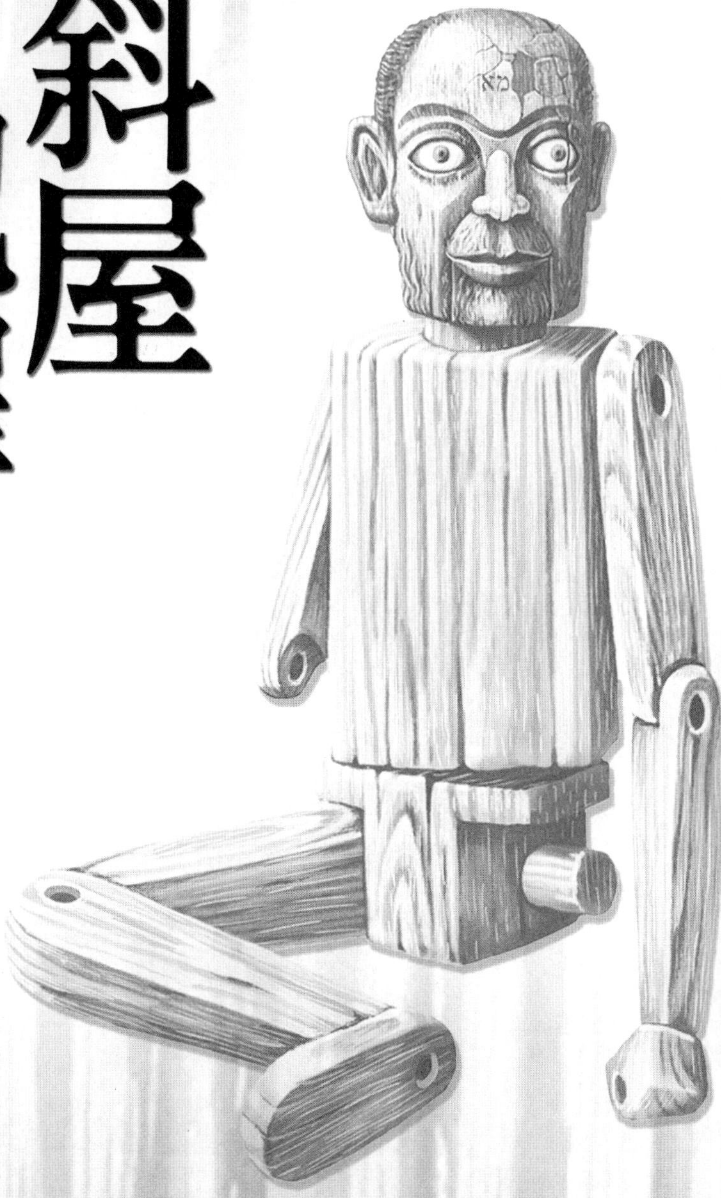

《斜屋犯罪》中文版序文

今年的四月七日到十三日這段時間，我到了台灣旅遊。由於在台北辦了讀者交流會的關係，我和很多讀者交換了想法和觀點，使得這趟行程成了我此生最難忘懷、也最感動的旅程。台灣讀者的好，我想很難用言語表達，但是你們真摯、充滿誠意，以及認真地從我的話中聽取作品中的真意和歡愉，那樣的身姿真的深深地打動了我的心。

現今，在追求經濟效率的結果之下，環境遭受污染和破壞，氣溫升高，甚至連繼續居住下去都出現了危機的徵兆。我現在深信在二十一世紀，未來就存在於簡樸的樂趣，和創作的高度精神性之中。

《斜屋犯罪》是我早在二十多年前就寫好的作品，不過最近出版了《完全改訂版》，而這本中文版的原始版本，就是《斜屋犯罪完全改訂版》，希望能讓喜歡本格推理的台灣讀者們覺得有趣。

同時，在日本有很多風格不同的後輩受到這本書的激勵，然後像是綾辻行人這些新秀作家們便登場，創造了一種『新本格』的風潮。為了讓台灣的推理創作風氣更上一層樓，希望各位一定要看看那些新秀有能作家的作品。

從今以後，我決定要為了我熱愛的優秀國家——台灣——盡全力振興台灣的本格推理。在皇冠出版社的EMILY他們的協助之下，我們將開始著手進行將台灣的推理翻譯成日文、介紹給日本讀者的準備。

我相信在還沒有開始拿起筆來創作的那些在野黨當中，一定也潛藏著天才。我衷心希望拙作能夠成為那些人們執筆的契機。

二〇〇七年五月二十七日

【總導讀】

新本格推理小說之先驅功臣島田莊司

傅博

●《占星術殺人魔法》是新本格推理小說的先驅作品

說到日本之新本格推理小說的發軔時，誰都知道其原點是一九八七年，綾辻行人所發表的《殺人十角館》。但是少有人知道黎明前的那段暗夜的故事。

凡是一個事件或是現象的發生，都有原因的，不是憑空而來的。新本格推理小說的誕生也不例外，現在分為近、遠兩因來說。

一九五七年，松本清張發表《點與線》和《眼之壁》，確立社會派推理小說的創作路線，之後，新進作家都跟進。之前以橫溝正史為首的浪漫派（又稱為虛構派）推理小說（當時稱為偵探小說），隨之衰微，最後剩下鮎川哲也一人孤軍奮鬥。

但是稱為社會派推理作家的作品，大多是以寫實手法所撰寫之缺乏社會批評精神，甚至不少作品變質為風俗推理小說，到了一九六〇年代後半期就開始式微，於是第一波反動勢力抬頭，就是幾家出版社之浪漫派推理小說的重估出版。

最初是一九六八年十二月，桃源社創刊《大浪漫之復活》叢書，收集了清張以前，被稱為偵探作家之國枝史郎、小栗虫太郎、海野十三、橫溝正史、久生十蘭、橘外男、蘭郁二郎、香山滋等代表作，獲得部分推理小說迷的支持。之後由幾家出版社分別出版了《江戶川亂步全集》、《夢野久作全集》、《橫溝正史全集》、《木木高太郎》、《濱尾四郎全集》、《山田風太郎全集》、《大坪砂男全集》、《高木彬光長篇推理小說全集》等精裝版不下十種。

另外，於一九七一年四月由角川文庫開始出版的橫溝正史作品（實質上是文庫版全集，達一百卷），與角川電影公司的橫溝作品的電影化之相乘效果，引起橫溝正史大熱潮，合計銷售一千萬本。象徵了偵探小說的復興，但是沒有出現繼承撰寫偵探小說的新作家。此為遠因之一。

遠因之二是，一九七五年二月，稱為『偵探小說專門誌』以重估偵探小說、發掘偵探小說之新人作家、推動推理小說評論為三大編輯方針的《幻影城》創刊。

《幻影城》於一九七九年七月停刊，在不滿五年期間，以特集方式，有系統地重估了偵探小說，確立了從前不被重視的推理小說評論方向，並舉辦『幻影城新人獎』，培養出一批具『新偵探小說觀』的新進作家，如泡坂妻夫、竹本建治、連城三紀彥、栗木薰、田中芳樹、筑波孔一郎、田中文雄、友成純一等。

《幻影城》停刊後，浪漫派推理小說復興也告一段落，只泡坂妻夫等幾位幻影城出身的作家，以及《野性時代》出身的笠井潔陸續發表偵探小說而已。代之而興起的，就是被歸類於屬於推理小說的冒險小說，一九八〇年之後的大約十年，日本推理小說的第一主流就是冒險小說。

近因是帶著《占星術殺人魔法》登龍推理文壇的島田莊司的影響。

《占星術殺人魔法》原來是於一九八〇年，以《占星術之魔法》應徵第二十六屆江戶川亂步獎的作品，雖然入圍，卻沒得獎。改稿後，於八一年十二月以《占星術殺人魔法》，由講談社出版。

占星術是把人體擬作宇宙，分為六部分，即頭部、胸部、腹部、腰部、大腿和小腿。都由不同行星守護。又每人依其生誕日分屬不同星座，特別由星座守護星祝福其所支配部位。

一九三六年幻想派畫家梅澤平吉，根據上述占星術思想，留下一篇瘋狂的手記，而被殺害陳屍於密室。手記內容寫道，自己有六名未出嫁女兒，其守護星都不同，如果各取被守護部位，合為一個完美的處女的話，實質上生命已終結，但是肉體被精練，昇華成具絕對美之永遠女神，變為『哲學者之后（阿索德）』，保佑日本，挽救神國日本之危機。

之後，六名女兒相繼被殺害分屍，屍體分散日本各地，好像有人具意識地在繼承梅澤的遺志。但是梅澤的手記沒人看過，何來有遺囑殺人呢？兇手的目的是什麼？四十年來血案未破，成為無頭公案。

四十三年後春天，事件關係者寄來一包未公開過的證據資料給占星術師兼偵探的御手洗潔，請他解決這一連串的獵奇殺人事件。名探御手洗潔如何推理、解謎、破案之經過，請讀者直接閱讀本書，這裡不饒舌，只說本書是一部蒐集古典解謎推理小說的精華在一書的傑作。

故事記述者石岡和己是名探的親友，完全承襲柯南道爾的福爾摩斯探案；御手洗潔根據四十年前的資料做桌上推理，是沿襲奧爾推夫人的安樂椅偵探；書中兩次插入作者向讀者的挑戰信，是踏襲艾勒里・昆恩的國名系列作品；炫耀占星術、分屍的獵奇殺人，是繼承約翰・狄克森・卡爾的浪漫性和怪奇趣味。

本書出版後毀譽褒貶參半，否定者認為這種古色古香的作品，不適合社會派（實際上是寫實派）的推理小說時代，卻不從作品的優劣作評價。肯定者即認為是一部罕見的解謎推理傑作，這些肯定者大多是年輕讀者。

處女作是作家的原點，至今已具近三十年作家歷的島田莊司，其作品量驚人，已達七十部以上，非小說類之外，都是解謎推理小說，而大多作品都具處女作的痕跡。

●島田莊司的推理小說觀

在日本，小說家寫小說，評論家寫評論，各守自己崗位，工作分得很清楚；不像台灣的作家，人人都是天才，詩、散文、小說、評論樣樣寫，產品卻都是垃圾一大堆，雖然有例外。現在日本推理文壇，也有例外，二位作家——島田莊司和笠井潔，卻是雙方兼顧的作家。

笠井潔的評論注重於理論與作家論（有機會另詳說），島田莊司的評論大都是宣揚自己的『本格mystery』理念。

那麼島田莊司的本格推理小說觀是怎樣的呢？我們可從一九八九年十二月，島田莊司所

發表的長篇論文〈本格ミステリー論〉（收錄於講談社版《本格ミステリー宣言》一書裡）可獲得解答。

島田莊司的推理小說觀很獨自，把八十多年來的日本推理小說，大概按時代分為三種類，以不同名稱稱呼，意欲表達其內容的不同：清張（一九五七年）以前的作品群稱為『探偵小說』，即偵探小說也。清張為首的社會派作品稱為推理小說。自己發表《占星術殺人魔法》以後之推理小說稱為『ミステリー』，即mystery的日文書寫。以下引用文，一律按其分類名稱書寫，筆者的文章原則上統一為『推理小說』。

島田莊司對『本格』的功用定義如下：

——『本格』並非為作品的優劣之基準而發明的日本語。同時也非要衡量作品的社會性價值的尺子，只是要說明作品風格，並與其他小說群做區別分類之方便性而登場的稱呼而已。

繼之說明本格的構造說：

——『本格』就是稱為推理小說這門特殊文學發生的原點。並且具有正確地繼承這種精神的作家，在歷史上各地區連綿不斷地生產本格作品，而且從這些本格作品所發散出來的精神，也不斷地引起本格以外之『應用性推理小說』的構造。

島田莊司認為推理小說的原點是『本格』，由本格派生出來的作品就是『應用性推理小說』，他故意不使用『變格』字樣，他說：

——在前文使用過的『應用性推理小說』，就是指具有愛倫・坡式的精神，屬於幻想小說系統以外之作家，運用自己獨特的方式撰寫的犯罪小說。

島田莊司一面承認二次大戰前，被稱為『本格探偵小說』的作品就是『本格』，而另一面卻認為部分作品是非本格作品，但是沒有具體舉出作品名說明。

而二次大戰後，部分人士所提倡的『推理小說』名稱，他認為是『本格探偵小說』的同義語，在『推理小說』上不必冠上『本格』兩字。

至於清張以後的『推理小說』，是從『本格』派生的，屬於『應用性推理小說』，所以『推理小說』群裡沒有『本格』作品。

——現在因這些理由，『本格推理小說』這名稱，在出版界廣泛使用。可是，現在所使用的這語，是否對上述的歷史，以及各種事項具正確的理解，然後才合理的使用，這就很難說了。

島田莊司認為清張以後的冒險小說、冷硬推理小說、風俗推理小說、社會派犯罪小說都是從『推理小說』派生出來的。（前段引文的『這些理由』、『上述的歷史』、『各種事項』就是指推理小說的派生問題）。因此『推理小說』本身要與這些派生作品劃清界線，方便上稱為『本格推理小說』而已，實質上並不具『本格』涵義。由此，島田的結論是『本格推理小說』原來就不存在，名稱是誤用的。

——那麼，『本格』或是『本格ミステリ—』是什麼？

——已經理解了吧。『本格mystery』不是『應用性推理小說』，是指極少數的純粹作品。從愛倫・坡的〈莫爾格街之殺人〉的創作精神誕生，而具同樣創作精神的mystery就是。

最後，島田莊司認為愛倫・坡執筆〈莫爾格街之殺人〉的理念是『幻想氣氛』與『論理性』。所以島田的結論是，『本格ミステリ—』須具全『幻想氣氛』與『論理性』的條件。

島田莊司的這篇論文，饒舌難解，為了傳真，引文是直譯，不加補語。

●島田莊司的作品系列

話說回來，島田莊司，一九四八年十月十二日出生於廣島縣福山市，武藏野美術大學商業設計科畢業後，當過翻斗卡車司機，寫過插圖與雜文，做過占星術師。一九七六年製作自己作詞作曲的LP唱片〈LONENY MEN〉，一九七九年開始撰寫小說，處女作《占星術殺人魔法》就是根據自己的占星術學識撰寫的作品，出版時是三十三歲。一九九三年移居美國洛杉磯。

以《占星術殺人魔法》登龍文壇之後，島田莊司陸續發表解謎推理小說，已達七十部以上。以偵探分類，可分為三大系列，第一是『御手洗潔系列』，第二是『吉敷竹史系列』，第三是非系列化作品。這是方便上的分類，島田所塑造的配角，如牛越佐武郎刑事、中村吉藏刑事，在各系列露面。現在依系列，簡介島田莊司的重要作品，書名下之括弧內的『傑作選X』為皇冠版島田莊司推理傑作選號碼。

一、御手洗潔系列

御手洗潔，這姓名很奇怪。『御手洗』在日本是實有的姓名，但是很少。當一般名詞使用時，是『廁所』之意。『御手洗潔』即具清潔廁所之意。

作家往往把自己投影在作品的登場人物，不一定是主角，有時候是旁觀者。日本的『私小說』主角，大多是作者的分身。在島田作品裡，這種現象很明顯，不只是御手洗潔，記述者石岡和己也是島田莊司的分身。

據島田的回憶，小學生的時候被同學叫為『掃除大王』，甚至譏為『掃除廁所』，理由是『莊司』的日語發音souji與『掃除』同音。所以把少年時的綽號，做為名探的姓名。御手洗潔的本行是占星術師，島田曾經也是占星術師。石岡和已是御手洗潔的親友，並非作家，記述御手洗潔破案經過的《占星術殺人魔法》以後，改業做作家。島田也是發表《占星術殺人魔法》後成為作家的。

御手洗潔也是一九四八年出生。勇敢、大膽不認輸、具正義感、唯我獨尊、旁若無人的言動等性格，也是島田莊司共有的。

01《占星術殺人魔法》（傑作選1）：

一九八一年二月初版、一九八五年二月出版第二次改稿版。『御手洗潔系列』第一集。長篇。初版時的偵探名為御手洗清志，記述者是石岡一美。不可能犯罪型解謎小說的傑作。

02《斜屋犯罪》（傑作選15）：

一九八二年十一月初版。『御手洗潔系列』第二集。長篇。北海道宗谷岬有一座傾斜的房屋流冰館，連續發生密室殺人事件，辦案的是札幌警察局的牛越刑事，他不能破案，向東京救援，被派來的是御手洗潔。島田莊司的早期代表作，發表時也只獲得部分推理小說迷肯定而已，但是對之後的新本格派的創作具深大影響，就是『變型公館』的殺人。如綾辻行人之《殺人十角館》等『館系列』，歌野晶午之《長形房屋之殺人》等信濃讓二的房屋三部曲，我孫子武丸之《8之殺人》等速水三兄妹推理三部曲都是也。

03《御手洗潔的問候》（傑作選12）：

一九八七年十月初版。『御手洗潔系列』第三集，收錄密室殺人之〈數字鎖〉、具向讀者的挑戰信之〈狂奔的死人〉、寫一名上班族的奇妙工作之〈紫電改研究保存會〉、綁架事件、密碼為主題之〈希臘之犬〉等四短篇的第一短篇集。

04《異邦騎士》（傑作選2）：

一九八八年四月初版。一九九七年十月出版改訂版。『御手洗潔系列』第四集。長篇。

以御手洗潔探案順序來說，是最初探案。一名失去記憶的『我』，尋找自己的故事。屬於懸疑推理小說。《占星術殺人魔法》之前的習作《良子的回憶》之改稿版。

05《黑暗坡的食人樹》（傑作選5）：

一九九〇年十月初版。『御手洗潔系列』第六集。長篇。江戶時代，橫濱黑暗坡是刑場，有很多陰慘的傳說。樹齡二千年的大樟樹是食人樹，至今仍然有悲慘事件發生，與黑暗坡的藤並一族的連續命案是否有關？本書最大的特色是全篇充滿怪奇趣味。四十萬字巨篇第一部。

06《眩暈》（傑作選9）：

一九九二年九月初版。『御手洗潔系列』第八集。長篇。故事架構與處女作有點類似，一名《占星術殺人魔法》的讀者，留下一篇描寫恐怖的世界末日之手記，古都鎌倉一夜之間變成廢墟，出現恐龍，死人遺骸都呈被核能燒死的現象。而由一對被切斷的男女屍體合成的置錯體復醒。『幻想氣氛』十足的四十萬巨篇第三部。

島田莊司從一九九〇年至一九九三年，每年固定發表一部四十萬字之御手洗潔的巨篇探案，第二部是《水晶的金字塔》、第四部是《Atopos》。

07《龍臥亭殺人事件》（傑作選10、11）：

一九九六年一月初版。『御手洗潔系列』第九集。長篇。御手洗潔一年前到歐洲遊學，岡山縣貝繁村之龍臥亭旅館發生連續殺人事件時，他不在日本，探案的主角是石岡和己。岡山縣在日本是比較保守的地區，橫溝正史之《獄門島》的連續殺人事件舞台，就是岡山線的離島，一九三八年日本最大量（三十人）的殺人事件舞台也是岡山縣。本書是目前島田莊司的最長作品，他花了八十萬字欲證明其『多目的型本格mystery』（多目的型是指在一個故事裡有複數的主題或作者的主張）。如在下冊插入四萬字以上的『都井睦雄之三十人殺人事件』，原來這事件與故事是沒關係的。『多目的型本格mystery』的贊同者不多。

08《魔神的遊戲》（傑作選6）：

二〇〇二年八月初版。『御手洗潔系列』第十六集。長篇。五、六十歲的女人連續殺人分屍事件，在御手洗潔遊學英國蘇格蘭尼斯湖畔發生，掛在刺葉桂花樹上的『人頭狗身』的怪物意味些什麼？

09《龍臥亭幻想》（傑作選13、14）：

二〇〇四年十月初版。『御手洗潔系列』第二十集。長篇。龍臥亭事件八年後，當時的本事件關係者在龍臥亭集會。在眾人監視的神社內，業餘的年輕巫女突然消失，三個月後，從地震後的地裂出現其屍體。之後就發生分屍殺人事件。這樁連續殺人事件與明治時代的森孝魔王傳說有何關係？吉敷竹史在本書登場，與御手洗潔聯手解決事件。

二、吉敷竹史系列

島田莊司發表第二長篇《斜屋犯罪》後，風評與處女作一樣，毀譽褒貶參半，島田認為『本格mystery』尚未能被一般推理小說讀者接受，須擬出一套戰略計劃，進擴『本格

mystery』。島田的策略之一，就是撰寫擁有廣大讀者的旅情推理小說，先打響自己的知名度，然後再回來撰寫『本格mystery』；另一策略就是到全國各所大學的推理俱樂部宣揚『本格mystery』。島田的兩個策略，算是都成功了。他在京都大學認識了綾辻行人、法月綸太郎、我孫子武丸等，其後他把他們的作品推薦給讀者，而確立了新本格推理小說。

另一面，島田莊司從一九八三年開始，以短篇寫御手洗潔系列作品，長篇寫旅情推理小說，而塑造了離過婚的刑事吉敷竹史，其離婚妻加納通子，她偶爾會在吉敷竹史系列作品露面，是一位重要配角。

所謂的『旅情推理小說』大多具有解謎要素，但是它與解謎要素並重的是，描述地方都市的人情、風光。故事架構有一定形式，住在東京的人，往往死在往地方都市的列車內或地方都市。辦案的大多是東京的刑事。

吉敷竹史是東京警視廳搜查一課殺人班刑事，一九四八年出生，與島田莊司、御手洗潔同年，只從年齡來說，就可看出吉敷竹史也是作者的分身，所以其造型與寫實派的平凡型刑事不同。長髮、雙眼皮、大眼睛、高鼻梁、厚嘴唇、高身材，一見如混血的模特兒。這種素描就是島田莊司的自畫像。

01《寢台特急1／60秒障礙》（傑作選7）：

一九八四年十二月初版。『吉敷竹史系列』第一集。長篇。被殺害剝臉皮陳屍在浴缸裡的女人，在其推定的死亡時刻後，卻在從東京開往西鹿兒島的寢台特別快車隼號上被目擊。

是一人扮二人？抑是二人扮一人的詭計嗎？

02《出雲傳說7／8殺人》（傑作選8）：

一九八四年六月初版。『吉敷竹史系列』第二集。長篇。被切斷分為八段的女性屍體中，胴體、兩腕、兩大腿、兩小腿分放在大阪車站與山陰地區的六個地方鐵路終站被發現，找不到頭部，指紋被燒毀，兇手的目的是什麼？

03《北方夕鶴2／3殺人》（傑作選3）：

一九八五年一月初版。『吉敷竹史系列』第三集。長篇。事件是五年前的離婚妻加納通子打來的電話為開端，東京的刑事吉敷竹史，被捲入北海道的連續殺人事件。通子最初被誤認為從東京開往北海道的『夕鶴九號』列車殺人事件的被害者，其次成為釧路的公寓殺人事件的加害者。吉敷竹史在查案過程中，發現兩人結婚前之通子的重大秘密。吉敷獲得札幌警察署刑事牛越佐武郎的協助，終可破案。是一部社會派氣氛濃厚的旅情推理小說之傑作。

島田莊司之『吉敷竹史系列』作品，大部分是旅情推理小說，但是與寫實派旅情推理小說最大之不同，就是以幻想氣氛、怪奇要素包裝故事。

三、非系列化作品

島田莊司的非系列化作品，佔小說作品之三分之一以上，與其他本格派推理作家比較，其比率為高，作品領域也廣泛，有解謎推理、有社會派推理，也有諧模作品（戲作）。

01《被詛咒的木乃伊》（傑作選4）：

一九八四年九月初版。原書名是《漱石與倫敦木乃伊殺人事件》。明治大正時代的文豪夏目漱石為主角之福爾摩斯探案的諧模作品。夏目漱石留學英國時，每晚被幽靈聲音騷擾，他去找名探福爾摩斯，由此被捲入一樁木乃伊焦屍案。全書分別以福爾摩斯助理華生與夏目漱石兩人之不同視點交互記載事件經緯。夏目漱石眼中的英國首屈一指的名探是怪人。諧模推理小說的傑作。

02《火刑都市》：

一九八六年四月初版。連續縱火殺人事件為主題的社會派解謎推理小說之傑作。中村吉藏刑事唯一為主角的作品。都市論——東京，與推理小說的『多目的型本格mystery』。

【導讀】

島田莊司的建築美學

既晴

I

二〇〇七年初的台灣推理圈，出現了一股充滿話題的『島田莊司現象』。

儘管在前一年，綾辻行人與傑佛瑞・迪佛（Jeffery Deaver）陸續來台訪問，推理迷之間早已傳聞島田莊司很可能也會接著在近期內受邀訪台。然而，當正式聽到出版社宣布這件消息時，多數人仍然無法掩飾興奮的期待感。從島田作品中，長期予人新奇獨特、異想天開的觀感，及其源源不絕的創作能量，都是讓人迫不及待想親眼見到本尊一面的原因。

四月八日，島田莊司終於翩然來台，首次與台灣的讀者面對面，暢談他的創作論、社會論、死刑論等，引起推理圈前所未見的廣泛關注。相較於其他幾位曾經來過台灣的推理作家，著作豐富多樣、將屆耳順之年的島田，其熱情洋溢、豪邁奔放的個人特質，無論哪種話題，他總是可以侃侃道來。儘管公開場合的時間有限，言論內容也能引發更大的好奇，於是，後續在網站、部落格上掀起更熱烈的討論波瀾——亦是形成這股『島田莊司現象』的一大主因。

更特殊的一點是，島田顯然比其他推理作家更重視、更關心台灣的推理創作者。

無論是公開場合或媒體採訪，島田均毫不隱諱地表達他希望台灣的推理迷在閱讀推理小說之餘，也能投注心力在推理創作上，他更期待能在台灣找到下一個綾辻行人，提升亞洲推理的創作水準。

為此，他傾囊相授地分享自己的創作經驗、構想設計技巧，甚至還樂意留在台灣進行取材，以台灣情境為背景創作新的探案系列，那份以身作則、希望未來有機會見到台灣推理傑作的心情，表露無遺，無疑給了台灣長期獨自摸索、困惑的創作者們極大的激勵。

至此，我們也多少可以瞭解，為何島田莊司會得到『新本格教父』這樣的封號。在當今日本推理文壇，創意豐沛、佈局精湛的能人異士確實不少，相較之下，島田種類琳瑯滿目的寫作幅度，反而使他的作家經營路線，不像某些專注於強化個人特色、獨沽單一風格的作家那麼鮮明搶眼；然而，在面對推理迷、創作初學者時，卻只有島田莊司會明確地表露刺激創作欲望、提攜新進作家的強烈意圖。

儘管，所有由他舉薦出道的推理作家，並非在文壇上都能一帆風順地奠定作家地位，這些後進作家日後的創作理念，也未必都與他相合；他仍然願意在忙於寫作之外，不斷地挖掘、誘發推理創作的新活力，成為他終身職志的一部分，也使他的評價與眾不同。

島田莊司訪台後旋即出版的本作《斜屋犯罪》，被許多日本評論家視為可與《占星術殺人魔法》相提並論的詭計雙璧之一，正是他引領風騷、帶動新本格創作浪潮的最典範作品，刺激了日本推理文壇許許多多的後起之秀。

距離本作發表的二十五年後，島田的訪台，刺激台灣推理作家出現新契機——若是以此角度觀之，本作的經典意義也許更能獲得理解。

II

個人認為，一九八七年由綾辻行人《殺人十角館》的發表所帶動的『新本格浪潮』，可以下列三項元素扼要囊括——孤島謀殺、怪奇建築、敘述性詭計。這也是三項元素全部具備的《殺人十角館》，在此波創作浪潮中地位獨一無二的重要原因。當然，新本格浪潮下催生的作品，並不只包括這三項元素，也許我們還可以繼續列舉出：艾勒里・昆恩、幻覺、原理的破壞……等更多新本格作品不同程度的共通屬性，不過，以『孤島謀殺、怪奇建築、敘述性詭計』三項元素為主要訴求的作品，在新本格浪潮的這十多年間橫行書市，每年都有不在少數、調性類似的新作出籠；儘管有部分讀者早已生厭，卻少有出版疲態，應是不爭的事實。

雖然在阿嘉莎・克莉絲蒂（Agatha Christie）的《無人生還》（舊譯名為《童謠謀殺案》，And Then There Were None，一九三九）之前，並非沒有推理作家寫出含有『孤島謀殺』元素的推理小說，但明確將孤島謀殺與推理小說中的不可能犯罪予以連結，並產生經典意義的，咸認《無人生還》為奠基之作——所謂的經典意義，即是作中將封閉空間內的謀殺案所呈現出的邏輯矛盾（命案之所以成立，必有兇手及被害人，亦即，不可能所有人都是被害人），予以合理解決。

敘述性詭計，起源甚早，也是由歐美作品所奠基。礙於洩漏謎底的可能性，在此不舉例任何作品。不過，簡單說來，敘述性詭計就是『華生詭計』，亦即『不能信任的敘事者』。當故事中的兇手設置詭計與偵探鬥智時，同時在字裡行間，華生也設置了某種詭計在欺騙讀者。

其三，怪奇建築。這也是第一代從講談社出道的新本格作家的共通特色，其後延燒四野，不斷發展。早期除了綾辻行人最負盛名的『館系列』以外，歌野晶午以《長屋殺人》（一九八八）為首的三部作、我孫子武丸的《8的殺人》（一九八九）、今邑彩的《卍的殺人》（一九八九），甚至連江戶川亂步獎作家東野圭吾也跟風寫了《十字屋小丑》（一九八九）。

一九九〇年代以後，撰寫怪奇建築題材的作家更多，怪奇建築的規模也跟著擴張。其中較知名者，如麻耶雄嵩的《持翼之闇》（一九九一）；二階堂黎人的《惡靈之館》（一九九四）及《恐怖的人狼城》（一九九六—一九九八）；霧舍巧的《二重身宮》（一九九九）；殊能將之的《鏡中是星期日》（二〇〇一）；加賀美雅之的《雙月城慘劇》（二〇〇二）等。

上述作品的列舉只是冰山一角。這些不斷變形、不斷擴建、浪漫主義、非實用主義、非空間有效利用、違背建築法規……架空幻想、充滿獵奇趣味、具有死亡暗示、總為迎接血腥謀殺案而生的怪奇建築——

其創作概念，全都源自島田莊司《斜屋犯罪》。

Ⅲ

謀殺案發生在古堡、豪宅，在推理小說中很早就出現了。這些歷史悠久、流傳著恐怖傳說的建築物，確實是發生命案的最佳場所。對於屋內各種祕密甬道、避難房間，以及可以用來當作兇器的巨大吊燈、染血的古代兵器、幽靈附身的石像，推理迷也絕對毫不陌生。

對讀者來說，一旦進入了這些現實中並不存在的建築物裡，彷彿就進入了與現實有所區隔的異度空間。進入了這個異度空間中，既定認知的物理定律也就必須一併揚棄，於是，現實世界中罕見、超脫常識範圍的血腥命案，反而變成合情合理、完全可以欣然接受的事件。

然而，《斜屋犯罪》的『怪奇建築』概念則更進一步，與以往的類似作品迥然有異。這座位於北海道的稚內、矗立在鄂霍次克海岸、地板由北向南傾斜五度角的『流冰館』，並非在看似正常、合理的建築物中，隱藏著密道或小房間，讓犯罪得以避人耳目，卻是納入某些違背建築物常態的設計概念，從非現實的存在感的角度，直接給予思維邏輯上的衝擊。

亦即，建築物的怪奇性並非內藏，而是以外顯的形象呈現。換句話說，《斜屋犯罪》並不需要極力邀請讀者入內親身體會，只要直接告知讀者怪奇建築的基本設定——例如全館的地板傾斜五度角——就能產生令讀者主動前往的魅惑力。

屬於島田作品裡，同樣具備強烈怪奇魅力的詭計另一部雙璧，《占星術殺人魔法》是讓大規模的犯罪事件坐落在封存已久的歷史塵埃之中，使之成為一項猶如只存在於幻想世界的傳奇（後來的新本格第二世代的推理作家、以『妖怪推理』著稱的京極夏彥，亦是採取類似概念，但作法不同），也就是說，這是以時間做為與現實世界之間的區隔，來製造解謎推理的幻想性。

儘管，無論是《占星術殺人魔法》或《斜屋犯罪》，皆是造就日後新本格派興起的近因，但對這些新進的推理作家來說，若考慮到類型小說的商業性，想要以時間的距離感來製造幻想感，需要蒐集許多史料，畢竟比較困難。

而《斜屋犯罪》所提供的，則完全純屬『犯罪事件舞台』的概念，限制極少，不僅具有啟發無限想像的延展性與變化性，實際運用起來，也只是類似背景格式的套用，創作者對於命案本身的詮釋，仍然保有高度的自由，並不會因為使用了這個背景格式，就引發抄襲或雷同的爭議。

因此，《斜屋犯罪》就在『使用的便利性』的條件下勝出，成為島田作品中給予創作者啟發最豐富、同類概念引用最多的經典。

所有的經典，都在提供簡潔化約、可供追隨者演化的『基因』，呈現出純粹性的美學。《斜屋犯罪》無論在形式或基礎設定上都非常簡單，卻能演化出令人嘆為觀止的變化，這是本作最有可觀之處，也是它不斷被後輩追隨的關鍵。

Contents

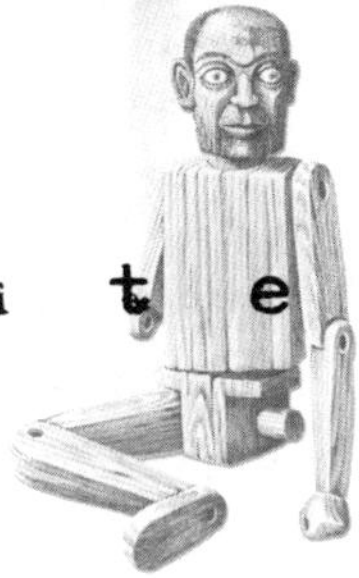

前言 027

登場人物 036

第一幕

第一場　流冰館的玄關 038

第二場　流冰館的大廳 044

第三場　塔 059

第四場　一號房 065

第五場　大廳 072

第六場　圖書室 104

第二幕

第一場　大廳 135

第二場　十四號房、菊岡榮吉的房間 144

第三場　九號房、金井夫婦的房間 151

第四場　再次回到大廳 159

第五場　塔上的幸三郎房間 165

第六場　大廳 173

第七場　圖書室 187

第八場　大廳 217

第九場　天狗的房間 220

第十場　大廳 237

C o n t e n t s

第三幕

第一場　大廳　245
第二場　天狗的房間　252
第三場　十五號房、刑警們的房間　256
第四場　大廳　258
第五場　圖書室　270
第六場　大廳　282

中場休息　288

終幕

第一場　大廳西邊一樓的走廊，亦即十二號房門的附近　293
第二場　十四號房　302
第三場　天狗的房間　305
第四場　大廳　308
第五場　小丘　344

後記　348

前言

『我就像是雨國的國王，富有卻無能，盛年早衰。獵物、愛鷹，以及到我欄下餓死的人民，任何東西，都無法安慰這個國王。』

波特萊爾❶《巴黎的憂鬱》

在法國南部一個叫做奧德利弗的村子，有一座造型奇特的建築物，叫做『修法爾的宮殿』，這是由一個名叫菲爾帝南・修法爾的貧窮郵差所建造的。從西元一九二二年起，總共耗費了三十四年的時間，由他一人獨力完成這座夢寐以求的宮殿。

宮殿給人的感覺像是阿拉伯廟宇的一角，又像是印度神殿，在中世紀歐洲城門般的入口旁，還有一間瑞士風的牧羊人小屋。儘管這座宮殿的風格非常不一致，但每個人孩提時所夢想的城堡應該就是這個樣子吧！只不過在長大之後，大人們往往會考量到設

譯註❶：沙爾・波特萊爾（Charles Pierre Baudelaire，一八二一—一八六七）是法國十九世紀偉大的天才詩人和藝術評論家。著有《惡之花》、《巴黎的憂鬱》、《人工天國》。

計、經費，還有世俗的眼光，最後就只能住在東京那個擾攘的鴿籠內。

修法爾沒有唸過書，在他所留下的手稿上，他興奮地訴說自己是如何受到神明的啟示，才得以建造出如此獨特的神殿，雖然，整篇文章錯字連篇。

據他所說，這是從他在送信的時候，在路邊撿到一個形狀奇特的石頭，並將它放入口袋後才開始的。當時修法爾已經四十三歲了。過沒多久，他的肩上除了裝著郵件的背包外，還會扛著一個專門裝石頭的大籃子，到最後他就變成推著手推車送信了。因為這個怪異的郵差生活在淳樸的鄉下地方，所以不難想像他會遭到人們何種異樣的眼光。

修法爾用他蒐集而來的石頭和水泥，打好了宮殿的地基。而長二十六公尺、寬十四公尺、高十二公尺的宮殿主體，前後花了三年才完成。接著，牆上開始出現了鶴、豹、駝鳥、大象和鱷魚等水泥雕像，直到整面牆上全部覆蓋著雕像。然後他開始建造瀑布，又做了三個龐大的巨人像。

當修法爾七十六歲時，宮殿終於落成了。他將功成身退的手推車放在宮殿內最好的位置，自己則在入口的附近建造了一間小屋。據說他從郵局退休之後，就住在那間屋子內，每天眺望著宮殿過日子，似乎從來沒想過要住在宮殿裡面。

我從照片上所看到的修法爾的宮殿，感覺就像蒟蒻一樣軟綿綿的，比吳哥窟還要細緻的各種水泥雕像及裝飾，包覆了整座宮殿；因為看不清整體的形狀和牆壁，使得整座建築物感覺非常不對稱，看起來歪歪扭扭的。對這種工程不感興趣的人們，可能只會覺得修法爾耗費後半輩子所建造的作品，是一個沒用的古董或是大批廢鐵堆。

其實像奧德利弗的村人一樣，把修法爾當成瘋子是很簡單的事，但我個人認為，這座宮殿所呈現出的創意，與西班牙天才建築家安東尼奧高第❷的設計很明顯是一脈相承的。現在，這座『修法爾的宮殿』已成為貧窮的奧德利弗村裡唯一的觀光資源。

說到建築奇才，還有一個人不得不提，那就是巴伐利亞的瘋狂國王路德維希二世。他資助音樂家華格納的事舉世皆知，而他這一生最感興趣的事，除了崇拜華格納之外，就只有建造城堡了。

路德維希二世最早完成的代表作就是林德霍夫宮（Linderhof Palace），後人一致認為這座建築模仿了法國路易王朝的文化。不過，在推開後山的旋轉石門、走進隧道之後，就會發現這裡和那些隨處可見的廉價仿冒建築有很大的差別。

在那裡，有一個雄偉的人造鐘乳石洞和寬闊漆黑的湖面，湖面上浮著大型的貝殼狀輕舟，水邊的桌子是用仿珊瑚的枝幹製作的，牆壁則飾以精緻的幻想畫。見到這樣的擺設，應該沒有人的想像力不會被激發吧？

譯註❷：高第（Antoni Gaudí i Cornet，一八五二—一九二六）是西班牙最為人所熟知的建築師之一，他花費四十三年精力所建造的聖家堂，早已成為當地的地標。

據說，當路德維希二世所愛的華格納逝世後，他便從早到晚關在這個幽暗的地底下，一邊獨自思念著華格納，一邊在仿珊瑚的桌上用餐。

在歐美，像這樣的建築物或是有機關裝置的屋子其實不在少數，然而放眼日本，令人遺憾的是，這樣的屋子並不多見。

像忍者居住的那種房子，雖然算是少數的機關屋，不過其實也是實用性居高。其中較為人所知的，就是關東大地震後，在東京深川蓋起的、一間叫『二笑亭』的奇怪屋子。有報導記載，這棟建築物的梯子直抵天花板上，門板上的節孔則嵌入玻璃成了窺視孔，玄關的窗戶是五角形的。

或許除此以外，日本真的有像『修法爾的宮殿』這樣的屋子，不過在下孤陋寡聞，並不是很清楚，所知道的，只有另外一間位於北海道、人稱『斜屋』的房子而已。

在日本的最北邊的北海道，宗谷海峽外、可以俯瞰鄂霍次克海的高地上，建著一座當地人稱之為『斜屋』的造型奇特的建築物。

斜屋的建築分為兩部分，一個是擁有伊莉莎白王朝的那種柱子突出於白牆上的三層樓西洋館；另一個東邊相鄰的，是模仿比薩斜塔的圓塔。

不同於比薩斜塔的是，這個圓塔的外圍嵌滿了玻璃，還將鋁箔真空地鍍在玻璃上，也就是貼上所謂的鏡面薄膜。因此當天氣晴朗時，四周的景色就會映照在圓塔上。高地外有一個小丘，站在丘上俯瞰圓柱狀的巨大玻璃時——或許應該說是鏡子，玻璃塔和西洋館便會呈現出如夢似幻的景觀。

放眼望去，周圍沒有任何人家，風吹拂著一大片枯黃的草地，感覺十分地荒涼。要到人煙聚集的村落的話，還得從屋子側邊出去、走下高地，再走個十分鐘左右才行。

夕陽西下時分，在寒風中的荒涼草原上，正是這座塔被夕陽照耀著，散發出金色光芒的時刻。背後遼闊的北海無限延伸。

北國冰冷的海水，不知為何如此地湛藍。讓人覺得如果跑下小丘，將手浸泡在海水裡的話，手指也會染上藍墨水般的顏色。在我的前方，那個發出金色光芒的巨大圓柱，看起來就像是宗教建築物一般，比面前放了一尊神像都還要令人感到莊嚴。

在西洋館前方，有個散佈著雕像的廣場，還可以看見小水池和石階。塔的下方則有一個呈扇形、『近似』花壇的區域。為什麼說『近似』呢？因為這個花壇荒廢已久，沒有人照料，所以雜草叢生。

西洋館和圓塔現在都是空置的，賣了很久也乏人問津。比起地段太過偏僻的理由，這間屋子曾經發生過命案才是滯銷的主要原因。

因為這件兇殺案包含了不可思議的要素，所以我想就連一些業餘愛好者也會感到非常震驚吧。為了這些人，我現在得開始說這個『斜屋犯罪』的案子了。

事實上，除了這個案子，我還未曾聽說有哪個案子裡，曾經出現過這麼齊全的詭異道具。當然，案發現場就是在這冷清高地上的斜屋之中。

與其說這座西洋館和圓塔是『修法爾的宮殿』，反而更接近路德維希二世的城堡。因為建造這座屋子的人，就像現代的國王一樣，是個集金錢與權勢於一身的富豪。不過，濱氏柴油機公司的會長濱本幸三郎，並不像修法爾或是路德維希二世那樣，有異於常人的精神狀態，他不過是個究極的玩家罷了。只是因為財力雄厚，所以他的熱中方式比一般人更誇張了點。

當然，那些名流首富常見的無聊、憂鬱之類的小毛病，也有可能讓他變得寡言煩惱的。不論在東方或是西方，當一個人的錢多到數不清時，多少都會讓這個人的精神變得有些異常。

西洋館或圓塔的構造，並不會令人感到十分驚奇。雖然裡面有一些會讓人迷路的機關，但只要解說過一次之後，應該就不會再迷路了。屋內沒有會旋轉的牆壁、地下洞窟，也沒有會掉下來的天花板。

這棟建築物最讓人感興趣地方，就如同當地人對它的稱呼，就是它從一開始就是歪著建造的，所以，那座玻璃塔其實真的是一座『斜塔』。

關於西洋館，讀者只要想像將火柴盒可以點火的那一面朝下，用手指壓住，稍微讓它傾斜就可以了。傾斜的角度只有五、六度，從外面幾乎看不出來。但是一走進屋內，就會令人感到驚惶失措。

西洋館是南北坐向，由北往南傾斜，南北兩邊的窗戶都和普通房屋的窗戶沒兩樣，但是東邊和西邊的牆壁就有問題了。因為這兩面牆的窗戶和窗框與地板是成正常的角度，當眼睛一旦習慣了房子的情形後，就會覺得掉落在地板上的水煮蛋是往上坡滾動。如果沒有在這間屋子待上兩、三天，是無法瞭解這種感覺的。在這間屋子裡待太久的話，頭腦就會變得有點奇怪。

如果說，斜屋的主人濱本幸三郎是個以見到自己邀來這幢怪異房子作客的人驚惶失措為樂的幼稚人物，應該就可以充分解釋這個事件為何發生在如此令人意想不到的舞台了吧。只不過，這種幼稚也未免太花錢了。

在他快要七十歲的時候，他的妻子過世了，他帶著畢生心力建立的名聲，隱居在這日本的最北邊。

這個喜歡聽古典音樂、看推理小說，同時也熱愛研究西洋機關玩具和機器娃娃的玩家所蒐集的，是幾乎相當於一家中小企業資本額的收藏品。而這些收藏品被保管在本館中有『天狗的房間』之稱、牆壁上掛滿了天狗面具的三號房裡。

這裡坐著一個幸三郎稱之為『葛雷姆』或是『傑克』的真人大小人偶，根據以前歐洲的傳說，每到暴風雨的夜晚，這個人偶就會動起來。事實上，要說這個人偶才是發生在北方的西洋館中這一連串不可思議命案的主角，也不為過。

濱本幸三郎雖然興趣古怪，但也絕非怪人。每當到了宅邸周圍景致宜人的季節，他就喜歡邀請客人來這間屋子高談闊論一番。這麼做可能只是為了尋找同好，但他的目的幾乎沒有達成過。至於理由為何，我想在故事揭幕之後，讀者們便可以從中瞭解。

事件是發生在西元一九八三年的耶誕節。

當時的斜屋，不，應該說是『流冰館』，是由住在裡面的管家早川康平和千賀子夫婦負責打掃維護的。庭院裡種植的植物、鋪著石頭的廣場，他們都打理得一塵不染，只是現在上頭覆蓋著一層厚厚的白雪。

溫和柔軟、一望無際的銀白色，看不出一絲暴風雪襲擊過的痕跡，枯草色的大地完全覆蓋在其下。在這片宛如白色法蘭絨床單的銀白色上，即使搜尋到世界的盡頭，人造的建築物應該就只有這一棟斜屋而已了。

太陽西沉後，在顏色轉為陰暗的鄂霍次克海上，像荷葉似的流冰，一天一天地從海平面逼上前來，期望能夠被大海吞沒；染上陰鬱顏色的天空中，則可以聽見寒風忽高忽低、如同呻吟般不絕於耳的聲響。

不久，流冰館內的燈亮起了，雪也開始慢慢飄落下來，這樣的景色，任誰看了都會感到有些憂鬱。

圖1

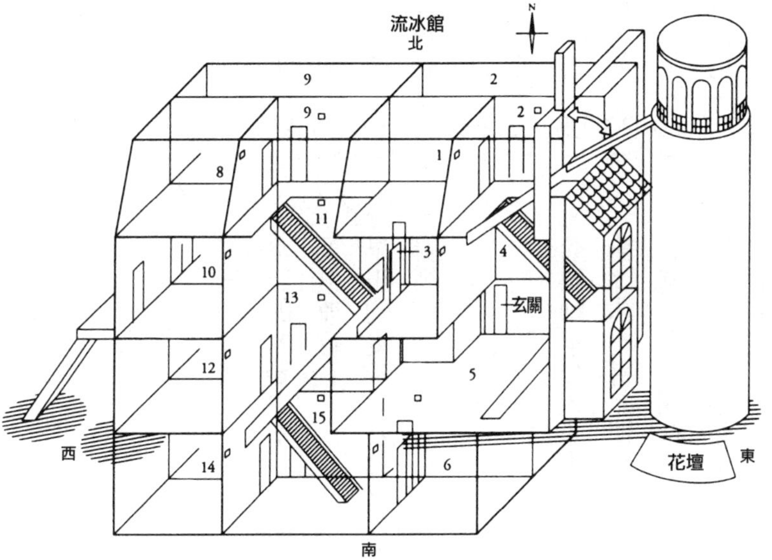

〈流冰館〉耶誕節的房間分配

1號房	相倉久美	10號房	上田一哉（運動用品放置處）
2號房	濱本英子	11號房	桌球室
3號房	（古董品儲藏室）	12號房	戶飼正樹
4號房	（圖書室）	13號房	日下瞬
5號房	（大廳）	14號房	菊岡榮吉（書房）
6號房	梶原春男	15號房	（空房）
7號房	早川康平夫婦	塔	濱本幸三郎
8號房	濱本嘉彥		
9號房	金井道男夫婦		

登場人物

（住在流冰館的人）

濱本幸三郎（68）　濱氏柴油機公司會長、流冰館的主人

濱本英子（22）　幸三郎的獨生女

早川康平（50）　司機兼總管

千賀子（44）　早川的妻子、女傭

梶原春男（27）　廚師

（受邀的客人）

菊岡榮吉（65）　菊岡軸承公司董事長

相倉久美（23）　菊岡的祕書兼情婦

上田一哉（30）　菊岡的專用司機

金井道男（47）　菊岡軸承公司董事

初江（38）　金井的老婆

日下瞬（26）　慈惠醫學院學生
戶飼正樹（24）　東大學生
濱本嘉彥（19）　慶應大學一年級、幸三郎哥哥的孫子

牛越佐武郎　札幌警局的部長刑警❸
尾崎　札幌警局的刑警
大熊　稚內警局警部補
阿南　稚內警局巡查
御手洗潔　占星師
石岡和己　御手洗的朋友

譯註❸：在日本警察官階制度中，從最基層往上算，分別是巡查（最普通的基層刑警）、巡查部長、警部補、警部、警視、警視正、警視長、警視監、警視總監。因為不同於台灣的警政系統，所以無法直接套用到我們的制度中，故在本書中保留日本的官階名稱。此外，部長刑警，並非官階名稱，而是職務稱呼，就是負責刑事案件的警察，算是高階長官。

第一幕

『如果這個世界上真有可以解悶的舞蹈，那就是死者之舞。』

第一場　流冰館的玄關

屋內的大廳流瀉出白色耶誕的樂聲和人們的嘈雜聲。

細雪紛飛中，一輛黑色賓士緩緩爬上山坡，車輪上的鐵鍊發出嘎吱嘎吱的聲音，是受邀前來參加宴會的客人。

濱本幸三郎啣著煙斗，站在敞開的玄關門前。他的脖子上繫著華美的領巾，頭髮已經全白，但鼻子高挺，身上沒有一點贅肉，難以看出他的實際年齡。他將煙斗從口中拿開，吐了口白煙，面帶微笑地看看身旁。身旁站的是他的獨生女英子，穿著看起來價值不菲的晚禮服，挽起頭髮，微露的香肩似乎有些冷。雖然遺傳了父親的鷹鉤鼻，下巴的骨頭也非常突出，不過應該還稱得上是個美女。身材很高，甚至比父親還要高一點。

她臉上的妝容，相較於一般參加這種晚宴場合的女性們，要濃了一些，她嘴角緊閉，神情就像是在聽取工會成員抱怨時的老闆。

這時，一輛車子駛進了泛著暈黃燈光的大門口，在他們面前停了下來。在車子尚未停穩的時候，車門就被用力打開，一位身材魁梧、頭髮稀疏的男人急忙下了車，一腳踏在雪地上。

『真是不好意思，還麻煩您特地出來迎接我！』高大的菊岡榮吉非常誇張地扯著嗓門大聲說道。

好像他每次開口，都是這麼大聲。像他這種天生就適合指揮現場的人，在這個社會中可是比想像中還要引起長輩的注目；也可能是這個原因，導致他的聲音很粗嘎。

館主幸三郎落落大方地對他點點頭，英子也對他說聲：『辛苦了。』

跟在榮吉後面下車的是一個嬌小的女人。對館內的這兩個人而言——至少對女兒而言，是出乎意料的不安因子。這名女性身穿黑色禮服，豹皮大衣沒有穿著，而是直接披在身上，姿態優雅地下了車。濱本父女第一次見到這名女子，她的臉細緻可愛，就像小貓一樣。

『我來介紹一下，這位是我的祕書相倉久美……這位是濱本先生。』儘管菊岡的言詞已經刻意壓抑過，但還是聽得出來他有些驕傲。

相倉久美嫣然一笑，然後用令人吃驚的高八度聲音說：『非常高興認識您。』

不過英子完全沒有在聽她說些什麼，她往駕駛座瞄了一眼，告訴她熟識的上田一哉車子該停放在哪裡。

站在後面的早川康平將兩人帶入大廳之後，濱本幸三郎的臉上浮起了愉悅的微笑，相倉久美是菊岡的第幾任祕書呢？如果沒有一一記下來，還真是記不清楚啊！這個女的應該也會坐在菊岡的大腿上，或是挽著菊岡在銀座散步，竭盡所能地做好祕書的工作，然後等著發一筆財吧。

『爸爸。』英子說。

『什麼事？』幸三郎叼著煙斗回答。

『您可以先進去了。只剩下戶飼和金井先生他們了吧？您不用特地出來迎接他們，有我和康平先生在這裡就夠了，爸爸您去陪菊岡先生吧！』

『嗯，那就這樣吧……但是，妳穿這樣不會冷嗎？當心感冒。』

『對喔……那可以麻煩您叫阿姨幫我把貂皮大衣拿出來嗎？隨便哪一件都可以，然後交給日下送來這裡吧？戶飼應該快來了，叫日下來迎接比較好。』

『我知道了。康平，千賀子在哪裡？』幸三郎轉過頭問。

『在廚房裡……』兩人一邊說著，一邊往屋內走去。

剩下英子一個人時，她果然抱緊了露在外頭的雙臂。當她聽了一會兒柯爾波特（Cole Porter）的音樂後，一件皮草輕輕地披上她的肩。

『謝謝。』英子略略地回過頭，語氣平淡地對日下瞬說。

『戶飼真慢啊！』日下說。他是一個皮膚白皙、長相俊美的年輕人。

『大概在雪地裡打轉吧，因為他的駕駛技術很爛。』

『或許是吧！』

『在他來之前，你都要一直待在這裡喔。』

『嗯……』

一陣沉默之後，英子若無其事地切入了話題。

『你剛才看見菊岡先生的祕書了嗎？』

『喔，看到了，怎麼了……？』

『她很有品味呢。』

『……？』

『人是可以靠後天培養的呢。』她皺著眉頭說道。

大多數的時候，從英子口中說出來的話，都像壓抑著情感的同一範本。這對圍繞在她四周的年輕男性來說，產生了一種謎樣的效果。

一輛引擎發出喘氣般聲音的國產中型轎車，緩緩爬上坡來。

『好像來了！』

車子一開到他們的身旁，車窗就被匆忙地搖了下來，露出一張戴著銀邊眼鏡的胖臉。令人驚訝的是，他的臉上竟然還淌著些許汗水。

將車門稍微打開，人還坐在車上的戶飼連忙對英子說：『謝謝妳的邀請。』

『你好慢喔。』

『沒辦法，因為路上都是積雪。哇！英子小姐今天晚上看起來更美了，這是耶誕禮物。』他拿出包裝成細長狀的禮物。

『謝謝。』

『喔喔，日下，你在啊？』

『是啊，差不多快凍僵了，你快去停車吧！』

『說得也是。』

他們兩人在東京時偶爾會碰面喝一杯。

『快把車停好吧。你知道停哪裡吧？和之前一樣的地方。』

『嗯，我知道。』

中型車在細雪紛飛中搖搖晃晃地繞到後面去，日下小跑步在後面追著。

接著，一輛計程車爬上坡來。車門打開後，一個身材瘦削的男人下了車，站在雪地上。他是菊岡的下屬金井道男。他彎下腰，好像在等他太太從車子裡出來的樣子，模樣就像不知道從哪裡獨自飛到雪原來的鶴一樣；接著，好不容易才從狹窄的座位盡力掙脫出來的，是和金井道男的外型恰恰相反的太太初江。

『哎呀，真不好意思，讓小姐久等了。』骨瘦如柴的丈夫笑著說。

這個叫做金井道男的男人，說來有點可憐，好像因為太常陪笑臉的關係，他臉上的肌肉幾乎都已經定型了。應該說是一種職業病吧？只要臉部肌肉稍微用點力，就可以立刻擠出和自我意識無關的諂媚笑容。不，說不定是他在做笑臉以外的表情時，臉部肌肉才需要用力吧。

英子常常在想，每當她事後努力要回想這個男人的長相時，卻怎麼也想不起他平常的表情。比起在腦海中描繪金井平常的臉，想像素未謀面的聖德太子❹的笑容反而要簡單多了。金井平常總是露齒而笑、眼角堆滿了細紋。英子還想說，他會不會生來就是這副表情呢。

『等您很久了，路上辛苦了吧？』

『哪的話！我們董事長來了嗎？』

『嗯，已經來了。』

『呿！我們遲到了嗎？』

初江一動也不動地站在雪地上，以她那傲視群倫的體格難以想像的速度，靈活地

譯註❹：西元五七四年二月七日—六二二年三月二十日，即敏達天皇三年一月一日—推古天皇三十年二月二十二日，本名上宮廏戶豐聰耳皇子（廏戶皇子）。是日本飛鳥時代的政治家，女帝推古朝的改革推行者。聖德太子是舊款日本鈔票一萬日圓上的人像。

轉動著眼睛，從髮型到指甲，來回將英子打量了一番。然後在下個瞬間，她臉上忽地露出笑容說：『哇，真是漂亮的衣服！』只讚美了英子的小禮服而已。

受邀的客人應該只有這些。

當這兩個人消失在屋內後，英子也裝模作樣地轉過身，往屋內的大廳走去。柯爾波特的樂聲逐漸清晰，她的步伐就像是從休息室通過舞台旁的走道、朝舞台走去的女明星般，充滿了適度的緊張與自信。

第二場　流冰館的大廳

大廳裡垂掛著豪華的吊燈。父親幸三郎原本認為這種東西和這間屋子不搭，但由於英子的堅持，還是裝上了。

一樓大廳的西邊角落有一個圓形的壁爐，旁邊的地上交錯堆放著樹枝和樹幹。壁爐上罩著一個宛如倒置的特大號漏斗的黑色煙囪，在磚塊堆砌而成的外牆上，則放著一個被人遺忘的金屬製咖啡杯。壁爐的前方是幸三郎最喜愛的搖椅。

客人們全都坐在細長的餐桌旁，上方就是由蠟燭型燈管組合而成的豪華吊燈，看起來像是小型的空中森林。此時，音樂播放的是耶誕組曲。

因為大廳的地板是傾斜的，所以餐桌和椅子的腳都被鋸短了，調整成可以平穩擺放的狀態。

客人們的前方分別放著酒杯和蠟燭，他們一邊看著桌上的東西，一邊靜靜地等著英子開口說話。不久之後，音樂停了下來，大家知道，女王出現的時刻到了。

『歡迎各位遠道而來。』年輕的女主人高亢的聲音，在大廳內迴盪。

『這裡有年輕人，也有上了年紀的人，大家應該都有些勞累了吧！但這些都是值得的。今天是耶誕節，耶誕節如果沒有白雪就不好玩了！而且，不是棉花或紙做的白雪喔，而是貨真價實的白雪，這就是北海道的別墅最與眾不同之處了！各位！今晚我們還為大家準備了特製的耶誕樹！』

在她高聲一呼的同時，吊燈的燈光一下子暗了，應該是下人梶原將大廳某處的開關關掉的緣故，音樂也變成了莊嚴的讚美詩歌大合唱。

這個橋段在英子的指揮下，已經排練了好幾千次了。她要求完美的程度，簡直可以讓軍隊來觀摩學習。

『各位，請看窗外！』

客人們異口同聲地發出讚嘆。種植在後院的高大杉木上纏繞著的無數燈泡一起亮了起來，色彩繽紛的燈光一閃一滅，樹上積滿了真正的白雪。

『打開燈吧！』

就像世界遵從摩西的諭令般，吊燈的開關瞬間被打開了，音樂又回到耶誕組曲。

『各位，耶誕樹待會兒有的是時間可以欣賞喔。如果能耐住嚴寒站在耶誕樹下，還可以聽見鄂霍次克海上的流冰發出的嘎吱聲呢。這麼道地的耶誕，在東京是絕對無法體驗到的。接下來，就要位給了我們這麼棒的耶誕節的人來說幾句話了。我最引以為傲的父親，要向大家致意！』

英子說完，便自顧自地熱烈鼓掌。客人們也急急忙忙地跟著她做。

濱本幸三郎站起身，左手仍然握著煙斗。

『英子，下次別再把我抬出來了，真是不好意思。』

客人們笑了。

『大家會覺得很煩的。』

『哎唷，才沒有那種事呢！大家都覺得能夠成為爸爸的朋友，是很榮幸的事呢。各位，是不是啊？』

小羊們用力地點著頭附和，其中點得最用力的就是菊岡榮吉了吧。只因為一個很實際的理由──他公司的興衰全都要仰賴濱氏柴油機公司。

『大家到我這個老人胡搞瞎搞的館內來，已經是第二次，甚至第三次了吧？所以應該已經習慣這個傾斜的地板了。不過，也因為不會再有人跌倒，害我也跟著覺得越來越無趣了。看來我必須考慮再蓋一棟奇怪的房子了。』

客人們全都發自內心地笑了出來。

『不管怎麼說，這個耶誕節，聽說是讓全日本的酒店大撈一筆的日子，所以各位到我這裡來，真是個明智之舉。喔對，我們再不乾杯可不行，酒都要變溫了。不過就算酒變溫了，只要拿到屋外放個五分鐘就可以了。我就來起個頭吧，各位……』

幸三郎握著酒杯，大家也趕緊伸手拿起自己的酒杯。當幸三郎說出：『敬耶誕節』後，大家也各自說著：『今後也請多多關照。』生意人的樣子全都出來了。

乾杯後，幸三郎將酒杯放在桌上，開了口，『今晚有些人是初次見到面呀，有年輕人，也有頭髮已斑白的老年人，不過我想還是由我替大家介紹一下比較好。對了，在這個家裡照料大小事的成員們也在，讓各位看看他們也不錯吧。順便介紹一下英子、康平和千賀子他們好了。』

英子趕緊抬起右手，用強勢的口吻說：『讓我來吧，這種事不用勞駕爸爸。日下，幫我把梶原、康平先生和阿姨叫來。』

待下人們及廚師陸續集合之後，女主人便指示他們靠牆站好。

『夏天曾經光臨過的菊岡先生和金井先生，應該已經知道我們家中的這些成員了。但日下和戶飼應該是第一次見到他們吧？我來介紹一下。就從上座的客人開始，請大家注意聽並記住名字，不要弄錯了喔。先從這位高大英挺的紳士開始，這是大家也相當熟悉的菊岡軸承公司的董事長菊岡榮吉先生。應該有人在雜誌的封面看過他吧？大家可以趁著這個機會，仔細看看本人喔。』

菊岡確實上過兩次大型週刊雜誌的封面，一次是和女人因分手費談不攏而打官司的時候，另一次則是想要追求女明星遭拒的時候。

菊岡毛髮日漸稀疏的頭朝桌子的方向低下去，又重新轉向幸三郎，對他鞠個躬。

『請您說句話吧！』

『喔，那我就不客氣了。哇，這間屋子不論什麼時候來都是那麼漂亮呢，環境更是美！能在這間屋子裡，坐在濱本先生的旁邊喝著紅酒，真是令我感到無比的光榮。』

『這位坐在菊岡先生身邊、穿著漂亮禮服的，是菊岡先生的祕書相倉小姐。不知道您的名字是什麼呢？』其實英子記得她叫做久美，不過她猜這應該不是本名。

但這個女人也不是好惹的，完全不為所動，大大方方地用宛如摻了糖般的柔媚聲音說道：『我叫久美，請多多指教。』

英子當下就直覺，這個女人應該經歷過大風大浪。以前絕對當過陪酒女郎。

『啊，真是好聽的名字，不像是個「普通」人！』

『真是輸給名字了呢！』

接著又馬上說：『好像藝人的名字呢！』

相倉久美仍維持一貫『男人專用』的嬌媚聲調。

『因為我的個子太嬌小，如果身材再好一點，就不會覺得這個名字和我的人不配了。要是能像英子小姐一樣高的話就好了呢。』

英子的身高有一百七十三公分，因此，她只能穿像膠底布鞋一樣的平底鞋。如果穿高跟鞋的話，她的身高就將近一百八十公分了。英子也不知該如何回答才好。

『久美小姐隔壁坐的是菊岡軸承公司的「董事長」金井道男先生。』

英子顯得有點魂不守舍，竟然說錯了話。即使她聽見菊岡對部下調侃，『喂！你什麼時候變成董事長了？』似乎也沒發現自己的口誤。

金井站起來，用他一貫的笑容，竭盡所能地讚美了幸三郎一番，然後再若無其事地吹捧一下自己的董事長，就這樣做了一小段巧妙的演說。就是因為有這樣的本事，他才能晉升到今天這個職位。

『金井先生身旁的這位豐腴的女性就是他的太太初江女士。』英子說完，立刻察覺自己又說錯話了。

『為了來這裡，我向纖體中心請了假。』

果然，初江也真的這樣回答了。久美瞅著眼睛看過來，露出了得意的笑容，似乎很開心的樣子。

『我胖成這樣，所以想來呼吸一下這裡的空氣，看看會不會變瘦。』初江似乎很介意的樣子，一點也不打算說些別的。

不過當英子開始介紹男孩子時，立刻就恢復了一貫的自信。

『這位皮膚白皙俊秀的年輕人叫日下瞬，是慈惠醫學院六年級的學生。雖然馬上就要參加醫師國家考試了，我們還是請他利用寒假住在這裡，順便兼差為我父親做身體健康檢查。』英子心想，還是介紹男孩子要輕鬆多了。

『這裡的料理很好吃，空氣也很新鮮，又沒有惱人的電話鈴聲，如果住在這麼好的地方還有人會生病，身為醫學院學生的我還真想見識看看。』日下說。

濱本幸三郎是出了名的討厭電話鈴聲，所以，在流冰館的任何角落都看不到電話。

『坐在日下身旁的，是他的朋友，也是青年才俊的東大生，叫戶飼正樹。他的父親是參議院的議員戶飼俊作先生，各位應該知道吧？』

這時，底下的人小聲喧譁起來。那正是訴說著：『這裡又出現了另一個金錢戰友嗎……』人類心底樸實的感動之音。

『血統優秀的名門之後……來吧撒拉布列特❺，請說。』

皮膚白皙的戶飼站了起來，稍微有點刻意地推了推銀邊眼鏡，然後簡短地說：

『很榮幸受邀來此。我告訴父親時，父親也為我感到高興。』

『坐在戶飼身邊、有著滑雪曬痕的男孩是我的外甥。說得正確點，他是我伯父的孫子嘉彥。長得很帥吧？今年才十九歲，是慶應大學一年級的學生。寒假期間住在這裡。』

那位有著滑雪曬痕、穿著白色毛衣的青年站了起來，他似乎很害羞的樣子，只說了一聲請多多指教後就坐下來了。

『只有這樣？不行喔，嘉彥，再多說點。』

『可是我沒什麼好說的。』

『不可以喔，你太不大方了。你可以談談你的興趣啊，或是大學裡的事情，應該有很多可以說的吧？不可以，一定要說。』

不過還是沒有用。

『這樣一來，客人的部分都介紹完了。接下來，我來介紹我們這裡的員工給各位認識。先從這位開始，早川康平，從我們家還在鎌倉的時代開始將近二十年，他就在我們這裡工作了，同時兼任司機。在他旁邊的阿姨叫做千賀子，負責處理一般雜事。若各位有任何需要，請吩咐她就可以了。

『另外，最前面的這位，就是我們最自豪的廚師梶原春男，雖然他年紀輕輕，只有二十幾歲，但手藝可是一流的。他本來不想辭掉大原飯店（Hotel O' hara）的工作，是我們硬把他挖過來的呢。待會兒各位就可以用自己的舌頭鑑定一下他的手藝了。

『嗯，好了。你們可以回自己的工作崗位去了。介紹就到此告一段落。我想在座的各位都是社會上的菁英分子，應該很善於記住人的姓名和臉孔吧！

『在晚餐送來之前，各位可以一面欣賞耶誕樹，一面盡情地聊天。嘉彥，還有日下和戶飼，你們能不能將桌上的蠟燭點燃？點好之後，我們再將大廳的燈關掉。現在，

譯註❺：Thoroughbred，英國良種馬，在此比喻戶飼優良的血統。

請各位慢慢享受這氣氛吧。』

濱本幸三郎的周圍立刻聚集了中高年組，開始談笑風生，不過，一直高聲笑著的只有菊岡軸承公司的人而已。幸三郎的嘴巴始終叼著煙斗。

因為久美的緣故，英子又犯了一個錯——她忘了介紹菊岡的司機上田，也有一個原因是因為上田剛好站在高大的戶飼後面，所以很難看見他。但英子立刻想說算了，反正他只不過是個司機而已。

到了晚餐時間，遠道而來的客人們透過品嘗豪華的火雞料理，用自己的舌頭確認了英子所說的，從東京遠征日本的最北邊的一流飯店風味。

在喝完飯後的紅茶之後，日下瞬站起來，獨自來到窗邊欣賞耶誕樹。耶誕樹仍然兀自在雪中一明一滅地閃著光芒。

日下盯著看了好一會兒，突然發現雪地上有一個奇怪的東西。從大廳通到庭院的玻璃門附近，插著一根細長的木棒，距離屋簷下大約有兩公尺左右。

是誰把這個東西插在雪地上的呢？木棒露出雪地的部分大約有一公尺那麼高，好像是大廳裡那個壁爐使用的木柴中的一根。而且，看得出來還是特別挑選比較直的。我白天專心裝飾著耶誕樹的時候，還沒這個東西啊。

這到底是什麼呢？日下想道，還用手將窗戶上的水氣抹掉，睜大眼睛看。於是，他發現在很西邊的地方，也就是流冰館西方的角落，還有另一根木棒豎立在漫天大雪的黑暗中。因為很遠又很黑，所以看不清楚，不過好像也同樣是壁爐用的細木柴，露出來的部分也大約是一公尺左右。還有嗎？日下再從大廳的窗戶往外看，不過，目光所及之處已經沒有其他的木棒了，就只有這兩根。

日下想叫戶飼還是誰來問問意見，但是戶飼正好在跟英子說話，嘉彥則是身陷幸三郎、菊岡、金井等中高年組的笑談和生意經當中，完全插不上話。梶原和早川好像在廚房裡，沒看到人。

『各位年輕人，光陪我們這些老頭子說話很無聊吧？能不能說些有趣的事，讓我高興一下呀？』幸三郎突然大聲說道。

因此，日下便回到自己的座位上，沒有再去管雪地上那兩根奇怪的木棒了。

濱本幸三郎對於從剛才開始，一直圍著他拍馬屁的傢伙們所說的場面話感到不耐煩，而且有些不悅。當初他就是為了擺脫世俗的這一切，才會在這麼遙遠的北邊蓋這座奇怪的屋子。

但這些人猛烈的攻勢，完全無視於幾百公里的距離，就像洶湧的波濤般不斷朝他逼近。就算他們造訪的這間屋子地板是斜的、或是貴重的古董就近在眼前，他們依舊隨便看過就讚美個沒完；只要自己身上的銅臭味不消失，這些人一定會跟他到天涯海角。

他感覺自己對那些年輕的傢伙們，產生了些許期待。

『你們喜歡玩推理遊戲嗎？』幸三郎問他們。

『我非常喜歡呢！我出個問題來考你們如何？聚在這裡的各位都是最高學府的聰明人。比方說，你們聽過這個故事嗎？有一個少年，每天都越過墨西哥沙金採集區附近的國境到美國去。每天他都將沙袋放在腳踏車上，越過國境從墨西哥進入美國。海關人員覺得他很可疑，應該是走私，所以就將他的袋子打開來檢查，但裡面除了沙之外，沒有別的東西。問題就是，少年到底是走私什麼東西？又是如何走私的。如何？怎麼樣，菊岡先生，你知道答案嗎？』

『這個……我不知道。』

『我也不知道哩。』金井也說。這兩個人完全沒有在思考的樣子。

『嘉彥，你知道嗎？』

嘉彥默不作聲地搖搖頭。

『各位不知道嗎？這個問題一點也不難，因為走私品就是腳踏車。』

『哇哈哈哈！』笑得最大聲的就是菊岡榮吉。

『原來是腳踏車啊，原來如此。』金井也說了類似這樣的話。

『這是佩利梅森❻考他的朋友德雷克和祕書黛拉的題目，很不錯吧？如果是走私腳踏車的話，就只能在沙金採集區的附近從事這種勾當了。

『要不要再試試看下一個題目呢？這次我可不公布答案了。嗯……要出什麼題目好呢？……就說有個朋友曾經跟我炫耀的事好了，我很佩服，以前還常會拿來訓誡公司的新人呢。那是發生在一九五五年左右的事了。

『現在的國鐵或私鐵，只要一下雪，軌道上就會點起像是小火爐般的火焰，是為了防止軌道上積太厚的雪或是結冰。但是，當時的日本還很貧窮，一般鐵軌上根本沒有這樣的設備。大約在一九五五年的冬天，東京下了一場大雪，一個晚上積雪就達五十公分深，所以整個東京的私鐵和國鐵在天亮後都得停駛。

『我不知道如果是現在會怎樣，但在很少下雪的東京，是不可能備有鏟雪車的；就算叫所有來上班的員工一起剷雪，也要花非常長的時間，絕對無法趕上早上通勤的尖峰時間。但是那一次，只有現在由我朋友擔任董事長的濱急電鐵，在頭班車稍微延誤了一點時間，其餘列車都按照時刻表準時發車，尖峰時間也毫無窒礙地順利行駛。

『你們認為他用了什麼方法呢？按照推理小說的說法，我這位朋友是使用了一些小「詭計」。不過他當時還不是能憑自己一句話就動員所有的人的男人，就算想要使用特殊的工具也沒有。他就是因為這件事而在公司出名的。』

『有這樣的事啊？太不可思議了。』菊岡說。

『真的是耶，太不可思議了……』金井也用一種忍不住要說的口氣附和著。

『我知道很不可思議，不過我問你們的是答案啊。』

譯註❻：佩利梅森（Perry Mason）是美國電視影集《佩利梅森》的主角，是一位鼎鼎有名的大律師。

『啊，哈哈，也是啦。』

『是不是在頭班電車裝上剷雪用的工具？』

『沒有那種東西，就算有也不可能喔，因為雪太深了。如果可以這樣做，那其他的鐵路也會這樣做了吧？沒有這些特殊的工具，只是使用現成的材料。』

『但是濱本先生的朋友，還真的都是很優秀的人呢！』金井又說了些言不及義的話，幸三郎已經懶得搭理他。

『我知道了。』日下說。戶飼的表情有點難以形容。

『應該是從前一天晚上開始，就一直讓空電車在軌道上跑一整夜吧？』

『哈哈哈，沒錯。我的朋友在開始下雪時，就覺得可能會積雪，於是讓空的電車行駛一整晚。但即使這樣，在當時還是需要相當的決策力，因為死腦筋的主管到處都有呢！還好今天他坐上了董事長的位子。如何？要我再出一題嗎？』

聽到幸三郎一問，戶飼覺得自己應該挽回剛才落後的頹勢，無言地用力點頭。

但是，幸三郎又出了兩、三道謎題，能一一解開的人都是日下瞬。每次只要他果斷地說出正確答案時，戶飼的臉就像屋外的耶誕樹般一陣青一陣紅。

濱本幸三郎隱約注意到這個情形，他瞭解自己的突發奇想變成什麼情況。也就是說，他所想到的猜謎，現在成了獎品是環遊世界的益智問答。這兩個年輕人——至少戶飼，很明顯地想藉由這個益智問答來得到英子。如果能漂亮拔得頭籌，就可以得到以蜜月旅行為名的環遊世界機票，回來後，還可以得到房子和足夠過一輩子的遺產獎金。幸三郎當然早就料到會這樣，因此他早已做好了準備。說起來，就像是拿出藏了好幾年的壓箱寶一般。

『日下，你很優秀。要我再出更難的問題嗎？』

『我很樂意。』日下因為這句話以及剛才累積的戰績，變得更大膽了。

但是，幸三郎說了一句與目前情形完全不相關的話，讓大家一時間懷疑自己聽錯了。

『英子，妳找好了結婚對象嗎？』

英子當然非常驚訝。

『您在說什麼呀？爸爸也真是的，怎麼突然說這個呢？』

『如果還沒，那麼現場的這些男性之中，如果有人能解開我出的謎題，就做為妳的結婚對象，這個主意如何？』

『爸爸每次都愛開玩笑！』

『這可不是在開玩笑。這間屋子、還有三號房裡那些瘋狂的人偶收藏，都是為了好玩，但只有這個不是在開玩笑。這裡的兩個人都是很優秀的年輕人，對我來說，無論妳要選哪一個，我都沒有反對的意思，而且也沒那個力氣。如果妳難以抉擇的話，不用不好意思，交給我，我用謎語來替妳選。為了這個，我早就準備好一個壓箱寶了。』

這樣就好了，幸三郎心想，事情的本質也會因此稍微明朗化。

『當然，現在已經不像從前，我也不能說我就這麼把女兒嫁給解開謎題的人，但如果是能解開謎題的人，我個人對他就不會有意見，剩下就是我女兒自己的問題了。』

兩個年輕人的眼裡閃著光芒，因為他們的眼前堆滿了金山銀山。不過，幸三郎的內心其實是在偷笑的。這個『金山銀山』在揭開的同時，才會帶著最強烈的意義。

『姑且不論英子小姐的事，我對這個謎題的本身很有興趣呢。』日下說。

『我也想給戶飼一個挽回面子的機會。而且，就如各位所見，我的人生已經歷了太多搖撼森林的暴風雨，現在就像是棵葉子凋零殆盡的枯木一般。對於這個世界無聊的權謀鬥爭，我是厭倦極了；對家世背景那種無聊的條件，也已經看不清楚啦。最重要的還是內涵喔。雖然這是老生常談，但隨著年紀越來越大，或是隨著地位越來越顯赫，人是會在不知不覺間忘記這句任何人都明白的話的。所以呀，不只戶飼和日下兩個人，我希望上田和梶原也試試看這個謎題。』

『即使有人解開這個謎題，如果我不願意的話，您也不可以勉強我嫁喔。』

『這是當然的吧？妳又不是那種我叫妳和這個人結婚，妳就會乖乖聽話的人。』

『如果是別的事，我還是會聽您的。』

『不，我知道妳比我還在意一個人的家世背景或其他條件，就是因為這樣，我才很放心。』

『如果是我解開謎題，可以把令嬡嫁給我嗎？』菊岡說。

『嗯，只要她本人同意，我當然沒問題。』幸三郎大方地說。菊岡聽了哈哈大笑。接著，幸三郎又說出了語驚四座的話。

『去叫梶原過來，我要帶大家去塔上的那個房間。』

『什麼？』英子驚訝地叫道。

『爸爸為什麼要去那裡？』

『因為謎題就在塔上。』幸三郎一邊起身一邊說，然後，他又好像想到了什麼似的，接著說：『再怎麼說也是壓箱寶嘛。』

第三場　塔

『我的謎題其實沒什麼了不起，只是為了今天，在建造這座屋子時就已經事先做好準備了。』

在客人們魚貫爬上大廳旁的樓梯時，幸三郎說道。

『這個館的隔壁，也就是我房間所在的那座塔的底部有個花壇，不知道看過的各位是否曾經覺得花壇的造型有點奇怪？要出的謎題，就是這個花壇的造型到底意味著什麼？還有，為什麼會設在那裡？嗯，大致上就是這樣……』

不久之後，樓梯越來越狹窄，終於到了盡頭。一扇巨大的黑色鐵門，彷彿說著這裡就是世界的盡頭般，擋住前方的去路。門上焊著像蛇般凹凸不平的鐵塊，讓人想到雕刻家的前衛作品，是個堅固巨大的紀念碑。

大家都看著幸三郎，不知道他會怎麼做。只見他拉住垂掛在前方牆壁上的鐵鍊，環狀的鐵鍊發出嘎啦嘎啦的巨響，震耳欲聾，接著，令人意外的事情發生了。

大家原本以為金屬門應該是左右對開的，或是其中裝有鉸鏈的一邊可以打開。但並非如此，門是慢慢地往另一頭倒下。這一帶的外面就是屋頂，所以有點傾斜，樓梯右邊的牆壁也是斜斜地向前突出，樓梯本身則是右邊比較低；所以，客人們全都一臉驚惶失措的表情，在狹窄的樓梯上排成一列。

門慢慢倒了下來，就像時鐘的秒針剛走過十二點一樣。隨著門往後倒，大家又再次嚇了一跳。原本從室內看到的鐵門——正確說來並不是門——原來只是一小塊。隨著門慢慢往後倒，大家才知道剛才看到的，只是這塊高聳巨大金屬板底部的一小部分而已。門的前端消失在黑壓壓的夜空中，感覺彷彿伸到了天際。

門倒下來之後，與牆壁之間產生了空隙，一下子就聽見了在黑暗中呼嘯的風聲，雪花也隨風飛舞進來。鐵鍊持續不斷發出聲響，大家也屏氣凝神地看著。就在門幾乎完全倒下後，客人們終於瞭解為什麼這扇門要做得這麼長了。

因為這是通往塔上的『橋』。剛才焊在門上凹凸不平的蛇腹，不是什麼前衛藝術，而是具有實用性的，也就是『樓梯』。大家雖然爬上主屋的樓梯來到這裡，但是塔的頂端其實還在更高的地方。

在樓梯橋幾乎完全倒下後，從剛才被門堵住的梯形空隙往外看，可以看見一個雪花狂亂飛舞的空間；而另一頭，氣勢磅礴的塔頂就像是一幅充滿宗教氣息的繪畫，又像是在聆聽嚴肅的音樂般，出現在大家眼前。

塔頂的外觀有點像比薩斜塔，中央有圓形的房間，外圍則好像有一圈迴廊，還可以看見欄杆和幾根圓柱。幾根巨大的冰柱垂掛在中央房間的屋簷下，在漫天飛舞的白雪中，看起來就像是北國的冬天在激烈飛舞的風雪中所露出的獠牙。

這簡直就像是華格納尚未發表的一幕歌劇場景，巨大的舞台裝置美得令人目眩神迷。塔的背景看起來雖然像是漆黑的布幕，但深處其實是被流冰淹沒的北海。客人們穿越時空，好似被引領至遠離日本的北歐一樣，每個人都屏氣凝神地從梯形空隙窺探著宛如地獄般的『冬天』。不久之後，就像是船靠了岸，樓梯橋發出鏘地一聲，好像已經搆到了前方的塔了。

『各位，橋已經架好了，因為有一點斜，走的時候請小心腳步。』幸三郎轉過頭對後面的客人們說。

其實根本不用說，客人們早就緊抓著鐵橋的欄杆，小心翼翼走進冰冷的空氣中。

當大家都走上那像是傾斜梯子般的空中樓梯後，讓人產生樓梯好像快要翻轉的錯覺。如果真的旋轉起來的話，只要緊緊抓住欄杆應該就會沒事了吧？大家在心裡這麼想著，所以全都本能地抓緊欄杆。因為是在三樓以上的高度，所以往下看時感覺非常恐怖，而且想要緊握的欄杆比冰還要冷。

第一個到達塔上的幸三郎從塔頂用鎖將樓梯橋固定住。塔頂上有寬一公尺左右的迴廊，那裡沒有被屋簷完全覆蓋住，所以積了很深的雪。

走到樓梯橋的盡頭就能看見幸三郎房間的窗戶，從那裡往右繞迴廊走兩公尺左右，就是入口的門。窗戶沒有透出燈光，幸三郎打開門，很快進入房間點亮屋內的燈，然後再次走出來。從窗戶透出的燈光照在迴廊上，大家踩在迴廊上的腳步才稍微安心了點。幸三郎穿過露天的迴廊和門，往右轉繞到後面去，一行人也留意著積雪跟在他後面。

『我的謎題就是，這個塔底部的花壇造型到底有何意義？就只有這樣而已。因為花壇有點大，所以光是站在花壇正中央看，會看不出花壇的造型，因為看不到全貌。』

幸三郎在解釋的同時也停下了腳步，然後將上半身靠在欄杆上。

『而能看到花壇全貌的地方，就是這裡了喔。』

濱本幸三郎站在風雪中，輕輕地敲了兩、三次欄杆。於是大家都站到幸三郎的旁邊，慢慢往下看。在將近三層樓高度的下方，確實是有一個花壇。透過後院的照明、之前那棵耶誕樹的燈，以及一樓大廳流洩出來的燈光，可以看見幸三郎所說的花壇全貌。上面覆蓋著白雪，就像是耶誕蛋糕，配合著光影浮現清楚的輪廓（圖２）。

『啊，原來是這種形狀！』日下瞬抱著圓柱大叫。因為風聲很大，而且天氣實在

圖2

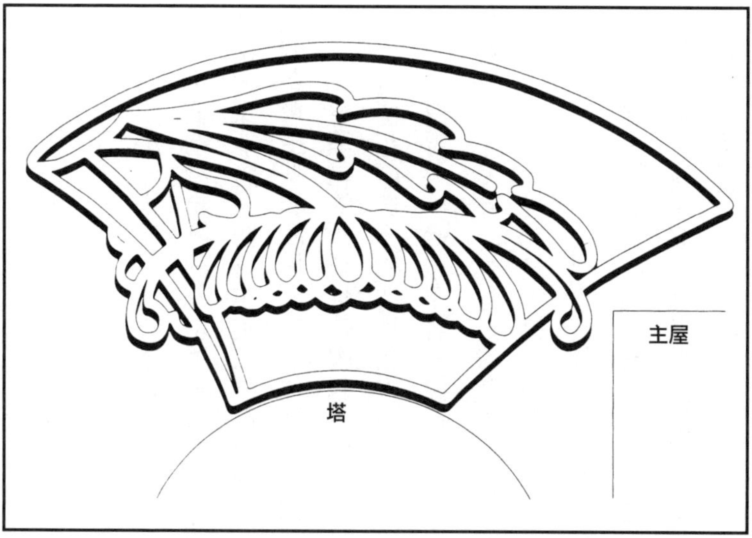

是很冷。

『哇！這真是個曠世巨作啊！』菊岡榮吉則是一如以往地大聲說道。

『因為現在上面覆蓋著白雪，沒辦法看到花和葉子的顏色，不過被覆蓋的地方比較突出，所以反而容易瞭解吧？因為看不到多餘的東西。』

『是扇形的嘛。』

『嗯，是扇形的。但答案應該不是「這代表扇子」這麼單純吧？』日下說。

『嗯，那並不是在描繪扇子。』幸三郎回答。

『因為要繞著塔建造，所以才會變成這種形狀了，是嗎？』

『是的，就是這樣。』

『沒有一條直線……』

『嗯！真不愧是日下，抓到了好的線

索唷，這可以說是重點所在。』幸三郎說完後，在一行人當中看到了廚師梶原春男，便對他說道：『怎麼樣？梶原，你可以解開這個花壇之謎嗎？』

『我不會，對不起。』梶原想也不想地回答。

『那麼……如果各位知道這是什麼、有什麼特質的話，請告訴我。只是我得先說明，這個造型奇特的花壇就是放在這棟流冰館的這裡才有意義，所以非放在這裡不可。希望大家能將建築物也納入一起思考。其實，這棟建築物之所以會蓋成斜的，也是因為這個花壇造型的關係。請各位從這幾個方面去想想看。』

『建築物的傾斜也是因為這個？』日下驚訝地反問。幸三郎默默點了點頭。

這個花壇奇怪的造型和這棟建築的傾斜——日下一邊看著從空中飄落、像是被花壇吸入的白雪，一邊思考著。像這樣一動也不動地注視時，感覺就像面對一堵有奇形怪狀浮雕的白色牆壁，而雪就像是無數的箭飛向箭靶。慢慢地，他覺得失去了平衡，好像要摔下去一樣。可能是因為這座塔也和主屋一樣，是朝花壇的方向傾斜之故。

等一下喔——日下心想。他好像看出點端倪了。會不會是因為這樣呢？會不會是和塔的傾斜，以及從上面墜落下去的感覺、不安這類東西有關呢?!人類的感情？但如果真的是如此，那就是個難解的謎題了。從這種似有若無又抽象的事情上，能想得出什麼東西呢？某種禪學的問答嗎？

扇子——這是日本的象徵。從高塔往下看時，會產生像是要墜落下去的感覺，這是因為塔是斜的——塔則象徵著某種意念。嗯，應該就是這一類的猜謎吧？

不，可能不是這樣，他立刻又想。濱本幸三郎這個人比較洋派，比起這種感性的東西，他偏向喜歡清楚鮮明，也就是在聽到答案的瞬間，大家都能發出完全贊同的聲音那種簡單明瞭的謎題。這樣一來，內容應該要更有條有理，而且是不落俗套的猜謎，日下這樣推敲著。另一方面，戶飼同樣對謎題燃燒著比日下強烈的熱情。

『我想要將這個圖形畫下來……』戶飼說。

『當然可以。但是，現在應該沒有工具吧？』館主回答。

『好冷喔！』英子說。一行人也開始冷得發抖。

『各位，如果一直待在這裡，可是會感冒的喔。戶飼，我這座橋就這樣擺著，你待會兒再過來畫。我其實很想招待各位到我房間去，不過在人數這麼多的情況下，房間恐怕會稍嫌擁擠。所以，我們還是回到大廳去，喝杯梶原為我們沖泡的熱咖啡吧！』

客人們當中沒有人有異議。一行人就在當下一邊踢落積雪，一邊在迴廊上繞了一圈之後，往樓梯橋走去。他們慢慢走下樓梯橋，越靠近主屋，大家也都因為能夠回到自己熟悉的現實世界而鬆了一口氣。這時仍在下雪。

第四場　一號房

雪總算停了，月亮好像也露出臉來。剛才去塔頂時沒有看見月亮。窗簾透出了淡淡的、蒼白的光線。四周一片寂靜。

相倉久美已經躺在床上好幾個小時了，卻怎麼也睡不著。要說最大的原因，一定就是因為她一直想著濱本英子的事。只要一想到英子，久美的心情就像是明天要參加摔角比賽的選手一樣。

她也開始有點介意屋外幾乎可以說是不必要的靜謐。久美被分配到的一號房在三樓，雖然可以欣賞到美麗的風景（但是英子的二號房可以看見海，視野更棒），不過她覺得還是一樓比較好，而且好像可以聽見大自然的聲音。

對於習慣了都市生活的人而言，這種完全的寂靜不遜於工廠的噪音，一樣讓人難以入眠。如果在東京，即使是半夜，還是聽得見一些聲音的。

這讓久美想到了吸水紙，將這間屋子團團包覆的厚厚白雪，就像是吸水紙。一定是積雪故意將所有的聲音都吸走了，就連風聲都沒有，真是令人厭惡的夜晚啊！

但就在這時，她突然聽見了微弱的聲音！距離近得嚇人，好像就在天花板上面一樣，是那種用指甲刮著粗糙木板所發出的噁心聲音。久美在床上瞬間僵直了身子，豎起耳朵聽。但是就在那麼一聲之後，聲音停了下來。

是什麼呢？久美急忙想著，現在又是幾點？

她伸手去拿放在床頭櫃上的手錶。女錶通常都比較小，再加上很黑，所以看不清楚錶面上的數字，好像是一點多吧。

突然，她又聽見微弱的聲音，像是螃蟹在陶瓷器底部掙扎的聲音。久美不禁在黑暗中警戒起來，是天花板上面！天花板上面一定有什麼東西！

聲音又出現了！這次的聲音出乎意料地大聲，久美的心臟也縮了一下，差點叫出聲來。不是在天花板上面，是屋子外面！她猜不到是什麼聲音——但就像是巨大的螃蟹貼著屋外的牆壁上爬行，一步一步地爬到了三樓的窗戶——她想到這裡，要忍住慘叫聲就變得更痛苦了。

又有聲音了。這次是堅硬的東西互相摩擦的聲音——而且還連續了好幾次。她覺得聲音越來越近了。久美像是唸咒般在口中低聲嘟囔著：『救命啊……救命啊……』

現在她感到極度的害怕，喉嚨就像是被一隻隱形的手掐住似的，讓她呼吸困難，甚至已經開始發出小小的啜泣聲。

『討厭！雖然我不知道你是什麼東西，但是你不要過來！如果你在牆壁上爬的話，要不就別再靠過來我這裡，要不就去別人的房間啦！』

突然！又聽見了金屬摩擦的聲音。只有一次，像是很小的鈴聲——但事實並非如此。很明顯是在窗戶的玻璃。好像有什麼堅硬的東西碰到了玻璃。

就像是被強力的彈簧彈到一樣，就算久美再不願意，她還是轉頭看向窗戶。然後，她終於發出了連自己都嚇一跳的尖叫聲，整間房間都迴盪著她的聲音，傳到了牆壁和天花板又彈回久美的耳朵。她已經完全手足無措了，甚至連自己的叫聲何時轉換成了哭泣聲都沒有注意到。

怎麼可能！這裡應該是在三樓，窗戶下也沒有任何突出的東西，只有像是絕壁的牆。但是在窗戶下面，卻有一張人的臉從窗簾的空隙，一直窺看著屋內！

那張臉！很明顯的，那不是一張平常人的臉──一雙睜得老大的瘋子眼睛眨也不眨、奇怪地泛著黑青色的皮膚，鼻頭就好像凍傷一樣白白的，底下留著一些鬍鬚；兩頰的皮膚有像是燙傷的疤痕，坑坑疤疤的皮膚，令人不忍卒睹，然而，他的唇邊卻漾著病態的淺笑。沐浴在冷冽的月光下，就像是夢遊患者般，一直盯著膽怯地哭叫著的久美。

她寒毛直立。原本以為已經過了足以讓她昏厥的漫長時間，但其實可能只有短短兩、三秒。當她回過神時，那張臉已經從窗戶消失了。

久美管不了那麼多，她還是繼續扯著喉嚨猛叫。過了一會兒，她聽見遠處好像傳來了男人的吼叫聲。是在窗外，但正確位置在哪裡她完全不知道。叫聲震撼了全館，連久美也在這個時候暫時停止了尖叫，豎耳傾聽。

男人頂多只叫了兩、三秒鐘吧，不過，就像是拖著長長尾音的汽笛聲般，傳到久美的耳朵深處。

周遭回復了安靜，久美像是又想起來了似的，開始繼續尖叫。她也不瞭解自己為什麼要這樣叫，但是她覺得如果這樣做的話，可以將自己從孤獨的恐懼中拯救出來。

過沒多久，有人用力敲她的門。

『相倉小姐！相倉小姐！怎麼了？快把門打開呀！妳還好吧？』是高八度的女人聲音。久美立刻停止了尖叫。她遲緩地在床上坐了起來，眨了眨眼睛之後，才慢慢離開床鋪，走到門那裡將鎖打開。

『怎麼了？』披著睡袍的英子站在那裡說。

『有一個人，一個男人從窗戶那裡偷窺！』久美喊道。

『偷窺？可這裡是三樓耶！』

『嗯，我知道。但是真的有人在偷窺。』

英子一走進房間，就果斷勇敢地走到久美所說的那扇窗邊，然後左右拉開半掩的窗簾，再將對開的窗戶打開。

為了禦寒，這個館內的窗戶幾乎都有兩層。英子將鎖打開後，費了一番工夫才打開窗戶。冷空氣一下子就流竄了進來，窗簾隨風飄動。

英子探出上半身上下左右察看，然後將頭縮回來說：『什麼都沒有啊，妳來看看。』

久美回到了床上，身體慢慢地開始顫抖起來，好像並不是因為冷空氣的緣故。英子依序將兩道窗戶關上。

『可是我真的有看見。』久美堅持。

『是什麼樣的人？妳有看見臉嗎？』

『有，是男人，臉長得很噁心。不是普通人的臉唷，目光瘋狂，皮膚很黑，臉頰上還有不知道是胎記或是燙傷的痕跡，留著鬍子……』

這個時候，『嘎啦嘎啦』的巨大聲音突然響起，震耳欲聾。久美縮著身子不斷發抖，如果眼前站著的人不是英子的話，她肯定會再放聲大哭。

『我爸爸起來了。』英子說完，久美才發現那是幸三郎要從塔那邊到這裡來時，架上樓梯橋的聲音。

『妳不會是在做夢吧？』英子訕笑著。

『不是！我真的有看見！我確定！』

『可這裡是三樓耶，下面二樓的窗戶沒有屋簷或是突出物，下面的雪地上也沒有足跡，妳可以來看看嘛。』

『可是——』

『而且，這個屋子裡沒有人長得那麼恐怖，臉上還有什麼燒燙傷的疤痕呀！妳一定是做惡夢！是夢魘啦！一定沒錯！不是常常有人換了床就會睡不著嗎？』

『絕對不是這樣！我還分得清楚夢境和現實！那一定是真的。』

『是嗎？』

『因為我有聽見聲音啊，妳沒有聽見嗎？』

『什麼聲音？』

『某種東西在摩擦的聲音。』

『我沒聽見。』

『那叫聲呢？』

『妳的叫聲我倒是聽夠了。』

『不是的，是男人的叫聲啦！就像是怒吼一樣！』

『怎麼了？』

英子回頭一看，打開的門那裡站著幸三郎。他身上披著夾克而非睡袍，下面穿著外出的長褲，還穿了毛衣，但是裡面穿的應該是睡衣沒錯。樓梯橋上很冷。

『這個人說自己看到了變態。』

『不是變態啦！』久美的聲音轉為啜泣。

『是有人偷窺我，從窗戶那裡。』然後她稍微揩了揩眼淚。

『窗戶？是從這個窗戶嗎？』幸三郎也很吃驚。

大家都很驚訝，但是最驚訝的應該是我本人吧，久美想道。

『可這裡是三樓耶。』

『我也是這樣說的，但是她一直堅持她有看到。』

『但是我真的有看到。』久美說。

『會不會是做夢呢？』

『不是！』

『那這個男人的個子一定相當高囉，再怎麼說，這裡也是三樓嘛。』

又傳來了敲門聲。金井道男站在門那裡，用拳頭敲著已經打開的門。

『怎麼回事？』

『這位小姐好像做惡夢了。』

『我說了那不是夢！金井先生，你剛才有聽見男人的慘叫聲嗎？』

『喔，我覺得好像聽見了什麼……』

『嗯，我在半夢半醒間好像也有聽見。』幸三郎也說：『所以才會起來的。』

第五場　大廳

第二天早上，天氣放晴了。不過，在日本最北邊的早晨，即使暖氣已經開到最強，還是很冷。在壁爐發出聲音、熊熊燃燒的火焰，還是讓人感到高興。

不管人類如何花心思設計暖氣設備，最終還是敵不過能實際看到火焰的這種簡單壁爐，不是嗎？證據就是，在壁爐四周總會聚集相當多的人，客人們只要一起來，就會本能地往火焰靠近，大家一個接著一個，聚集在這個圓形壁爐的磚瓦四周。

久美難以置信的是，這些客人當中，竟然有人熟睡到完全沒聽到令人毛骨悚然的男人叫聲和她悲慘的叫聲，更不要說看見那個長相奇怪的鬍鬚男了。因為沒有看見英子，所以久美便趁現在興致勃勃地講述自己昨晚的恐怖經歷。

金井夫婦、日下、濱本嘉彥都是她的聽眾，但事實上大家是一點也不相信。久美對於無法將自己的感受完全傳達給他們，感到非常焦急。

另一方面，她又覺得這也難怪，是她自己在這樣健康的清晨陽光中，說些沒頭沒腦的話。昨夜她那恐怖的經歷聽起來就像是瞎掰的一樣，金井夫婦等人的臉上露出明顯的竊笑。

『那個嘶吼般的男人叫聲，就是那個長相奇怪的人發出來的嗎？』嘉彥說。

『難、難道不是嗎……』被這樣一問，久美才發覺自己之前沒有思考過這個問題。

『但是沒有足跡喔。』

遠處傳來日下的聲音，大家往他那一看，日下正靠在窗邊，彎著身體看著後院。

『那一帶就是妳窗戶的正下方，但是沒有足跡啊，雪地上乾乾淨淨的。』

日下這樣一說，久美開始懷疑自己是否真的是在做夢。

久美沉默不語。那到底是什麼呢？那張不像人的恐怖的臉到底是——？

戶飼帶著昨晚自己一個人跑去畫的花壇圖畫出現，之後濱本幸三郎也跟著現身。

然後……

『哇！今天早上天氣又放晴了呢！』像是現場總指揮的菊岡榮吉，用粗啞的嗓音大聲嚷嚷著。

看起來所有的人都到齊了。

如同菊岡所說的，屋外的朝陽非常刺眼，不久之後，隨著太陽越升越高，整片雪原就像是一張巨大的反光板般，反射出燦爛奪目的亮光，令人幾乎無法直視。

菊岡董事長也完全不知道久美昨天晚上發生了什麼事，他解釋可能是因為自己吃了安眠藥的緣故。久美也看得出來他會有什麼反應，所以沒有對他說。

『各位，早餐已經準備好了，請就座吧。』

這時，大廳傳來了女主人口齒清晰的獨特聲音。

一就座，客人們就開始談論久美昨天晚上的經歷。不久，菊岡發現上田一哉沒來。

『我們的年輕人還沒起床呢！』董事長說。

『呿！真是無藥可救的傢伙，想擔綱重要職位，還早得很呢！』金井這個擔綱『重要』職位的人也跟著說道。

英子這時才發現上田沒來，但是她不知要讓誰去叫他。

『我去叫他吧。』日下說。

他打開大廳的玻璃門，很輕鬆地踩在昨夜剛降下的雪上，朝著上田被分配到的十號房方向繞過去。

『菜很快就涼了，我們先用吧！』

女主人一說完，大家就一起開動了。日下花了比大家預料中還長的時間，但是不久之後，他踏著緩慢的腳步走了回來。

『他起來了嗎？』英子問。

『這個……』日下吞吞吐吐的，『有點怪。』

因為日下的異樣，大家全都停止用餐看著他。

『沒有人回應。』

『……難道是跑到別的地方去了嗎？』

『不，門是反鎖的。』

英子站了起來，使得椅子發出巨響，戶飼也跟著站了起來，菊岡和金井對看一眼。然後，所有的人都跟著英子走到雪地上去了。當時他們看見白雪上只殘留著日下剛才往返時的足跡。

『沒人回應是很奇怪，不過……』日下一邊說，一邊指著十號房所在處的西方。在館的西邊角落附近，有一個類似黑色人影的東西倒在那裡。

客人們全都感到毛骨悚然，呆在原地裹足不前。如果是長時間倒臥在這樣的大雪之中，是絕對不可能還活著的。那麼，那就是一具屍體了，難道是上田嗎？

這時，大家都用狐疑的眼神看著日下瞬。這麼嚴重的事他為什麼不先說？為什麼會如此鎮定？

日下發現了大家的目光，可是他只說了：『但是……』

客人們難以揣測日下內心的想法，總之，先趕往屍體那裡。

當他們越接近屍體，就越覺得可疑。倒下的人影四周散落著奇怪的東西，本來以為是那個人影自己的東西，但是並非如此。

不，嚴格說來，這個說法是正確的。這一行人當中的早川康平和相倉久美等人，都因為油然而生的不祥預感而停下了腳步。

到了現場之後，客人們都對自己的眼睛所看到的事實感到懷疑，所有的人異口同聲地在心中叫著：『這是什麼東西啊？真是莫名其妙！』但是這麼一來，他們便能完全瞭解日下的心情了。

濱本幸三郎大叫一聲，跪了下來，將手伸向橫躺在那裡像是人的東西。那正是幸三郎最寶貝的真人大小人偶。

但是，令大家感到非常驚訝的是，原本應該在三號房古董收藏間的人偶，居然會掉落在雪地上，而且手腳還被支解了。身上只剩下一條腿，兩隻手和另一條腿都散落在附近的雪地。為什麼？

日下、戶飼還有菊岡、金井以及下人們，都不是第一次看到這個人偶，即使人偶的頭已經不見了，他們還是可以立刻辨識出來。那是幸三郎從捷克買回來的鐵棒人偶，從歐洲時期開始，它的名字就叫做『傑克』，還有一個小名叫做『葛雷姆』。

除了手腕和腳踝前端，葛雷姆的身體是用有木紋的木頭所做的。這些部分散落在雪地上，並有一半以上埋在雪裡。幸三郎趕緊將這些殘骸收拾起來，小心翼翼地拂去上面的雪。

日下暗忖，還是先保持原狀不要動比較好，但是他說不出口。現在這個樣子，還說不上是什麼案件。

『沒有頭！』幸三郎絕望地叫著。

於是大家便東張西望地各自尋找著，但是看到的東西好像就只有這些。

被主人救回來的人偶手腳和身體，在雪地裡留下深而清楚的痕跡。這麼說來，這些東西是在下雪的時候被丟棄在雪地上的嗎？

幸三郎說要將這些東西放回大廳去，便先折返了。這可是他寶貝的收藏品。

其他人並沒有等幸三郎回來，就直接爬上了通往二樓的十號房、十一號房前面的水泥石階。而這裡的雪地上還是只有剛才日下往返的足跡。

菊岡董事長站在十號房門前激烈地敲門。

『上田！喂！是我！上田！』即使這樣叫著也沒有人回應。

大家望著窗戶。玻璃窗是那種裡面夾著鐵絲網的毛玻璃，所以完全看不見屋內的情形，而且外面還有鐵窗保護著。有人試著將手伸進鐵窗的隙縫中去摸玻璃窗，發現窗戶是從屋內鎖住的，裡面的窗簾好像也是拉上的。

『打破窗戶沒關係。』

大家聽見聲音回頭一看，原來是幸三郎。

『這是朝向屋外開的門嗎？』菊岡大聲叫道。這個時候，大家才開始確信門內發生了不尋常的事。

『是的，門不是很堅固，能不能撞撞看？』

菊岡用高大的身體撞了兩、三次，但門還是一動也不動。

『金井，你要不要試試看？』菊岡開玩笑似地說。

『我、我不行，我是輕量級的。』金井膽怯地說。

其實仔細想一想，真正適合做這個工作的人，就是在門另一頭的那個男人。

『你們誰來撞一下！』英子果斷地說。

為了要在女王面前有所表現，戶飼英勇地用身體去撞門，不過，飛出去的卻是他的眼鏡。

日下失敗了，廚師梶原也沒辦法。不過，最不可思議的是，他們居然都沒有想到要兩個人聯手一起去撞門。初江和英子同時用身體去撞門，就出現了奇蹟。門的上方稍稍向屋內傾斜；她們又再撞了一次，門終於被撞壞了。

初江在最前面，所有的人一湧而入時，客人們看到的東西，正是他們已經稍微想像過的毛骨悚然景象。

臥倒在地的上田一哉心臟正上方，只看得到一把登山刀的刀柄，刀柄周圍的睡衣上滲出發黑的血液，已經開始凝結了。

久美發出慘叫聲後，便撲倒在菊岡的懷裡，英子和初江不發一語，幸三郎是男人當中唯一發出驚叫聲的，可能是因為上田的姿勢非常奇怪吧。

上田不是躺在床上，而是仰躺在床旁邊鋪著油地毯的地上，右手腕綁著一條白色繩子，繩子另一頭不知為什麼被綁在金屬製的床上。因此，他的右手是高舉在空中的。床還是維持原來的位置，沒有被移動過的樣子。左手雖然沒有綁東西，但也是向上舉起的。總之，就是一隻手有綁繩子，另一隻手沒有綁繩子，雙手擺出呼喊萬歲的姿勢。

更奇怪的是他的腿，就好像跳舞一樣扭著腰，雙腿幾乎是呈直角朝著右側（從本人的方向看來）舉起。更正確的說法是，他的左腿幾乎是與身體呈九十度舉起，右腿則稍微靠在左腿的下方，也就是說右腿大概和身體呈一百一十度到一百二十度左右舉起。

在他腰部左邊的地上，畫著一個直徑大約五公分大小、像是用手指沾了血抹出來的深紅色圓點。應該是用上田沒有被綁起來的左手，除了大拇指以外的四根手指頭一圈一圈畫出來的。在他舉起的左手四根手指頭上沾滿了血和地上的灰塵，所以變得很髒。這難道是代表他在地上畫了記號之後，再刻意將左手舉起來的嗎——？

但是，最奇怪的並不是這個。這具屍體上還有一個難以解釋的特徵，就是插在胸口的登山刀的刀柄上，不知道為什麼，也綁了一條長約一公尺的白線，這引起了大家的

圖3

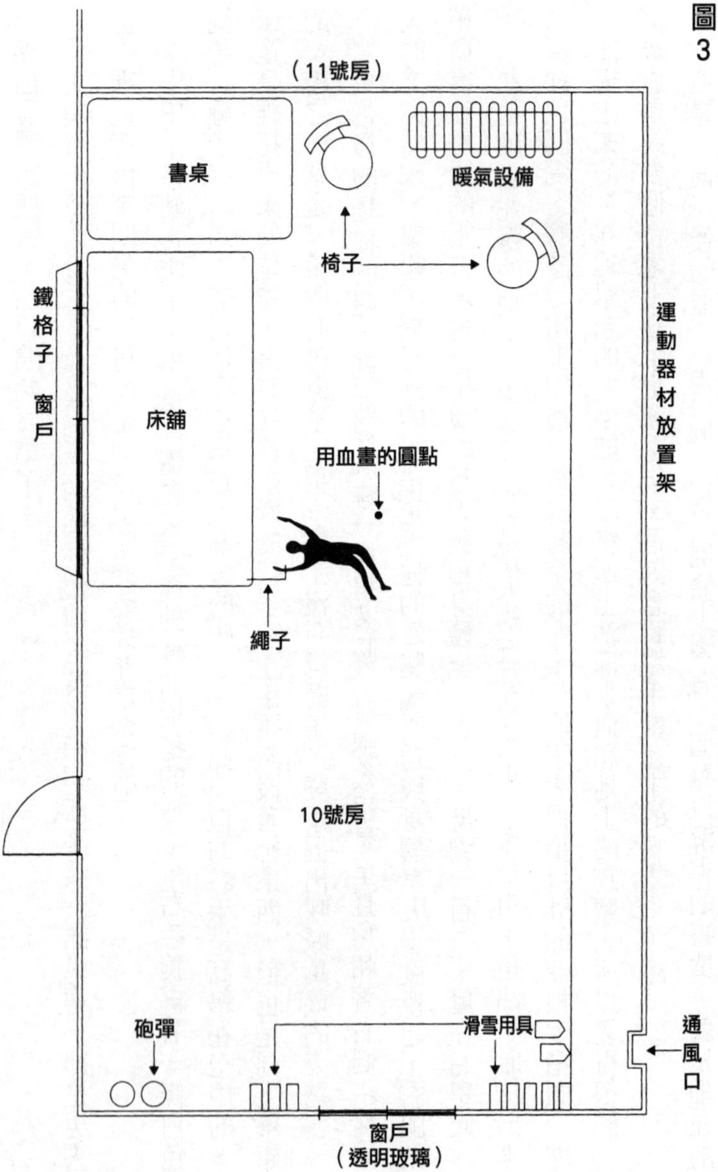
（11號房）
書桌
暖氣設備
椅子
鐵格子窗戶
床舖
用血畫的圓點
繩子
運動器材放置架
10號房
砲彈
滑雪用具
通風口
窗戶
（透明玻璃）

注意。那條線距離刀柄十公分左右的部分稍微沾到了睡衣上的血漬，被染成淡淡的茶色。血沒有流太多。他臉上的表情看起來並不痛苦（圖3）。

雖然根本不用調查，但醫學系學生日下還是蹲到上田的旁邊，稍稍碰了一下他的身體，然後就說要通知警察。

為了通知警察，早川康平開著車去了位於一公里外山下的日用品店。

不久之後，穿著制服的警察就大舉來到流冰館，在十號房拉起封鎖線，用粉筆在地上畫線，引起一陣騷動。

不知出了什麼差錯，發現上田一哉的屍體後過了很久，輪胎上加裝鐵鍊的救護車才姍姍來遲。一位身穿白衣的人夾雜在穿著黑色制服的警官當中，曾經是隱士所在的流冰館，立刻被世俗的森嚴氣氛所包圍。

客人們、下人們還有主人都留在大廳，只聽得見令人感到不安的嘈雜聲。

現在還是清晨，對大部分的客人而言，這才只是住在這裡的第二天剛開始而已。不論是菊岡或是金井，仔細想想，他們來到這裡只有幾小時而已，但之後會變得如何，實在令人憂心。在這裡吃了一頓晚餐之後，接下來可能就要和這些警察們一起度過了。如果能按照預期中的放大家走就還好，但是弄不好的話，說不定要在這間屋子裡待上好一陣子。

在這些陌生的警察中，有一個生得一張警察臉，兩頰像魚鼓著鰓似的肥胖潮紅，人長得高頭大馬，他就是稚內警察局的大熊，說起話來裝腔作勢。接著，他在大廳的餐桌上開始盤問所有的人，但全都是想到什麼問什麼，一點系統也沒有。

問完一遍後，大熊問：『那個人偶在哪裡？』

葛雷姆除了頭以外，已經被幸三郎重新組合好放在大廳裡。

『喔，是這個嗎？嗯，這平常都是放在哪裡的？』

被他這樣一問，幸三郎就將葛雷姆抱起來，帶著大熊爬上收藏古董的三號房。

不久之後，回到大廳的大熊看起來十分震驚，不斷發表一些門外漢對收藏品的感想，但後來就好像在思考什麼似的安靜了一會兒，他那個樣子，很有犯罪專家的威嚴。然後，他將手遮住嘴巴，小小聲地對幸三郎說：『那這算是密室殺人嗎？』但這不是一開始就擺明的事實嗎？

大熊警部補的那副樣子，鄉土味實在太重了，所以大家覺得像樣的殺人案調查正式展開時，是下午四點左右、札幌警局派來的中年警察牛越佐武郎，和年輕刑警尾崎到達流冰館以後的事了。

三個警察並排坐在餐桌旁的椅子上，簡單地自我介紹。結束後，自稱是牛越的男子就用非常悠閒的口氣說：『這間屋子真怪啊！』

叫尾崎的年輕警察給人較為俐落的印象，相反的，這個叫做牛越的男人則看起來有些駑鈍平庸，看不出來和大熊有什麼差別。

『如果不習慣的話會摔倒呢！這個地板。』

牛越說完後，年輕的尾崎不發一語，用不屑的眼神環顧了大廳。

『各位，』牛越佐武郎坐在椅子上說：『我們已經介紹完畢了。而且，我們警察是這個世界上最無聊的人種，除了姓名之外，也沒有什麼可以告訴各位的了。所以，希望在座的各位來做一下自我介紹。如果可以的話，希望各位能講一下自己平常住在哪裡、從事什麼樣的工作、還有為什麼會來這裡等等。其他詳細的事情，比方說是關於已經往生的上田一哉先生的事，我們待會兒再做個別詢問。』

就如同牛越所說的，他們身上穿著無趣的警察制服，再加上他們所流露出的即使發生任何事也不動如山的堅毅眼神，即使剛才說話的態度很客氣，但還是讓客人們稍稍感到壓迫，緊張得說不出話來。

客人們結結巴巴地介紹著自己，牛越時常很嚴肅地插嘴問一些問題，卻不做紀錄。所有的人都介紹完畢後，他煞有其事地以加重尾音的方式說了以下的話。

『……那麼，雖然有點難以啟齒，但我還是要說。從各位的談話中，我瞭解到被害人上田一哉不是本地人，他來到這間屋子，不，來到北海道，這次是有生以來第二次。也就是說，在當地並沒有朋友會來找他，根本不可能有這樣的人。如果說是小偷嘛，也沒有這個可能。他帶在身上的二十四萬六千圓，就放在很容易找到的外套內側口袋，卻沒有被人碰過的跡象。

『而且，這個房間是由裡面上鎖的，如果是陌生人敲門，他應該不會隨便開門。即使開了門，讓歹徒闖了進來，就會發生爭執，應該也會發出很大的聲音吧！但是房間內幾乎沒有打鬥過的痕跡。再加上，上田先生是自衛隊出身，所以應該有過人的體力吧，會像這樣輕易地被人打倒，也令人不解。這麼一來，我們就不得不懷疑是熟人，不，應該是很熟的人下的毒手。但是剛才我也說過，在這塊土地上，並沒有和上田一哉熟識的人住在這裡。

『根據各位所說的，再綜合我們調查的結果。我們得知，上田一哉出生於岡山，在大阪長大，二十五歲時參加陸上自衛隊來到了東京和御殿場等地，三年後退伍，二十九歲進入菊岡軸承公司任職，一直到現在剛好三十歲。從自衛隊時期，他的人際關係就不好，沒有什麼好朋友，所以這種男人在北海道也不可能會有朋友，也很難想像會有朋友特地從關東或是關西來這裡找他。所以呢，和上田一哉最熟的……除了在座的各位就沒有別人了。』

坐在餐桌旁的人們面色凝重地相互對看。

『如果是在札幌或東京這樣的大都市，還另當別論。但因為這裡是人跡罕至的偏僻地方，所以有外人出現在這裡的話，引起當地人注意的可能性非常高。而且，山下村裡的旅館也只有那麼一間。因為季節的關係，昨天晚上那間旅館沒有半個人去投宿。

『嗯，但是還有一個更令人費解的問題。這傢伙完全沒留下蛛絲馬跡——我是指足跡。通常警察是不能對一般民眾說這些事的，因為現在情況特殊，我就告訴你們吧！也就是說，我們研判上田一哉的死亡時間，是在昨天半夜的十二點到十二點半之間；也就是說，兇手是在十二點到十二點半這段時間，將刀子刺入上田的心臟的，當然兇手在那個時候是待在十號房裡的。

『讓人想不通的是，昨晚的雪停的時間是晚上十一點半呀！在我們推測的死亡時間點，雪早就已經停了。為什麼雪地上沒有留下兇手的足跡呢？既沒有來時的足跡，也沒有離開時的足跡！各位也知道，那間房間只能從外面進去，如果兇手在那段時間確實是在那個房間內，十號房是吧？至少走的時候一定會留下足跡，不然就是上田自己將刀子刺入心臟，但是，沒有人會那樣自殺的。再怎麼說，沒有足跡這點，真讓人傷腦筋。

『我事先聲明一下，請各位不要覺得要解開足跡的問題，還有之前的密室之謎，會讓我們警方一個頭兩個大。足跡這種東西只要用掃帚掃掉就好了，我想方法大概多得很；密室的問題也是一樣吧，偵探小說上的所有方法都可以列入考慮。不過，假設兇手真的是外人的話，那麼要清除掉從這裡一直綿延到山麓的村子裡的足跡，不是一件輕鬆的事情，非常困難。而且這種小把戲，只要經過仔細的調查，一定還是會在雪地上留下一些痕跡。但是，剛才我們的專家已經徹底調查過了，完全找不到這樣的痕跡。

『雪是從昨晚十一點半停了之後，到目前為止都不曾再下過。然而，不論從十號房到山腳的村子，或是往別的方向，我們完全沒有發現兇手為了清除足跡所留下的痕跡。你們瞭解我想要說的話了吧？也就是說呢，真是有點難以啟齒，排除一樓的所有窗戶，我們不得不認為兇手就是從這間主屋的大廳、玄關，還有廚房的後門這三個出入口往返十號房的。』

大家都覺得這是警察對自己的宣戰。

『但是啊，』日下代表大家提出反駁，『從您剛才所說的三個出入口，往返十號房的途中，有發現被人動過手腳的痕跡嗎？』

這真是一個好問題，大家都豎起耳朵仔細聽。

『這個嘛，從這個大廳到十號房這段路上，因為有大家凌亂的足跡，所以無法清楚看出什麼東西。但是老實說，另外兩個出口，還有一樓所有的窗戶下，都不太可能發現什麼蛛絲馬跡。有幾個特徵顯示出，雪地仍保留著雪從空中飄落下來時的狀態。』

『那麼外人和我們不是處在相同的條件下嗎？』日下的反駁很合乎邏輯。

『所以不是只有這一點，我剛才也說過了，還有其他的條件。』

『而且，這間主屋裡連一把掃帚也沒有。』

『嗯，沒錯，剛才早川先生已經說過了。』

『那為什麼會沒有足跡呢？』

『因為昨晚的雪很細，所以如果風很大就另當別論。可是昨晚的風並不怎麼強。』

『如果是十二點左右，那時幾乎沒有風呢！』

『還有其他千奇百怪的疑點吧？』

『對啊，刀子上綁的線，還有上田先生那個像是在跳舞的姿勢。』

『屍體擺出那種姿勢對我們來說並不稀奇。因為刀子插進去一定會很痛啊，所以上田一哉應該很痛苦吧。就我所知的案子，還有死相更奇怪的人。至於線嘛，假設夏天衣服很薄，而且沒有什麼口袋可以放東西的話，有些人會像這樣將線纏在身體的某個部位，藏一些東西在身上。』

可是，在場的所有客人們全都想到：現在是冬天。

『那右手被繩子綁在床上……』

『嗯，這就是這個案子比較特殊的地方了。』

『以前也曾經發生過這樣的事嗎？』

『哎呀各位，』大熊的表情看來似乎很後悔專業人員和一般老百姓明白地討論，他插嘴說道：『查明真相是我們的職責所在。希望你們能相信我們，交給我們處理。也希望大家都能在各自的領域協助我們。』

各自的領域？是嫌疑犯的領域嗎？日下思忖著。但當然他還是只能點頭。

『這裡有張簡圖。』牛越將一張便條紙攤開，『大家發現時，就是這個狀態嗎？』

客人們和下人們全都站起來，將頭靠攏過來。

『這裡好像有一個用血畫出來的圓形痕跡。』戶飼說。

『是，是，血跡嘛。』牛越擺出一副不屑那種小孩子東西的表情說道。
『大概就是那種東西吧。』菊岡用他一如往常的沙啞聲音說。
『這張椅子是平常就放在這個房間的嗎？濱本先生。』
『是的。因為我搆不太到這個架子的最上層，所以會放張椅子順便兼作踏台。』
『原來是這樣。接下來是窗戶，這間房間的西邊有鐵窗，南邊沒有鐵窗，而且還是透明玻璃，和其他房間不一樣，沒有雙層窗戶呢。』
『是的，這是因為南邊的窗戶已經變成兩層樓高了，所以我想不裝鐵窗，小偷也很難進得去。不像西邊只要撬開窗戶，就可以輕鬆地進入。不過，這裡倒也沒什麼值錢的東西好偷。』
『放在地上的鉛球，是一直都在這裡嗎？』
『呃，這個我也沒注意欸。』
『一直都放在那邊的架子上嗎？』
『不，那是隨意放的。』
『這些鉛球的兩邊都交叉綁著線，分別標示著木牌是嗎？』
『是的，因為鉛球有分四公斤和七公斤兩種，買回來時就標示著木牌，上面分別寫著重量。買回來時就是這樣，圓盤也是，只是因為從來沒有用過，所以一直保持著原來的樣子。』

『好像是呢，只不過七公斤的那顆綁著標示牌的線好像特別長⋯⋯』

『是嗎？是鬆開了嗎？我沒注意到耶。』

『不，我們認為是故意將線加長的。從鉛球到木牌有一百四十八公分。』

『喔，那是兇手做的嗎？』

『可能。還有那個寫著七公斤的木牌，是三公分乘以五公分，厚約一公分，上面還貼了三公分左右的膠帶，而且貼得較為突出，膠帶感覺比較新。』

『喔。』

『您有想到什麼嗎？』

『不，我不知道。』

『這和殺人花招有關嗎？兇手應該是貼上膠帶後拿來當什麼使用吧？』日下說。

『嗯，誰知道呢。還有，這裡有一個大約二十公分見方的通風口嘛。這是朝向有樓梯的那一邊吧？』

『是的，但是，位於主屋這邊的人，沒辦法光站在走廊上，就看到十號房屋內的位置喔。只要站在十二號房的前方一看就會明白，十號房的通風口位置非常高。其他房間，像是十二號房，如果墊個台子的話，或許還可以從通風口看到屋內的情形，但是十號房⋯⋯』（參考圖1）

『是的，我知道了，我們剛才確認過了。』

『不管怎麼說，這不能算是一間真正的密室。因為沒有足跡，所以兇手或許是利用這個通風口要了什麼花招。』戶飼說。

『二十公分見方的洞，連頭都鑽不進去不是嗎？而且，兇手還將被害人的手腕用繩子綁住，又在鉛球上動手腳。不進到房間裡去是辦不到的。』日下說。

『那足跡又怎麼解釋呢？』

『這個我不知道，但我覺得要製造這個密室很簡單。』

『喔？』牛越佐武郎說道：『我倒想聽聽看。』

『我可以說明嗎？』日下說完，刑警點點頭。

『這很簡單喔，這間十號房在當一般儲藏室使用時，是從外面鎖上荷包鎖，但有人住在裡面時，就是使用像這樣一根金屬棒卡在金屬鉤上，這種簡單的鎖（圖4）。這樣一來，只要將這個像平交道柵欄一樣上下打開的金屬棒先打開，用雪固定住就好了，兇手離開之後沒多久，雪在室溫下融化，這個金屬棒自然就會掉落在金屬鉤中。』

『原來如此！』菊岡軸承這一組似乎很佩服。

但是牛越卻說：『這個我們也想到了。但是，安裝這個金屬鎖的木柱是全乾的，完全沒有濕，所以這個方法可能行不通。』

『啊？不是這樣子嗎？』

『好像不是喔。』

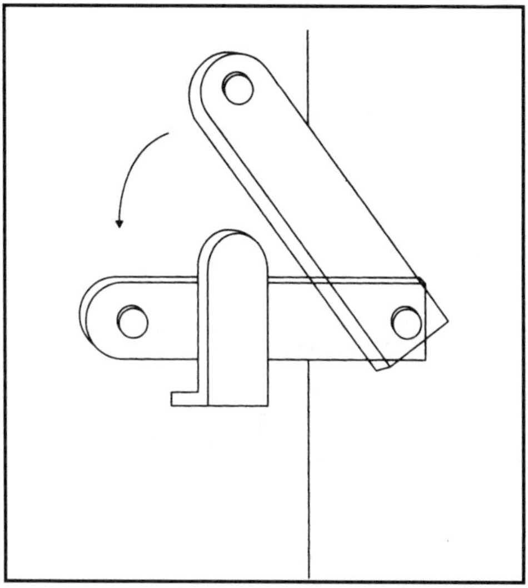
圖4

大家都同時陷入思考之中。

『但是啊，我個人對於這間密室是沒什麼強烈的想法，可能也不是那麼重要吧。其實，還有一件事比這更讓我們困擾。』

『是什麼？』

『嗯，這個嘛，我覺得必須要沉住氣，也必須請大家幫忙，現在兇手應該同樣不知所措。我說句老實話，總之，在座的各位應該沒有人是兇手。』

客人們的臉上浮現些許微笑。

『雖然這和我剛才說的自相矛盾，但就是因為各位不可能是兇手，我才會覺得困擾。這就是所謂的殺人動機。你們這些人當中，只有少數是之前就認識上田一哉的，除了菊岡軸承公司的人以外，濱本先生、英子小姐、早川先生夫婦、梶原先生還有戶飼先生、日下先生、嘉彥先生，你們全都只有在今年夏天和這次見過上田先生吧？而且，相處的時間都很短，上田這個人好像又不愛說話，所以在座各位應該沒有人跟他熟到想要殺了他吧。』

又是一陣乾笑。

『而且，殺人不是什麼好事。就算是已經名利雙收，有社會地位，又過著優渥生活的人，犯下殺人案還是得一視同仁關進牢房。應該沒人有這種勇氣吧！而對於菊岡董事長、相倉小姐還有金井夫婦而言，也是一樣的。雖然這麼說有點那個，不過殺了像上田一哉這種不起眼的司機，根本沒什麼好處。沒理由要殺他。這就是我困擾的地方。』

『原來是這樣，說得也是。』戶飼、日下和英子心想：上田是個不太會讓人注意的男人，如果他再長得帥一點，還有可能發生一、兩件和女人有關的醜聞。但他是個就算出言不遜，也不會特別想要殺他的小角色，既沒錢也沒地位，而且個性也不積極，根本無法讓人恨他。

牛越佐武郎看著客人們的表情，同時心想：難道會是兇手殺錯了人嗎？上田會不會是成了某個看起來更應該被殺的人的替死鬼呢？

但是上田從一開始就被分配到十號房，這是無庸置疑的。而且，住在館內的任何人都知道。上田也沒和哪個原本住在十號房的人交換過房間，而十號房又是個只能從外面進入的特殊房間；所以，根本不用考慮兇手原本想要闖入九號房，卻錯進了十號房的可能性。實在令人費解。這個叫做上田一哉的男人，怎麼看都不像被害人，應該還有更該被殺害的人才對。

『如果兇手是各位之中的一人，我真希望那個人趁著今晚連夜逃走啊。這樣事情就可以快點解決了。』

『但，人要是沒理由的話，是不會去做任何事的，更何況是殺人。如果沒有動機的話，就絕對不會做的。所以，我們要做動機調查，在進行不太愉快的個別偵訊之前，我還要再問各位一個問題。那就是，昨晚上田被殺的那段時間前後，有沒有發生什麼奇怪的事情？是否有人看見可疑的人或是聽見什麼奇怪的聲音？像是被害人的叫聲，不，什麼都可以，任何蛛絲馬跡都可以。各位是否有注意到什麼和平常不太一樣的事情呢？因為這些乍看微不足道的小事，往往對搜查很有幫助，有沒有呢？』

過了一會兒，相倉果然開口說『有。』她之所以沒有立即開口，是因為她覺得自己要說的內容，和剛才警察所問的問題有點不一樣。也就是說，她並不認為自己昨天晚上的經歷是警察所說的『乍看微不足道』或只是『蛛絲馬跡』。

『呃，妳是相倉小姐吧。是什麼呢？』

『真是……有很多……』

久美心想：要認真聽她訴說昨晚經歷的人終於出現了。

『喔，妳看到了什麼嗎？』當地刑警看著久美那張可愛迷人的臉。

『我有看到，也有聽到。』

『麻煩妳說仔細點。』

不用警察提醒，久美本來就打算說清楚。她不知該從何說起，最後還是決定從內容最扎實的部分開始說。

『我聽見叫聲。我想，應該就是昨夜上田被殺時的叫聲吧……聽起來非常痛苦，聲嘶力竭吼出來的男人叫聲。』

『嗯、嗯。』刑警看起來似乎很滿意地點了點頭。

『妳知道當時是幾點嗎？』

『我有看了一下錶，所以我很確定。大約是超過一點五分的時候。』就在這時，牛越顯得很狼狽，讓人看了覺得有點同情。

『什麼？一點五分以後？妳確定嗎？沒有搞錯吧？』

『絕對沒錯。我剛才說過，我有看錶。』

『但是……』

刑警將椅子往後退，整張椅子便向一旁倒，讓他幾乎要往後摔倒了。在這間屋子裡，即便是一個小小的動作，還是謹慎點比較好。

『但是……這怎麼可能？會不會是手錶壞了？』

久美將手錶從右手腕取下來，因為她是左撇子。

『這只錶從那個時候開始就沒有調過。』

牛越畢恭畢敬地接過那只女錶，和自己便宜的錶比較——當然是比時間啦。兩只錶的時間完全一樣。

『聽說這只錶一個月也不會差一秒。』

這是菊岡畫蛇添足的說明。總之，這說明了這只錶就是菊岡送的，牛越誠惶誠恐地將這只貴重的錶還給久美。

『我知道了。但……如果是這樣的話，事情就嚴重了。大家應該也知道吧，這不用我多說，上田一哉的死亡時間就是兇手的行兇時間，可是我剛才已經說過了，死亡時間是在凌晨十二點到十二點半之間，而妳聽到的男子慘叫聲是在過了三十分鐘之後喔！妳剛才所說的話，反而更讓我們感到困擾呢。其他的人呢？有誰聽到男子的叫聲嗎？有聽到的話，不好意思，請舉一下手好嗎？』

金井夫婦、英子還有幸三郎都舉手了。久美瞄到英子也舉手，覺得非常不高興。

『四個人……嗯，加上相倉小姐，就有五個人了。戶飼先生，你有聽見那個聲音嗎？你就睡在十號房的正下方吧。』

『我沒注意到。』

『日下先生呢？』

『我也是。』

『金井先生是住在三樓的九號房嗎？不一定要和十號房很接近的人也可以，你們當中有沒有人可以確定當時的時間？』

『我沒有看錶，因為聽見相倉小姐的叫聲，所以趕緊起來。』幸三郎說。

『金井先生你呢？』

『這個時間嘛……』金井開口說。

『確實是一點五分以後，正確應該是一點六分左右。』一旁的初江斬釘截鐵地說。

『我知道了……』牛越愁容滿面，『這真是個難解的問題……其他還有沒有誰看見或聽見奇怪的東西？』

『請等一下，我的話還沒說完。』久美說。

『還有嗎？』牛越似乎有所防備地回答。

久美有點同情警察。她只不過說有聽見男子的叫聲，就已經這樣了，如果她再繼續說下去的話，不知道會變得怎樣？但她還是將昨晚的恐怖經歷一五一十地說出來。說完後，牛越果然瞠目結舌。

『你以為我是因為聽見男人的叫聲才會尖叫的？』久美說。

『真的嗎？但是這個，總之……』

『這會不會是在做夢？』兩個人異口同聲地說道。

久美早就猜到警察會這樣說，所以她便跟著說了：『你想這樣說吧？』

『嗯，確實沒錯。』

『大家也都這樣說我。但我絕對不是在做夢。和昨夜比起來，今天才反而像是在做夢。』

『這裡住著這樣的人嗎？皮膚像巴西人一樣是淺黑色，臉頰有燙傷的疤痕⋯⋯』

『而且還患有夢遊症的人。』大熊從旁插嘴。

『月亮一出來，就想在雪地上散步的怪物。』

『絕對沒有這樣的人。』英子像是要捍衛自家名譽似的堅決否認。

『當然也不可能在這間屋子裡吧？』

牛越的這句話似乎更刺傷了英子的自尊心。

她嗤之以鼻地笑著說：『當然。』之後，便不發一語。

『住在這間屋子裡的人，除了幸三郎先生、英子小姐之外，只有早川夫婦和梶原先生是嗎？』

幸三郎點點頭。

『看起來都是些手無縛雞之力的人。相倉小姐妳好像是住在三樓，也就是一號房是嗎？一號房的窗戶下方連站的地方都沒有，而且，下面的雪地上也沒有足跡。難道這個怪物是飄在半空中偷窺妳的房間嗎？』

『這個我不知道，而且我有說是怪物嗎？』

『男人的尖叫聲還是恐怖的男人？妳要是能選一個，我們會很感謝妳。』大熊又說些言不及義的話。

久美心想：她還要繼續說下去嗎？因此便陷入沉默。

『那麼……其他還有誰想要讓我們傷腦筋的？』

客人們全都一副不知所措的表情。就在這個時候，一個穿著制服的警察從外面走進大廳，在警察們的耳邊小小聲地說了些事。

『濱本先生，剛才那個人偶的頭好像已經找到了，據說是在距離十號房很遠的雪地裡。』牛越自己判斷可以說之後，便對館主說。

『那、那真是太好了！』幸三郎立刻站了起來。

『請和這位警察一起去，鑑識課可能需要暫時扣留一下子，您拿回來之後打算怎樣做呢？』

『當然是組裝到人偶的身體上，然後放回三號房的古董收藏室。』

『我知道了，您可以去了。』

幸三郎便跟著警察走出去。

『其他還有誰發現什麼異狀嗎？戶飼先生你就住在上田先生的正下方。』

『我不知道……我十點半左右就睡了。』

『窗外有沒有什麼異狀？』

『我的窗簾是拉起來的，而且是兩道窗戶。』

『但是，兇手不知道為什麼，要將這個和人一樣大的人偶從三號房帶到後院，而且還小心翼翼地將手腳拆下來，只將頭扔到遠遠的地方。剛才找到的頭是埋在雪裡的，從距離判斷，兇手應該是從丟棄人偶身體那裡隨意拋出去的。埋得很深，而且附近也沒有發現足跡。雪是在十一點左右停的，從那個人偶的身體狀態看來，兇手應該是在來這裡之前就扔了，就在戶飼先生的窗外。你有注意到什麼聲音嗎？』

『這個……我十點半左右就上床睡覺了，連上田先生的叫聲都完全沒有聽見。』

『各位還真是早睡呢！』

『是的，因為我很早就起床了……』

『啊！』日下突然大叫。

『怎麼了？』牛越老神在在地問。

『木棒！豎立著木棒，在雪地上，有兩根，就在人被殺的幾小時前。』

『什麼？請你再解釋清楚一點。』

於是日下將昨晚從大廳看到庭院中兩根木棒的事說了一遍。

『那是什麼時候看見的？』

『吃完晚飯，喝完茶之後沒多久，應該是八點到八點半之間。』

『梶原先生，喝完餐後茶是這個時間沒錯嗎？』

『是的，差不多是這個時候……』

『除了日下先生之外，還有其他的人注意到這兩根木棒嗎？』

所有的人都搖頭。日下腦海中浮現出當時的情景，他心想：早知道當時應該叫人過來看的。

『當時有下雪嗎？』

『是的。』日下回答。

『那今天早上你去叫上田先生起床時的情形又是如何？』

『木棒嗎？你這樣一說，我才想起來早上的時候，木棒已經不見了。』

『那有什麼痕跡嗎？』

『嗯，我沒有特別注意，可能沒有吧。那就在人偶被丟棄的附近，因為今天早上我曾站在附近，所以……咦？那木棒是兇手豎立的嗎？』

『不知道，但這又是一件不可思議的事呢！早川先生，你有注意到嗎？』

『我們昨天幾乎都沒有到庭院去，所以沒發現。』

『那根木棒是直直地豎立的嗎？』

『是的。』

『是和地面垂直的嗎？』

『應該是的。』

『那麼是牢牢地搥入地下的嗎？』

『不，不可能，因為那兩根木棒所在的雪地之下都是石頭。』

『什麼意思？』

『也就是說，庭院裡鋪著石頭，就像是鋪石地板一樣。』

『喔，是在哪一帶？能不能畫給我看？』

牛越將紙和筆遞給日下，日下一邊回想一邊畫著。

『哈哈！這可真有意思呀！』日下畫完後，大熊一邊看著一邊說（圖5）。

『這根木棒距離主屋有多少公尺？』牛越說。

『兩公尺左右。』

『人偶被丟棄的位置也差不多是這個距離嗎？』

『應該是。』

『那這兩根木棒之間連成的線，和主屋牆壁保持兩公尺的距離，並呈平行嗎？』

『是的。』

『嗯。』

『怎麼了嗎？如果和行兇有關的話……』

『我想應該可以了吧！之後再慢慢想吧！也或許和本案完全無關。對了，昨晚是誰最後就寢的？』

『是我。』早川康平說：『我每天鎖完門後才去休息。』

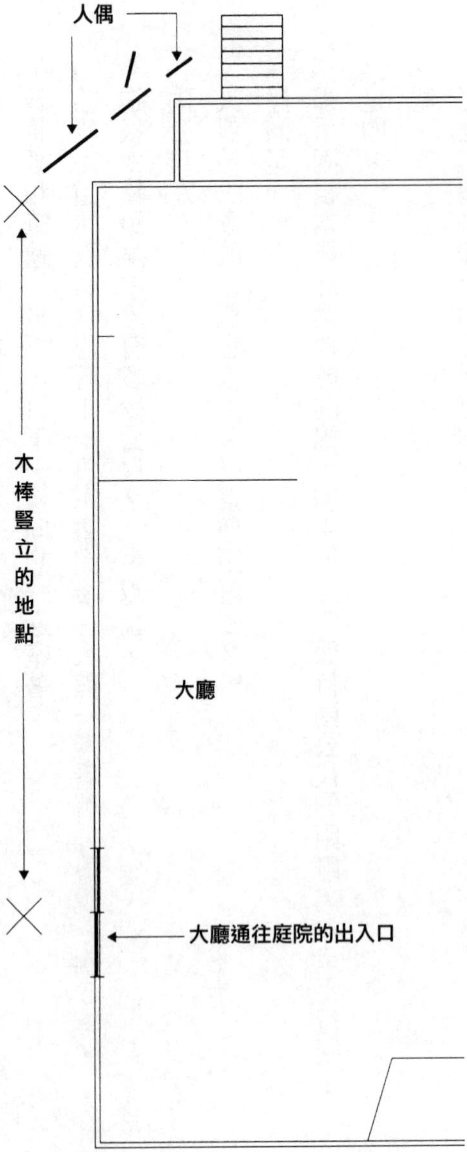
人偶
木棒豎立的地點
大廳
大廳通往庭院的出入口

圖5

『那是幾點左右？』

『我想應該是十點半以後……還不到十一點吧！』

『你有發現什麼異常嗎？』

『沒有什麼和平常不一樣……』

『沒有特別注意嗎？』

『是的。』

『你說你去鎖門。請問，通往大廳的出口，或是玄關的門、廚房的後門，這些門都很容易從屋內打開嗎？』

『是的，如果是從屋內的話……』

『被丟在那間主屋角落的人偶，放那個人偶的房間平常時都會上鎖嗎？濱本小姐。』牛越這次對著英子問道。

『是鎖著的。但是走廊那裡有一扇大窗戶，並沒有上鎖。所以如果想要的話，可以輕易從窗戶將東西搬出去，因為那個人偶就放在窗邊。』

『牆壁上有窗戶？』

『是的。』

『喔……我瞭解了，就先這樣吧！剩下的細節我們再個別詢問。在此之前，我們要先討論一下，是不是有空房間可以借給我們？小房間也可以。』

『啊，那就請去圖書室好了，我現在就帶各位過去。』

『謝謝，不過現在時間還早。待會兒我會叫名字，被叫到的人請依序來圖書室。』

第六場　圖書室

『世界上就是有這種怪胎！刻意建造這種地板傾斜的房子，我卻連一間像樣的房子都沒有！簡直是神經病！有錢人的嗜好瘋狂到這種地步，真是令人火大！』

在早川康平將警察們帶到圖書室後，年輕的尾崎刑警就開始咒罵。窗外可以聽見風的怒吼聲，太陽已經西下了。

『別這樣說。』牛越勸阻他，『所謂的有錢人就是因為要玩些不一樣的東西，所以才想盡辦法去賺錢，不過對我們這些平民百姓來說，感覺不是很舒服。』

牛越將椅腳被斜切的椅子拖到尾崎那裡，叫尾崎坐下。

『這個世界上，如果每個人都像同一個模子印出來的，就沒有什麼樂趣了，有富有的人，也有我們這種窮酸的警察，我覺得這樣很好啊。有錢並不一定幸福喔。』

『對了，其他那些警察現在要怎麼處理呢？』大熊說。

『對喔，應該可以叫他們先回去吧！』牛越回答，大熊便出去傳達指令。

『但這真是間奇怪的屋子呢！剛才我已經先調查過了。』

尾崎又繼續他的抱怨。

『我已經畫好了示意圖，就是這個，請你看一下（參照圖1）。這個西洋館有一個很美的名字叫做「流冰館」，是由地下一樓、地上三樓的西洋館和其東邊緊鄰的塔所組成。那座塔是模仿比薩斜塔建造的，但不同於比薩斜塔的是，除了最上層濱本幸三郎的房間外，樓下完全沒有房間，也沒有樓梯；也就是說，下面幾層都沒有入口。要從一樓直接進入塔內往上爬，是不可能的。那濱本是如何回到他自己的房間呢？從主屋，也就是從這個西洋館用拉下鐵鍊，架起一座吊橋式的樓梯，就可以回到塔裡的房間；回到塔上之後，再從塔上用鐵鍊將橋收起來。真是神經病！

『還有，這棟主屋裡有十五間房間，每一間房間都是從東邊的樓上，也就是接近塔的房間依序編號。這些房間當中——請看一下這張圖，這個三號房就是放剛才那個人偶的古董品收藏室，然後隔壁的四號房就是這間圖書室，也就是我們現在所在的地方；樓下是五號房，就是剛才我們所在的大廳。接著往西走，就是發生兇殺案的十號房，那是放運動器材的房間，原本這間房間是不讓人住的；隔壁的十一號房是桌球室。總之，我想說的是，除了剛才我所說的五個房間，這個館內的所有房間都是有衛浴設備的客房，相當於一流的飯店。這裡可說是有十間客房和完善娛樂設施的免費飯店呢！』

『嗯，原來如此。』

這時大熊剛好回來，也加入討論的陣容。

『也就是說，上田並未被分配到有衛浴設備的房間？十號房本來是儲藏室吧？』

『是的，客人太多的話，房間好像會不夠，所以會將床放進這間比較起來稍微漂亮一點的十號房讓人住。』

『那麼，昨晚是房間不夠嗎？』

『不，房間夠。現在十五號房還是空著的，也就是說……』

『也就是說，司機這種人和運動器材沒兩樣。這是誰分配的房間？』

『是幸三郎的女兒英子。』

『原來是這樣。』

『包含地下室在內，這個館總共有四個樓層，然後分為東西兩邊，每一邊各四個樓層，共有八個樓層；每一邊的四個樓層又再分為南北兩側，所以總共有十六個房間，房間配置大概就是這樣。但是大廳很寬廣，有兩個房間那麼大，因此房間數便減少一個，變成十五個房間。』

『嗯，原來如此，原來如此。』

『而且，通常北邊的房間會比南邊的房間來得大。這是因為樓梯都在南邊的關係，所以南邊的房間就變得比較窄。』

『原來是這樣。』

『所以，夫妻組的客人都被分配到北邊較大的房間。例如，這間屋子裡的夫妻有兩組，分別是金井夫婦和下人早川夫婦，金井住在三樓北邊的九號房，而早川住在地下室北邊的七號房，聽說他們在屋子落成之後就一直住在那裡。

『說到這個樓梯，也是非常詭異。在東邊和西邊各有一個，東邊是從剛才那個大廳往上爬，爬上來之後就是一號房和二號房，為的是幸三郎方便回他塔上的房間，就只為了要回房間而建一座樓梯。樓梯不經過二樓的三號房和四號房，所以走這個樓梯是絕對到不了二樓。』

『哇！』

『為什麼這麼奇怪，我也覺得很困惑。從大廳爬個樓梯一下子就到了三樓，而且東邊也沒有通到地下室的樓梯，簡直就像迷宮，走著走著火就上來了。』

『所以，要去二樓或是地下室，就必須走我們剛才所爬上來的西邊的樓梯嗎？但是剛才的樓梯並不是到二樓就沒有了，還可以繼續往上爬。』

『是的，要去二樓和地下室就必須走西邊的樓梯。我也是想如果要去三樓，可以走東邊的樓梯上去，所以西邊的樓梯到二樓就可以了，但是西邊的樓梯也有到三樓。』

『喔，所以只有三樓的人可以同時使用東西兩個樓梯。』

『但其實是不行的，能使用西邊樓梯的人只有住在三樓八號房和九號房的客人，而能使用東邊樓梯的人，同樣也只有三樓一號房和二號房的客人。也就是說，三樓沒有可以連接東西兩邊的走廊，所以八、九號房的客人是無法直接去同一層樓的一、二號房的。如果要去的話，就必須下樓梯到一樓，穿過一樓的大廳，再走另一邊樓梯上來。』

『啊！真是麻煩呀！』

『所以，這真是間神經病的屋子！真是麻煩，我想要去相倉久美說看到怪男人的那個一號房看一看，就走西邊的樓梯上去，結果上去後才發現根本不相通，才又下來到大廳去問人怎麼走。』

『是啊。』

『濱本幸三郎這個人似乎有個壞習慣，喜歡看別人吃驚或是不知所措，因此把地板做得這麼斜，沒習慣以前應該會有人跌倒吧！即使習慣以後，還是會以這東西兩邊的窗戶為基準，把上坡誤以為是下坡。』

『只要窗戶看起來是斜的，我們就沒轍了，因為我們容易將窗框距離地面較遠的地方看作是上坡。』

『但是，放在地上的球會往上坡滾呢！』

『真是令人驚奇的屋子。但是，南北相鄰的兩間房間，例如八號和九號房可以來來去去嗎？』

『那是當然，因為是從同一個樓梯爬上來的。說得也是啊，樓梯蓋成這樣，當然無法通到所有的房間。也就是說，就像東邊的樓梯跳過東邊的二樓一樣，西邊的樓梯當然也跳過西邊二樓。西邊的二樓就是發生兇殺案的十號房和十一號房的桌球室，這兩間房間都無法從屋內進入。』

『嗯……是啊！』

牛越一邊看著圖面，一邊吞吞吐吐的回答，這圖面有點難懂。

『但因為這是桌球室和運動器材儲藏室，所以只能從屋外進出也說得過去。』

『原來是這樣！你想得真周到。』

『只有這兩間房間是必須走屋外的樓梯，所以對於被分配到十號房的人而言，在現在這種季節，還必須經過屋外才能進房睡覺，真是痛苦。但因為他是司機，所以也莫可奈何吧！』

『在公司裡混口飯吃不容易啊！』

『為了要讓人可以住進十號房，所以他們另外建造了一間小屋，擺放非常髒污的東西，像是農機具、掃帚、斧頭、鐮刀等雜七雜八的東西。由早川夫婦管理。

『然後，英子利用這間主屋的特殊構造，費盡心思分配房間。首先是相倉久美，這個女人長得一副愛勾引男人的臉。今天早上，櫻田門非常快速地幫我調查了一些事情，剛才我已經收到資料了。千代田區大手町的菊岡軸承總公司裡，據說除了明年才要進公司的新進員工之外，無人不知相倉祕書就是董事長的小老婆。也就是因為這樣，如果讓這兩個人住得太近，可能會搞在一起，所以英子便將他們兩人的房間一個分到東，一個分到西，相倉住在三樓東邊的一號房，菊岡是住在西邊地下室的十四號房。

『只不過菊岡好像每次來都固定住在十四號房，因為這間十四號房是濱本幸三郎的書房，房裡放了好多他私人的物品和貴重的書。牆壁材料和照明器具都是英國製的，還鋪上價值好幾百萬的波斯地毯，是耗費鉅資打造的房間。好像是因為床太小了，所以幸三郎並沒有睡在這裡。那張床就像一張長椅似的，但是床的柔軟度就無可挑剔了。

『菊岡是這次客人中的主客，所以才會讓他住在最豪華的房間。濱本為什麼會選這間房間做為書房呢？因為這是在地下室，是所有房間當中最溫暖的一間。其他的房間雖然有兩道窗戶，但風仍然會從縫隙灌進來，多少還是有些冷。因為這間房間沒有窗戶，所以才可以集中精神思考事情。如果要欣賞風景，只要回到他在塔上的房間，就可以做三百六十度的全景眺望，大概沒有什麼景致比得上那裡了。

『至於相倉嘛，因為英子平時就住在二號房，所以讓相倉住進隔壁的一號房，以便就近監視，不是嗎？基於同樣的理由，所以她讓單純的嘉彥住在西邊三樓的八號房。如同我剛才所說的，即使是同樣住在三樓，但是相倉的一號房和嘉彥的八號房無法相通，甚至可說是距離最遙遠的房間。英子是想，如此一來，即使情場高手相倉想要勾引嘉彥，也要大費一番周章吧。

『然後是三、四、五號房，我剛才已經解釋過，這些房間不能住人。至於地下室的六號房，這是廚師梶原的房間，七號房也同樣是下人的早川夫婦的房間。雖然地下室比較溫暖，但是沒有窗戶，所以對於短期住在這裡的客人而言會覺得太無聊。因此，自從這間房子建造好之後，就一直將東邊地下室的兩間房間作為下人的房間。

『往西走，三樓的八號房住的是濱本嘉彥，九號房住的是金井夫婦，十號房住的是上田，然後一樓的十二號房住的是戶飼，隔壁的十三號房住的是日下，十四號房住的是菊岡，十五號房是空房。就是這樣。』

『真是有夠複雜的，如果只說明一次，還真是難以完全理解。像是三樓一號房的相倉和濱本的女兒英子，即使想要去二樓的三號房將人偶拿出來，也沒辦法輕鬆辦到吧？因為從一號房和二號房並沒有樓梯可以通到二樓。』

『是的，如果是從西邊的八、九號房，就立刻可以下到三號房前，如果是從一、二號房的話，就必須先下到大廳，再繞一大圈從西邊的樓梯上去——即使要去的房間就在自己的樓下。』

『這就和從八、九號房也無法走到樓下十號房的案發現場是一樣的，確實是有點像迷宮呢。這種設計也太過頭了。你還查出了什麼呢？』

『我們現在所在的房間隔壁就是三號房，別名叫做「天狗的房間」。你只要去看過就會明白，如同我之前所說的，這間房間擺滿了濱本幸三郎花大把銀子從世界各地蒐集而來的破爛東西，整面牆還掛滿了天狗的面具。』

『喔！』

『整片紅！特別是南邊的牆壁，從天花板到地上完全被天狗的面具給淹沒了，還有東邊的牆壁也是。因為這間房間沒有對外的窗戶，所以這兩面牆也沒有窗戶，因此才可以整面牆都掛滿面具。西邊牆壁因為在靠走廊的那一面有窗戶，而北邊牆壁是這樣往前傾的，所以沒辦法掛吧；因此北邊和西邊的牆上沒有掛面具。』

『為什麼要蒐集那麼多的天狗面具？』

『這也是櫻田門從中央區八重洲的濱氏柴油機總公司打聽到的。濱本幸三郎曾在他的隨筆中寫過，他小時候最害怕的東西就是天狗面具。在四十歲的生日時，他哥哥送了他一個天狗面具，從那時候開始，他就想要蒐集日本最珍貴的天狗面具。他果然是個大人物，消息一傳開，那些人就爭先恐後地送他天狗面具，轉眼間就蒐集到了今天這麼多的數量。因為這個小故事很有名，在業界的雜誌上也曾經刊登過好幾次，所以只要是認識他的人都知道他在蒐集這個玩意兒。』

『嗯，剛才那個叫什麼的，被分屍的那個人偶怎樣了？』

『鑑識人員先帶回去了，但濱本希望鑑識完後能還給他。』

『即使還給他，手腳還能回復成原來的樣子嗎？』

『可以的。』

『因為很容易拆裝嗎？』

『是的。』

『那不是壞了嗎？那是什麼人偶呀？』

『好像是濱本在歐洲的人偶店裡買回來的。聽說是十八世紀的東西，其他就不清楚了，你待會直接問他吧。』

『為什麼兇手要將那個人偶從收藏間中拿出來？那是濱本最寶貝的收藏吧？』

『好像也不是，他好像還有其他更值錢的收藏品呢！』

『嗯……我不知道……這個案子有很多疑點。如果是怨恨濱本的傢伙幹的，那為什麼要殺了菊岡的司機……啊！對了，十號房雖然說是密室，但是在東邊牆壁的一角有一個小小的通風口，二十公分見方左右。那個通風口是朝向西側樓梯的空間嗎？』

『是的。』

『那裡可以動什麼手腳嗎？』

『不太可能耶。您看也知道，樓梯是跳過二樓的十號房，所以站在十二號房前的走廊看的話，可疑的通風口是在距離地面很高的牆上開了一個洞。因為再怎麼說，這個高度等於是十號房加上十二號房兩間房間的高度，簡直就像是監獄的牆壁，不太可能動什麼手腳。』

『這個通風口，每一間房間都有嗎？』

『是的，好像本來是預定要裝通風扇的，但是還沒裝。每間房間的通風口都是開在朝向樓梯的那面牆上。說到通風口，我順便也說一下吧！西邊的八、十、十二、十四號房就像是堆積木一樣，所以全部都和十號房一樣，整齊的開在東邊牆上靠南邊的上方一角。然後九、十一、十三、十五號房也是疊上來的，但因為靠樓梯的那面牆是在南邊，所以就在南邊那面牆靠東的天花板附近開口。

『接著來看東邊，一、二、三、四號房，和西邊的房間幾乎完全是相同型態，一、三號房和八、十、十二、十四號房一樣，通風口都是在東邊牆上靠南邊的上方，二、四號房則和九、十一、十三、十五號房一樣，通風口都是在南邊牆上靠東的上方。

『剩下六、七號房，七號房和它樓上的二、四號房一樣，是開在南邊牆上靠西的上方；六號房則有點特殊，所有的房間當中，只有這一間的通風口開在西邊牆壁的南上角。五號房就是那間大廳，如果要開通風口的話，應該也會開在西邊的牆上，但是大廳沒有通風口。大概就是這樣的情形，不過這可能與本案沒有什麼關係吧！

『最後來說一下窗戶，剛才我說有通風口的那面牆都沒有窗戶。除了三號房以外，原則上窗戶全都是朝外開的，也就是對外頭的空氣開著的。朝室內空間開的就是通風口和門，朝外開的就是窗戶，這是這棟建築物的基本設計原則。接觸外界空氣的牆上全都有窗戶，朝有樓梯的室內空間的牆上，則有通風口和門，只要這樣想就沒錯了。剩下的地板、天花板還有和隔壁房間相鄰的牆，這些如果有開口的話就傷腦筋了。

『例如這間圖書室，只有這間房間因為走廊位置的關係，所以入口開在奇怪的地方，有一點變形，但即使是這樣也不違反這個原則。如同我剛才所說的，東邊那塊有樓梯的空間，其南邊牆壁靠東的上方，你看，那裡就有一個通風口，但是沒有窗戶；因為這面牆是與室內相接的，在接觸得到屋外空氣的北邊與東邊牆上則各有一扇窗戶。

『門的位置就如同我剛才所說的，不同於樓上的二號房和樓下的七號房，以及西邊的九、十一、十三、十五號房，是在南邊牆壁的最西邊，這是因為走廊位置的關係，但是有通風口的牆上一定會有門的這個原則是不變的。』

『嗯，真是複雜！我完全搞不懂。』

『但是，唯一例外的是三號房，只有這間房間在與外相鄰的南邊牆上沒有窗戶，而是在面向室內的西邊牆壁上有一扇大窗戶。然後，同樣在西邊的牆壁上也有門，對面的東邊牆壁上有通風口，可能是因為不想讓收藏的古董直接照到陽光的緣故吧。但是為了通風，所以必須將窗戶做得比較大。』

『可以了，你調查得真仔細，可以當建築師了。我完全記不住，這些東西和這次的搜查沒有關係吧？』

『我想應該沒有。』

『真希望不要有，這麼複雜的東西！我們是今天第一次來這驚奇屋的新生，所以覺得不知所措，但客人們應該不是第一次來吧？這個冬天。』

『不，也有些人是第一次。像是相倉久美、金井的老婆初江；而菊岡和金井則是夏天有來過一次避暑。』

『嗯，但是大部分的人都很習慣這個驚奇屋。或許兇手就是利用這間屋子的瘋狂結構，想到了完美的謀殺方法。我還是很在意剛才那個十號房的通風口。』

牛越佐武郎這樣說完後，整理了一下思緒，又接著說。

『剛才你說在距離地面很高的地方開了一個洞，但那是指站在一樓的十二號房前方的走廊往上看吧？』

『是的。』

『對了，剛才我們走上來的樓梯是金屬製的嗎？』牛越說了風馬牛不相及的話。

『是的。』

『從大廳到二樓的樓梯都是木造的，然後鋪上紅色的地毯，顯得非常華麗，但是其他的樓梯就全都是金屬製的了，這是為什麼呢？札幌警察局的樓梯還比這個高級。那種金屬樓梯，通常都是新落成且造價便宜的建築物才會用的替代品。只要走路稍微用點力，就會發出很吵的聲音，和這間中世紀歐式建築實在不搭調。』

『是啊，但可能是因為樓梯比較陡，所以才會使用比較堅固的金屬樓梯吧！』

『是啊，確實是比較陡，可能是因為這樣，所以樓梯的轉角處，或許應該說是走廊吧，每層樓的走廊也好像是使用金屬材質是嗎？』

『是的。』

『除了這層樓之外，一樓和我們樓上的走廊好像全都做成L形的。』

『是的，東邊的三樓也是，只有這層樓例外。』

『這個L形的前方，也就是走廊的盡頭，不知道是設計錯誤還是怎樣，兩頭都沒有緊連著牆壁，留下了二十公分左右的縫隙。』

『是的。那還真是有點恐怖呢，將頭抵在牆壁上，從那個縫隙往下看的話——例如從我們樓上的八號房前走廊盡頭的縫隙往下看，就能看到三層樓高的縫隙。因為可以一直看到地下室的走廊呀，即使有欄杆，還是有點恐怖啊。』

『所以，或許可以利用那個縫隙，從通風口插入繩子或是鋼絲後，再動一些手腳。十號房的通風口不是正好在三樓那個縫隙的正下方嗎？』

『啊，是這樣嗎？這個我也想過，但假使從八號房前的走廊縫隙將手往下伸，也搆不到通風口喔。通風口還在更下面，嗯，大約還有一公尺左右的距離吧。即使兩人一組有計畫地進行，都還有點困難呢。』

『看不到十號房內的情形嗎？』

『根本不可能。』

『是嗎？說得也是，二十公分見方就只有這麼大呢！真的很小啊。』

『是的，即使想要做什麼也很困難。』

尾崎的詭異房屋講解告一段落。

『大熊先生，你有什麼看法嗎？』牛越對著神情非常吃驚的大熊說。

『不，沒有。』

他立刻回答。擺出一副對於這種複雜的事能少管就少管的表情，然後轉移話題。

『今天晚上好像會有暴風雪呢！』

『是啊，風好大。』牛越回答。

『但這裡真是冷啊。附近好像連一戶人家也沒有，怎麼會想要住在這種地方呢？這種地方要是發生一、兩起殺人命案，一點都不稀奇啊！』

『是啊。』

『怎麼會有人想在這種地方生活。』尾崎也說。

『但有錢人身邊總是會圍繞著一群庸俗的人，所以，有時候會想要一個人逃離靜一靜吧。』牛越自己雖然是貧窮人，但似乎很瞭解有錢人的痛苦。

『那要先叫誰進來呢？』

『我個人是想先叫那三個下人，看能不能問出點東西。那種人對於主人一定有些怨言，而且，在大家面前他們就像是稻草人，什麼都不會說的，但是自己一個人就會說出很多事情。反正他們都是些膽小鬼，如果不說的話，只要在他們頭上敲個兩、三下，就會立刻招了。』

『那個早川康平、千賀子夫妻沒有小孩嗎？』

『好像曾經有，但是死了。詳細情形我也不是很清楚。』

『那現在沒有小孩是嗎？』

『好像是。』

『梶原呢？』

『他還是單身，因為才二十七歲，還算年輕吧。要先叫哪一個呢？』

『不，還是先不要叫下人，第一個先叫那個醫學院的學生日下吧。不好意思，能不能幫我叫一下？』

警察們就像是三個閻羅王般並排坐著，而被叫進來的人就坐在桌子前面，和這三個人對坐。日下坐下來的時候，還小小聲地說：『好像是在公司面試。』

『不要說些無聊話，只要回答問題就好。』尾崎以嚴厲的口吻說。

『你住在這裡，也負責維護濱本幸三郎先生的健康嗎？』牛越說。

『是的。』

『我的問題主要有三個：第一個問題是，你和被殺的上田一哉先生之間的關係，熟識到什麼程度？這個我們只要一調查就可以知道，所以請你替彼此省點事，不要隱瞞，實話實說。第二個問題是不在場證明，這可能有一點困難，假設昨晚十二點到十二點半之間，你不在十號房，也就是說，你如果可以證明你在其他地方，就請你回答。第三個問題是最重要的，就是除了你剛才所說的木棒之外，昨晚你還看到了什麼奇怪的東西嗎？或是有具體看到哪個人奇怪的行徑？這種事可能在大家面前不方便說，你放心，我們不會說是你說的，如果有任何發現，請告訴我們。就這樣。』

『我瞭解了。首先第一個問題，我想我和上田先生是最沒關係的人了。有生以來我和上田先生只說過兩次話，一次是我問他：「菊岡先生在哪裡？」另外一次我忘了，大概就是這樣。當然除此之外，在東京我不曾見過上田先生，也沒這個機會，所以我和他就像陌生人一樣，我和你們感覺還比較親近呢。接下來是不在場證明，這個有點困難耶。我九點已經回到房間，因為國家考試快到了，所以我在讀書，之後就沒再從房間出來過，所以，第三個問題我也沒有什麼好回答的。』

『你回到房間後，就沒有再出來到走廊上過了嗎？』

『是的。因為每間房間都有廁所，沒有理由到外面去。』

『你是住在十三號房？你不會去找隔壁的戶飼先生嗎？』

『以前會，不過他這次有問題要專心思考，而我也要準備國家考試，總而言之，昨晚我沒去找他。』

『專心思考的問題是指什麼？』

日下就把昨晚幸三郎出的有關花壇謎題的事說了出來。

『原來是這樣。』

牛越說完後，尾崎又不屑地哼了一聲。

『那你昨晚在房內沒有聽見什麼奇怪的聲音嗎？』

『沒有……因為有兩道窗戶。』

『走廊和樓梯也沒有聲音傳來嗎？兇手把那麼大個人偶從三號房偷出來耶，應該會經過十三號房附近。』

『我沒注意。因為我根本沒想到會發生這種殺人案件。我想，從今天晚上開始我就會注意的。』

『昨晚你幾點睡的？』

『十點半左右吧。』

從日下那裡幾乎沒得到任何線索，接著的戶飼也是一樣。唯一不同的是，他和上田之間的關係更是一清二白，也就是說，他完全沒和上田說過話。

『他是政治家戶飼俊作的兒子喔。』尾崎說。

『喔，那個啊！』

『他是東大的嗎？那頭腦應該很好吧！』大熊也說。

『聽說剛才那兩個人，也就是日下和戶飼，正在爭奪濱本英子呢。』

『原來是這樣，戶飼的好家世可以加分吧。』

『應該是吧。』

『接下來可以叫菊岡軸承公司組的進來了。關於這些人有沒有什麼要先知道的？』

『菊岡和祕書相倉是情人的關係我已經說過了嘛。還有，金井這十幾年來，在菊岡身邊跟前跟後的，才終於爬到了今天的董事這個位置。』

『菊岡軸承公司與濱氏柴油機公司之間是什麼關係？』

『這個嘛，菊岡軸承公司只不過是一間不起眼的小企業，卻能發展到今天這個地步，就是因為在一九五八年，菊岡投入了濱氏柴油機公司的懷抱，成為濱氏柴油機公司旗下的菊岡軸承公司。濱氏公司的拖拉機的球狀軸承將近半數應該都是使用菊岡軸承公司的產品。』

『算是合作嗎？』

『是的，就是因為這個機緣，菊岡才會受邀來此。』

『最近這兩家公司有沒有發生什麼風波？』

『好像完全沒有。聽說這兩家公司，特別是出口，業績都很好，合作非常愉快。』

『我明白了，那會不會是相倉和上田搞上了呢？』

『啊，這似乎不太可能。因為上田是個不起眼的男人，而菊岡喜歡追根究柢，嫉妒心又很重，她現在是個有錢花用的小老婆，不會去做這種虧本生意吧！』

『我瞭解了，請他進來。』

但是，菊岡軸承組的人也和日下、戶飼沒什麼兩樣。相倉久美應該在工作上有機會和上田接觸，但是她說她幾乎沒跟上田說過話。關於這一點，也輾轉從菊岡軸承組其他人那裡獲得證實，應該是事實。

金井夫婦在這個問題的回答也幾乎如出一轍，比較令人驚訝的是，就連菊岡榮吉都說出類似的話。他說他只知道上田不愛說話，尚未結婚，沒有兄弟姊妹，父親已經過世，也就是說，他和母親相依為命。他的老家在大阪的受口市。菊岡曾經和他一起喝過兩、三次酒，但是並不熟。

除了問他們那三個問題之外，還另外加問有沒有想到會有誰想要殺上田？但是也問不出個所以然來。所有的人都口徑一致地說完全沒有想法。

『金井先生，你是幾點跑去一號房的？』

『我聽見相倉小姐的叫聲好像是在一點五分，我在床上掙扎了十分鐘左右。』

『那你有聽見男人的叫聲嗎？』

『是的。』

『你有看窗外嗎？』

『沒有。』

『那你是何時回到房間的？』

『快要兩點的時候。』

『你往返都有經過大廳嗎？』

『當然。』

『途中有遇到誰、或是有看見什麼可疑的東西嗎？』

『沒有。』

這應該算是唯一的收穫吧！換言之，如果金井所說的是實話，那麼從一點十五分左右到五十五分左右，九號房到一號房的這段路上並沒有可疑人士出現。

不管怎麼說，他們這些人都像是一個模子印出來似的，完全沒有不在場證明。每個人都在九點半回到房間後，立刻換睡衣，大家都謹守禮節，穿著睡衣絕對不到走廊上去（只有金井道男例外）。吃完飯後，客人們就像是冬眠的熊般，關進自己的房間裡。

或許真的是因為這間屋子裡的每間房間，都像飯店一樣附有衛浴，才會這樣吧。但是對於家教並不十分好的三名警察而言，還是覺得有點難以理解。因為警察學校的宿舍即使到了半夜，從房間到走廊都還是鬧烘烘的。於是他們便詢問嘉彥，為什麼這些人會這樣。

『剛才你也說過了，大家都幾乎沒和上田先生說過話，而且一進入自己的房間後就不再出來，所以什麼也沒聽到，也沒看到任何東西，因此你沒有不在場證明。為什麼大家一進到房間後就不再出來呢？』

『這個，因為大家都有帶睡衣來……』

『嗯。』

『可是沒有準備睡衣外的睡袍。』嘉彥說。

刑警們雖然全都點點頭，但事實上，他們覺得很莫名其妙，感覺自己好像來到一個很不平凡的家。那麼，連睡衣都沒準備的他們，今天晚上會遭到什麼樣的目光呢？

三人接著叫來的是濱本英子，牛越又重複問了她三個問題。

『不在場證明是有點困難。從一點多到兩點之間的話，我和父親、相倉小姐還有金井先生在一號房內碰過面，但是十二點到十二點半之間的不在場證明就有點⋯⋯』

『嗯，但妳是除了金井先生之外，第二個走出房間的人，妳應該是有睡袍吧？』

『啊？』

『沒有，我在自言自語，妳和上田一哉熟嗎？』

『幾乎沒講過話。』

『果然如此，嗯，應該是這樣吧。』

『還有一個問題是什麼？』

『妳有沒有看見什麼可疑的人，或是聽見什麼奇怪的聲音？』

『我沒有看見。』

『嗯，妳回到房間後，又再次出來，就是因為聽見之前相倉小姐的叫聲後，才趕到隔壁去的那一次嗎？』

『是的⋯⋯不，正確的說應該還有一次。』

『喔，那是？』

『因為很冷所以睡不著，我打開門走出來，想要去看看吊橋門是否確實關好。』

『結果呢？』

『果然沒有關好。』

『這種事常發生嗎？』

『偶爾。從塔那邊放下來的話，是會關不緊。』

『然後妳去關好了嗎？』

『是的。』

『那是幾點左右？』

『這……是在聽見相倉小姐的叫聲前二、三十分鐘吧……我沒有看錶。』

『那就是將近十二點三十分的時候囉？』

『應該是吧，但是也可能更晚。』

『麻煩妳再詳細描述一下聽到相倉小姐叫聲時的情形。』

『因為剛才提到的原因，所以當時我還沒睡。我聽見叫聲，而且叫得非常悽慘，我心想那是什麼聲音，便豎起耳朵聽，結果這次卻聽見了男人的叫聲，於是我就下了床，打開窗戶往外看。』

『妳看見了什麼或是誰嗎？』

『不，因為月亮有出來，所以可以看見遠處的雪地，但是我什麼也沒看見。然後我又聽見相倉小姐的叫聲，所以便走到一號房敲門。』

『嗯，然後妳父親也來了？』

『是的。最後是金井先生。』

『妳覺得相倉小姐看到的是什麼？』

『我覺得是她在做夢。』英子斬釘截鐵地說。

他們接著叫幸三郎進來。牛越問完三個問題後，他居然說出令大家跌破眼鏡的話。

『我和上田曾經深談過幾次。』

『喔……為什麼？』牛越和大熊都露出驚訝的表情。

『你問我「為什麼？」我還真不知該怎麼回答呢。我不能和上田很熟嗎？』

『哈哈哈，不是不行，因為濱本幸三郎先生應該是可以做成銅像的名人呢！所以我聽到您和一個司機竟然很熟，難免會覺得有點奇怪。』

『哈哈！大公無私的警界相關人士說出這樣的話，才讓我覺得有點怪呢！如果能給我知性的刺激或是某種精神方面的滿足，我也會和娼妓聊天喔。對了，我和他聊天是因為我曾在軍中待過，所以我會問他自衛隊現在的情況。』

『原來是這樣。但是，你只在這個屋裡和他聊過天嗎？』

『那是當然的，因為沒有其他機會和他見面，意思就是我不會離開這裡。但是在這個館完工前的一年左右，我是住在鎌倉的，當時菊岡先生曾來我家拜訪我，上田也跟著他一起來，不過那個時候我沒有和他說話。』

『菊岡先生和上田先生來這間屋子只有今年夏天和這次兩次嗎？』

『是的。』

『夏天的時候在這裡待了多久？』

『一個星期。』

『是嗎？』

『說到第二個問題，我在十點半左右回到房間後就沒再出來了，所以沒辦法提出不在場證明。』

『十點半嗎？很晚呢！』

『我和英子閒聊了一下。不過，我不知道這能不能算是不在場證明，你們也知道我的房間在塔上，要回房間就只能走那個吊橋式的樓梯，那個樓梯不管收起來或是放下來都會發出很大的聲音，而且現在是冬天，所以不可以放下來不管它，因為只要門一打開，主屋就會變得非常冷。因此，在這座吊橋發出一次上下的聲響後，到第二天早上之前的吊橋上下聲響起之前，我是不會步出那個塔上的房間一步的。』

『原來是這樣。我當然沒有懷疑您。像您這樣有地位又有名望的人，根本沒道理去殺一個不熟識的司機，把自己搞得一敗塗地。您是今早幾點將吊橋放下來的呢？』

『八點半左右吧！如果我太早起來的話，我女兒會抱怨我把她吵醒。但是這樣一來，歹徒就絕對不可能是在這間屋子裡吧？』

『但是這樣的話，上田先生只有自殺的可能了。可是就我們的經驗判斷，那種死亡方式實在不太可能是自殺。如果那是他殺，很可惜，兇手就一定在這間屋子裡。』

『但是好像沒有。』

『您說得沒錯。不過我們也有請東京方面去查，或許會有意外的發現。對了，那座橋每次收起來和放下來所發出的聲音，這間屋子裡的每個人都聽得見嗎？』

『應該聽得見吧，因為聲音很大。不過我是不知道地下室是不是也聽得見。這樣說來，菊岡所住的十四號房應該算是特等房間，住在一號房、二號房的人，如果是醒的話，應該聽得見聲音。』

『那麼，關於第三個問題呢？』

『第三個問題是說有沒有誰的行為很可疑是嗎？我的房間是在塔上，和大家離得比較遠，所以我完全不知道。我只聽見男人的叫聲和相倉小姐的叫聲。除此之外，我沒有看見什麼可疑的東西。』

『嗯，相倉小姐所看見的東西，濱本先生您認為那是什麼？』

『這個嘛，我沒什麼特別的想法。那應該只是做惡夢吧。』

『但您不是有聽見男人的叫聲嗎？』

『我是有聽見，不過因為很小聲，所以我還以為是哪個醉鬼在距離這間屋子很遠的地方發酒瘋呢。』

『是嗎？那為什麼會把隔壁三號房的那個、那個叫做什麼的……』

『是葛雷姆嗎？』

『對，你覺得兇手為什麼會刻意將那個人偶偷走呢？』

『我也不知道。但是那個人偶就放在窗邊，是個很容易就可以偷出去的位置。』

『如果想讓濱本先生心痛，把那個人偶偷出來丟在雪地上，是最好的做法嗎？』

『沒有這回事喔。我還有比那個更小、更值錢、更寶貝的東西。如果是這些東西被偷的話，那就不是只有被拆散而已，一定會被弄壞吧！而且，歹徒只要在三號房弄就可以了，根本不需要到外面去。』

『那這個人偶並不是您很寶貝的東西嗎？』

『不是喔。我只不過是看到就買回來了。』

『那個為什麼要叫葛雷姆……是吧？這個名字呢？』

『布拉格的人偶店就是這樣叫的，葛雷姆是它的小名，而且，還有一個很奇怪的傳說呢，但是我想應該不用跟警察說吧！』

『什麼傳說？』

『聽說它會自己走到有水的地方去呢！』

『怎麼可能?!』

『哈哈哈，我也不相信，但是中世紀歐洲有很多不可思議的傳說呢！』

『真是恐怖的人偶！您為什麼要買呢？』

『被你這麼一問……總之，我很喜歡像法國人偶一樣的東西。』

『對了，這間屋子也很與眾不同呢！我一直想問一個問題，就是樓梯還有每層樓的走廊都是金屬的吧？而且扶手也是金屬做的。每層樓的L形走廊兩端也沒有完全和牆壁相連，都留有縫隙，而且還有欄杆。這是為什麼啊？』

『那個縫隙是做壞的，因為送來的鐵板尺寸不是當初年輕建築師下單的尺寸，建築師也曾說要重做，但我說不用了。因為我覺得這樣看起來很像空中走廊呢！但是我交代一定要裝欄杆。我所有的樓梯、通道都是用鐵做的，而且全都裝上欄杆。因為我喜歡樓梯很陡且有鐵鏽的那種陰森森的感覺，可能是因為我從唸書的時候開始，就很喜歡義大利的柏拉尼西⑦這個畫家的銅版畫吧！柏拉尼西留下了很多幅這種陰森森的牢獄銅版畫，可說是牢獄畫家呢！好幾層樓高的挑高天花板、黑色的鐵樓梯，還有塔和空中走廊以及吊橋式的鐵橋，這些元素在他的畫作裡時常出現，所以我才會想把這間屋子做成這

譯註⑦：Piranesi Giovanni Battista（一七二〇—一七七八），十八世紀義大利最重要的建築師，並且在專業繪畫與版畫上非常著名。

種感覺，甚至想取名為「柏拉尼西館」。』

『哈哈！』牛越大笑，但幸三郎只要一談到這個話題，就顯得興致勃勃。

現在輪到下人了。但是梶原春男好像只對做菜和關在房間看電視感興趣，從沒和上田說過話，昨晚也沒看到什麼可疑的事物。

早川千賀子也是一樣，只有康平稍微有點不同。他應該只有五十歲左右吧，但是動作卻很遲緩，看起來比實際年齡還要老。

早川康平的回答就像是政治家一樣，聽起來好像全都是謊話，刑警們的直覺判斷他應該是隱瞞了什麼事情。

『那你的意思是說，你幾乎沒和上田說過話，十點半過後回到房間就沒再出來，所以沒有不在場證明，而且也沒看到任何可疑的事物是嗎？』尾崎的口氣不是很好，之前大家的答案都太過整齊一致，所以他已經有點受不了了吧。

康平似乎很害怕的低下頭。從他的表情看來，只要再對他施點壓力，他應該會吐出什麼吧！經驗老道的刑警有這樣的預感。外面的風聲越來越大，暴風雪好像快來了。

牛越和尾崎心想，這三個問題的答案當中哪一個是謊話呢？如果能猜出來的話，這用力的一擊就可以奏效了。但是如果沒猜到的話，或許會讓對方下定決心閉口不說。

『你們所說的話，我們是不會對任何人說的。』

於是牛越開始小試身手。

『昨晚你有看見什麼可疑的事物吧?!』

突然間，康平像是彈起來一樣，抬起頭說沒有，說完之後，刑警再怎麼問，他就是一句話都不說。看來好像猜錯了，牛越很不高興的改問另一個問題。

『那早川先生，你認為昨晚外面的人可以侵入這間屋子嗎?』

『不可能，後門的廚房那裡有梶原先生在，大廳的玻璃門離大家都很近，玄關還有其他地方的門都是鎖著的，每天太陽一下山就會立刻鎖上。』

『廁所的窗戶呢?』

『廁所的窗戶是一整天都上鎖的，而且還有鐵窗。』

『嗯，但是客房的窗戶不是由你負責吧?』

『客房如果有客人住的時候，老闆交代，除非是客人叫我們進去，否則不可以私自進入。但是小姐她有麻煩客人注意關好門窗。』

牛越說了聲：『喔，是嗎?』這個問題本身可以說是很可笑。

外面的人為了殺害上田而闖進流冰館，應該說是本末倒置，因為那間十號房是面向外面的，外人可以直接進入，根本不需要潛入主屋。

那個叫做葛雷姆的人偶又是怎麼回事呢?牛越心想，還是再問幸三郎一次，確定一下昨天白天這個叫做什麼葛雷姆的人偶是否確實在三號房裡好了。

『謝謝！』牛越說完後就讓康平走了。

『暴風雪要來了。』尾崎一面看著漆黑的窗外，一面說道：『看來今天晚上風雪會很大，我們回不去了。』

『暴風雪說今天晚上不讓你們回去喔！』大熊再度說了冷笑話。

『當然，我本來就打算住這裡。』牛越心不在焉地說。

他回顧這些沒什麼成果的偵訊，只能確定的是，這裡沒有人殺害上田，還有英子走到那個吊橋時是十二點三、四十分左右，由於當時她沒有看見任何東西，證明在一、二號房附近沒任何人。再來是一點十五分左右，金井經過大廳往返一號房到九號房，當時也未看見任何可疑的人。所以說，兇手在那個時候已經辦完事回到房間了，還是聽到腳步聲，慌慌忙忙地躲到什麼地方去了嗎——？

『牛越先生，搞不好還會再發生什麼事，我們找個手腳俐落的年輕人過來好嗎？如果今天晚上要住在這裡的話，或許可以逮到兇手。』

如果這樣就好了，牛越心想。

『有個一直炫耀自己孔武有力的人剛好今天晚上值班，叫他過來好嗎？』

『是嗎？大熊先生如果你覺得這樣比較好，就請這樣做吧。』

『我是覺得這樣比較好，那就這樣辦吧！』

第二幕

『不是的！那是面具啊！只有虛偽的矯飾。』

波特萊爾《面具》

第一場　大廳

刑警們一從圖書室走到大廳，眼尖的英子立刻以非常高亢的聲音大聲叫道：『各位，警察先生們下來了。晚餐也剛好準備好了，現在就用餐吧！請各位就座，今天晚上要請各位品嘗道地的北國風味！』

料理是英子最自豪的部分，果然都是些高級食材：毛蟹大拼盤、焗干貝、奶油烤鮭魚、清蒸花枝捲等，這些確實都是北海道道地的美食。但是，在北海道土生土長的大熊和牛越，還是生平第一次看到這些料理。他們呆呆地想像著：這些料理確實都是北海道道地的美食呀！卻完全無法想像這是在北海道的某個地方，一天到晚都在吃的菜色。

吃完晚餐後，英子拉開椅子站起身來，向大廳角落的平台鋼琴走去。

她突如其來的舉動，就連鎂光燈都措手不及。像是挑戰屋外暴風雪的聲音般，大廳裡突然響起了蕭邦的〈革命〉這首曲子，客人們面面相覷，不知道發生了什麼事。不過，大家的目光當然全都投向鋼琴那裡去。

在所有蕭邦的作品中，英子最喜歡這首慷慨激昂的曲子。如果是站在聽眾的立場，她也會聆聽其他各種不同的樂曲（不過不知什麼原因，只有〈別離曲〉她非常地討厭），但若是自己彈琴的話，她最常想到這首曲子和〈英雄〉

在她非常用力地敲著琴鍵，演奏完一曲後，餐桌上響起了一陣對女王即興演奏發自內心的讚嘆和如雷的掌聲。即使蕭邦第一次演出時，聽眾應該也沒有如此狂熱吧！

於是，聽眾們沒神經地要求演奏安可曲。似乎是太受到感動，所以什麼都沒想吧。刑警們也在快要吃飽前，適時加入鼓掌的行列。

英子對著聽眾露出優雅的微笑後，便靜靜地演奏〈小夜曲〉，她一邊彈，一邊抬頭看著窗外。

暴風雪越來越大，一聲巨響後，窗戶便開始震動。細細的粉雪打在玻璃上，然後像是輕撫玻璃般落下。

英子覺得，這一切都是老天爺為自己準備的演奏道具。這個暴風雪的夜晚、彬彬有禮的客人們，以及殺人事件，都是上天為了讚美她這個美麗的女王所準備的。只有美女才有權利叫別人聽她使喚，甚至拜倒在她的石榴裙下。所以就連椅子、門也應該會自動幫她開路。

演奏完後，她沒有將琴蓋蓋上就直接站起來，等到客人們的掌聲停下來後，她說道：『現在蓋上琴蓋好像太早了，接下來還有哪位……』

她話說到此時，相倉久美覺得自己的胃好像被錐子戳到一樣痛，因為她明白英子的意圖了。

『在我拙劣的彈奏之後表演，應該更輕鬆吧！』

但英子當然是選了她最擅長的曲目，所以她剛才的表現可說是幾近完美。

英子故意說些客套話，一邊向日下和戶飼拋媚眼，一邊慢慢逼近她鎖定的獵物。那真是相當恐怖的光景。她就像是一頭慢慢徘徊在瑟縮著不敢動的小羊群周圍的大野狼般。然後，她接下來的演技相當精采。

『我找到一位好像會彈鋼琴的完美人士了！』

一副好像突然才想起的樣子，發出很嬌媚的叫聲。

『在這個大廳裡，我最想聽她彈我的琴的那個人，就是相倉久美小姐。』英子這樣說明。

觀眾們全都緊張得直吞口水，料理的美味全都飛到暴風雪的彼端去了。

臉一陣青一陣白、似乎非常害怕的久美，輪流看著她的姘夫和英子，看來她應該是不會彈琴。接著，久美用幾乎聽不見的聲音回答：『我不會彈。』

那個聲音和她之前的聲音截然不同，就像是另一個人在說話一樣。

但英子對於這樣的勝利似乎還不滿意，她仍然動也不動地站在那裡。

『哎呀！她忙著學打字，根本沒時間讓她去學彈琴呢！英子小姐給我一個面子，就饒了她吧！』終於，菊岡伸出了援手。久美仍然低著頭。

菊岡用他慣有的海象聲音大聲叫道：『還不如英子小姐再彈一首。』

這正是加分的好時機，金井也非常贊同地說：『英子小姐的琴實在彈得太棒了，我們還想再聽。』於是最後，英子不得不又繞回到鋼琴那裡。

除了久美之外，這些生意人全都熱情地鼓掌。我想我也不要再繼續寫這種沒完沒了的無聊事了。

客人們吃完飯、喝完紅茶後，應大熊邀請前來的阿南巡查便風塵僕僕地趕到。他的體格看起來非常壯碩，頭上戴的帽子都是雪，警察將他介紹給大家。

英子便說：『那就請阿南先生和大熊先生住在十二號房吧！』

之前住在十二號房的戶飼，一臉驚訝的抬起頭。

英子看到他的表情後，說：『戶飼，請你搬到八號房和嘉彥一起住。』

戶飼及日下他們同時想道：十二號房隔壁的十三號房非常寬敞，為什麼要讓戶飼去擠八號房，而不讓他和住在十三號房的日下一起住呢？這應該是因為英子不想讓對自己有意思的情敵住在同一個房間裡，這種女性化的細膩想法吧！

但是，不是應該讓日下搬到八號房去呢？因為日下住的十三號房比十二號房寬多了。十三號房比較適合兩名刑警住。這可能是因為日下快要考醫師國家考試的關係吧！在私人時間只有一個人的話，唸書一定比較有效率。加強磨練自己的崇拜者，是英子慣用的模式。她的設定的考核基準是：醫生、律師還是東大生都好，就算不是，也至少要是個有名的人

『菊岡先生隔壁的地下室十五號房是空著的，就請牛越先生和尾崎先生住在那一間，我們會立刻準備的。』

『不好意思。』牛越代表四名刑警道謝。

『你們沒有帶睡衣吧？』

『呃，沒有。我們不需要那個東西吧。』

『我可以替你們準備睡衣，但是恐怕沒辦法湊到四件……』

『不、不用了啦！和警察局又硬又薄的被子比起來，這裡已經是天堂了。』

『那我替你們準備牙刷等用品。』

大熊心想：這不就和拘留所沒兩樣嗎？因為拘留所都會提供牙刷給嫌犯。

『不好意思。』

『不，謝謝你們來保護我們。』

『那我們不加把勁可不行了呢。』

濱本幸三郎一邊將第二杯黑咖啡湊到嘴邊，一邊和菊岡榮吉聊天。將糖尿病視為世界末日般懼怕的菊岡，喝的第二杯咖啡當然也是黑咖啡。

菊岡從剛才開始就一直看著窗外，似乎看得目瞪口呆。因為水氣而起霧的玻璃另一邊，雪片就像是邪惡的武器碎片，張牙舞爪地飛過來。

一到了冬天，這附近每週都會有一次像這樣的暴風雪夜。能隔著兩片玻璃的距離待在這個溫暖的地方，真讓他想要大聲地謝謝老天爺。

『怎麼樣啊？菊岡先生，這個偏遠地方的暴風雪。』

『嗯，真令人嘆為觀止！我還是第一次經歷這種暴風雪，感覺房子都在搖晃呢！』

『你有沒有聯想到什麼？』

『您的意思是？』

『沒什麼，因為這是這荒郊野外唯一的屋子呀。不是有人說過嗎？在大自然中，人類設計出來的東西就像是微小的鼴鼠窩般，是不堪一擊的，只能任憑暴風吹襲。』

『好像真的是這樣呢！』

『你想到了戰爭嗎？』

『啊？為什麼突然？』

『哈哈哈！因為我突然想到。』

『戰爭嗎⋯⋯我沒有什麼美好的回憶⋯⋯但我來這裡叨擾還是第一次碰到這樣的夜晚呢！因為夏天時沒碰到這種天氣吧，就像是颱風一樣呢！』

『或許是上田先生的怨氣吧！』幸三郎說。

『別、別開玩笑了！今天晚上可能會很難入睡呢，這個聲音再加上今天晚上發生的那些事⋯⋯本來應該是很累的，但是在這種時候反而睡不著。』

在一旁的金井這時插嘴說了不該說的話，幾乎可以讓他被滅薪。

『或許上田會在枕邊問您：「董事長，要不要用車呢？」』

不知為什麼，這時菊岡氣得面紅耳赤。

『不、不要亂說蠢話！無、無聊透頂了！你在胡說八道什麼！無聊！』

『菊岡先生。』

『啊？』

『請問一下，我之前給你的安眠藥還有剩嗎？』

『還剩兩顆左右⋯⋯』

『那就算了，今晚你應該會吃吧？』

『是啊，我正這麼打算呢！』

『那就算了，我再向日下拿好了。菊岡先生還是吃兩顆比較好。習慣性服用安眠藥的人，在今天這樣的夜晚，吃一顆應該沒效吧！』

『是啊，不管怎麼說，今天晚上我想早點回房睡覺呢！因為發生了這麼多事。』

『我們這種老年組的人，還是這樣比較好吧！門窗一定要鎖好，也別忘了鎖門。因為，殺人犯可能就在這間屋子裡呢！』

『怎麼可能！哇哈哈哈哈！』菊岡豪爽地大笑。

『這我也不知道呢！搞不好，我就是嗜血的殺人魔，正打算要殺你呢！』

『哈哈哈哈哈哈！』菊岡越笑越大聲，但是額頭卻淌著汗珠。

就在這個時候，牛越佐武郎來到了幸三郎的身旁，然後問道：『可以打擾一下嗎？』幸三郎非常爽快地回答：『當然。』幸三郎看見除了牛越的另外三個警察正聚集在桌子的一隅，低聲交談著。

幸三郎背對著菊岡，和牛越開始說起話，所以菊岡便轉向久美說道：『欸，久美，妳房間裡有電毯嗎？』

但是他的祕書不同於以往，擺出一張臭臉。

『有啊，怎麼樣？』

她那副好像吃驚的睜大了眼睛的表情，還是和以往一樣，只不過那雙像貓眼一樣大的眼睛，幾乎沒有正眼看著菊岡，好像在鬧彆扭。

『這樣……不會不太可靠嗎？』

『不會。』她的回答很冷淡，好像是想說：『電毯比你可靠』。

『我從來不曾蓋過電毯睡覺，總覺得不太可靠呢！雖然很暖和。妳房間裡沒有一般的棉被嗎？』

『有啊。』

『哪裡？收在哪裡？』

『收納架上。』

『是什麼樣的棉被？』

『羽絨被。』

『我房間裡完全沒有那種被子。我那裡原本不是他們用來睡覺的房間，床很窄，好像一翻身就會摔下來似的。雖然支撐度還不錯啦。妳應該也看過對吧？就是把這種椅子再加長，像是長椅子，然後放枕頭的地方有靠背。真是一個設計怪異的替代品呢！』

『是嗎？』因為回答太過簡短，所以菊岡也注意到久美的不尋常。

『怎麼了嗎？』

『沒有。』

『應該不會沒有吧？妳的臉那麼臭。』

『是嗎？』

『是啊！』

菊岡看這情形，便壓低音量小聲說：『沒辦法忍受了嗎？快受不了了吧，哈哈，我終於明白了。妳到我屋裡來談一談吧！反正我也打算要睡了。我先去打聲招呼然後回房間，妳之後再假裝若無其事的樣子來我房間。我們來「討論行程」。』這樣說完後，菊岡便站起來。

坐在桌子一角的大熊立刻就看到了，大聲說道：『啊，菊岡先生，如果你要去休息的話，請將房間的門窗鎖好，不要忘了鎖門，因為發生了那件事呢！』

第二場　十四號房、菊岡榮吉的房間

『我受夠了！我要回去！我不是說我不要來嗎？真是令人無法忍受！』相倉久美坐在菊岡的腿上撒嬌。

『怎麼了？妳啊，說什麼要回去。可是，發生了那種事，我們已經被禁足了，回不去了吧？到底怎麼了呢？嗯？』

菊岡董事長露出如同菩薩般的柔和表情詢問久美，這是他從來不曾在菊岡軸承公司其他員工面前展現的表情（包括一九七五年業績一舉增加一倍時）。

『你也應該知道吧？她是故意的，董事長真是的！』

這種時候，女性的台詞總是這樣，幾十年來都沒有變。為什麼這種事沒有流行與否的分別呢？

久美輕輕挹著菊岡榮吉長著自豪胸毛的胸口。這是需要技巧的，太用力或是太輕都不行。這時久美自己都沒發現，她的眼眶已經有淚水在打轉了，因為她後悔得要死，現在老天爺給了她最有效的材料了。

『董事長好過分喔！』這樣說完後，她用手摀住臉。

『妳一直哭，我怎麼知道是為什麼？怎麼這麼傷心呢？嗯？是因為英子嗎？』

淚珠滑落久美的臉頰，她點了點頭。

『好了好了，因為久美是個容易受傷的孩子嘛。但是這樣的話，就沒辦法在社會上生存了喔！』真是令人難以置信，菊岡會說出這樣的話。

久美又惹人憐愛地點了點頭。

『但是我啊，就是喜歡久美這樣善解人意、可愛天真的樣子，妳真是個好女孩。』

菊岡榮吉這樣說完後，將久美抱得更緊了。他想要以身為保護者，展現出具有包容力的身體語言（榮吉是這樣想的），親一下久美的嘴唇。但是，如果有人看見這個舉動的話，會以為是一隻巨大的熊正要將牠所捕獲的獵物從頭吞下去吧！

『不要！』久美叫道，並用手頂住菊岡的下顎，『我現在沒這個心情。』

一陣尷尬的沉默後。

『所以，我不是說我不要來嗎？我沒想到上田會被殺，還有那個過分的女人，所以我不是叫「爸爸」一個人……』

『我不是跟妳說過不要叫我「爸爸」嗎！』

『爸爸』生氣了。因為如果不注意的話，說不定哪一天就會在公司其他同仁面前露餡了。

『對不起……』久美有點沮喪。

『我一直很想和我最愛的董事長去有雪的地方旅行，在這次旅行出發前，我滿心期待。但是，我做夢也沒想到會遇到這麼過分的女人，真是令人震驚。』

『喔，她簡直就不像是女人啊！』

『是啊！我還是第一次碰到這種人呢！』

『但也沒有辦法吧？誰叫她是那個喜歡蓋奇怪房子的老頭的女兒呢！所以她的腦袋一定也不正常。傻女孩，她說的那些蠢話妳還全都當真啊？沒有人會像妳這樣自尋煩惱吧！』

『話是沒錯，可是……』

『這個世界有一個規則，即使是平等的社會，還是有階級之分的，不管妳怎麼追都追不上那些人。這個社會最常做的一件事，就是當妳被欺負後，回頭一看，妳可以欺負的人就站在妳身後。所以，妳不就可以欺負那個人嗎？這個社會是有能力的人的天下，他們會越來越以欺負弱者為樂，所以這些人可以正大光明地欺負底下的人。人生有苦也有樂，不可以做喪家之犬！』

這個男人說的話，有種奇妙的說服力。

『這是世俗的智慧，妳明白嗎？啊？』

『嗯，可是……』

『怎麼啦？妳最近跟那些裝模作樣的年輕人怎麼那麼像，嘴裡老是彆彆扭扭地說什麼可是、可是……的，我實在不瞭解你們這些年輕人在想什麼！像個男人乾脆一點！老天爺為狼創造了羊當牠的食糧，人也要欺負下面的人解解悶，養精蓄銳。這也就是為什麼我要付他們薪水！』

『那要欺負誰呢？』

『像是金井那個跟班啊！』

『他有太太，我會害怕。』

『害怕？金井的太太？妳在說什麼蠢話。如果他太太敢說什麼的話，我就問金井，看要不要我來幫他寫辭呈。』

『可是，我只要一想到明天又要面對英子那個討厭的女人，就……』

『妳不要理她就好了！碰到妳不得不低頭的對手時，妳只要把她當作南瓜就好。妳學學我，我確實對濱本低聲下氣，但我心裡卻是把他當作愚蠢的老頭，因為他在生意上有利用的價值，所以我不得不對他低頭，人就是這樣啊！』

『我瞭解了，那離開這裡的時候，我們去札幌逛一逛，如果你買個東西給我，我的心情就會變好了。』

這完全和剛才談的事風馬牛不相及，但董事長也不知道為什麼，用力地點點頭。

『我們去逛逛！離開札幌後，什麼都買給久美，妳要什麼？』

『真的？哇！我好高興！』久美將手繞過榮吉的脖子，將自己的唇輕輕疊在榮吉的唇上。看來她現在有這個心情了。

『好了好了，久美好可愛。和英子那個神經病女人比起來，簡直就是月亮和王八。』

『拜託！你不要這樣比喻嘛！』

『哈哈哈哈！對喔，真不好意思。』

就在這件事圓滿落幕時，傳來了敲門聲。這一瞬間，久美以迅雷不及掩耳的速度從菊岡的腿上跳了下來，菊岡則將放在身邊的無聊專業雜誌順手拉過來。兩人的動作如此迅速，真令人嘆為觀止。

但是這種時候，就算動作再快還是來不及，因為在響起第三次敲門聲時，門已經被用力地打開了。來訪者應該是使用雙手。

比起其他房間，十四號房的鎖可說設計得比較周延，但這裡可不是總公司的董事長室，所以就算是榮吉，也不能在祕書來這裡時鎖上門。

當英子知道久美不在大廳，也不在一號房後，她就明白久美身在何處了。她的腦海裡有著強烈的道德意識，那就是在她家裡（不知道為什麼，她從來不認為那是父親的家）絕對不允許發生那種莫名其妙的事。

所以，在她打開門的同時，立刻往床那裡看。但只有榮吉一人坐在床上，一臉認真地看著無聊的專業雜誌，而久美則興致盎然地看著掛在牆上那幅毫不起眼的帆船畫。雖然專業雜誌並沒有放顛倒，但榮吉無法毫不費力的閱讀卻是事實。因為他曾在大廳不經意透露，他不戴眼鏡就完全無法閱讀密密麻麻的文字，而現在他根本沒有戴眼鏡。

榮吉似乎現在才回過神似的抬起頭（但如果一開始就是現在這個狀態的話，在門一打開的同時，他應該就抬起頭了）。

『啊，是英子小姐。』他很親切地說，在英子還沒開口問時，他就已經自己先露出馬腳了。

『哎呀沒什麼，我和久美在討論一些行程之類的東西啦。』

但是桌子上當然沒有任何那類的資料或是記事本，看來董事長是專心讀著專業雜誌，而祕書則認真看著牆上那幅帆船畫，然後一邊討論行程的樣子。

『我心想，不知您是否有什麼不滿意的地方，所以就過來看看。』

『不滿意？不、不，沒有。這麼棒的房間還有誰會不滿意的？應該沒有人吧。而且我又不是第一次來。』

『因為有人是第一次來啊。』

『啊？是、是指她嗎？我已經和她解釋過了，很詳盡的。』

『您要洗澡嗎？』

『洗澡？喔，好啊！』

『一號房呢？』

『啊？喔，我嗎？』

『一號房除了妳之外，就沒有別人了！』

『我已經洗過了。』

『是嗎？那結束了嗎？剛才的「討論」。』

『結束了。』

『是嗎。如果您要休息的話就請便吧。請盡早休息——在一號房裡。』

『……』

『我不是叫妳早點去睡嘛！對不起，大小姐，這個孩子好像很怕一個人睡的樣子，畢竟發生了那種事情，而且她又說昨晚從窗戶看見了奇怪的男人，一個人的話她會害怕。妳看，還像個小孩似的，哇哈哈哈哈哈！』

英子一點也不喜歡這種說法，如果說年輕，她應該和自己差不多，頂多小一歲吧！

『那是要一邊聽父親講故事一邊睡嗎？』英子瞪著久美，態度強硬地說。

久美將臉轉向英子，斜眼看了英子一會兒，才快步走過英子身邊往走廊走去。

於是，英子露出溫柔的笑容，對菊岡說：『她那麼有精神，一個人睡一定沒問題的。』然後就將門關上。

第三場　九號房、金井夫婦的房間

『喂！初江，妳看看，暴風雪好大啊！那頭看得到像是白色流冰的東西呢！』

從人聲鼎沸的大廳回到了安靜的房間後，風聲和窗框發出的聲音感覺比之前大上好幾倍，暴風雪好像會越來越大。金井一反常態，舉止顯得非常有男子氣概。

『已經感受到了這遙遠地區的暴風雪呢！說實在的，有點荒涼不是嗎？千里迢迢來到這北邊盡頭的鄂霍次克海。怎麼樣？這可是個和大自然對抗的地方啊！真不錯呀！非常的雄偉！這間屋子果然可以眺望到非常美的景色，不論是晴天、暴風雪，都有不同的風情，明天早上應該可以看得更清楚吧！一定很漂亮。喂！妳不看嗎？』

老公叫著妻子。妻子從剛才開始就一個人坐在床上，一點也不想要起來的樣子，只是不感興趣的回了一句：『我不想看。』

『怎麼？妳要睡了啊？』

初江沒有回答。看來她好像也不是要睡的樣子。

『只是啊，上田被殺了以後，才覺得他是個不錯的人哩。他生前我總覺得這傢伙笨手笨腳、土裡土氣的……』金井似乎誤會了妻子消沉的原因。

『門要鎖好喔！搞不好殺人魔就在這些人當中，不，是在這間屋子裡呢。真是令人不安的騷動啊！早知道會發生這種事，就不要來了，真是的。但還是要小心一點吧！那些警察剛才一直囉囉唆唆地叫我們要把門鎖好把門鎖好的，妳也要注意一下。門已經鎖了嗎？』

『怎麼看都覺得那個女人很噁心！』初江突然說出令金井感到意外的話。

金井道男愣了半晌，然後露出厭惡的表情。如果英子在這裡的話，她就可以看到好幾種她從未看過的金井表情吧！

『搞……什麼，又開始了嗎？我不是跟妳說，做董事長祕書的女人都是那樣嗎？』

初江一臉厭煩至極地看著老公。

『我不是在說那個小女孩！我是在說英子那個死女人！』

看來初江也受到了屋外暴風雪的影響，只是她和老公是以不同的方式表現。

『啊……？』

『她以為她是誰啊！明明自己長得那麼高大魁梧！然後啊！還以為自己很圓潤可愛！還說我胖！是精神有問題嗎？』

『搞什麼嘛，妳還在說昨天的事？人家也沒這樣說啊！妳真是無聊。』

『她明明就有這樣說！所以我說你搞不清楚狀況啊！你有點出息好不好！她連你都嘲笑呢！說你是什麼骨瘦如柴的鯰魚。』

『什麼！妳說什麼?!』

『搞什麼鬼嘛！我看你是鬼迷了心竅！說什麼英子琴彈得很棒、還想再聽，極盡所能地討好那個乳臭未乾的丫頭，你可是公司的董事耶！有點骨氣好不好！我實在覺得很丟臉！』

『我哪裡沒骨氣了?!』

『哪裡有！你只有和我在一起的時候才不會笑。剩下我們兩個人時，你只會不停地發牢騷，一天到晚繃著個臉，但是在大家面前，你就拚命地鞠躬哈腰。你設身處地替我想想吧！英子就是因為覺得我是你這種人的妻子，才會對我擺出那種態度的啊！不是嗎？絕對是這樣！』

『這是人在江湖身不由己，多多少少有些不得已啊。』

『就是因為你太誇張我才說的！』

『妳憑什麼用這種傲慢的口氣和我說話？全日本有多少女人還住在國宅裡，而且從來沒出去旅行過，妳好不容易坐上了董事夫人的位子，又有自己的房子，開著車到處跑，這都是託誰的福？』

『難道是因為你到處對人卑躬屈膝嗎？』

『對！沒錯！』

『是喔！』

『要不然呢?!』

『你要是聽到那個色鬼董事長對久美那個騷貨說的話，你就會覺醒了！』

『那個禿頭說我什麼?!』

『他說金井那個跟班的。』

『這也沒什麼，大家都在背後這樣說，只要想到獎金的金額就沒什麼了。』

『但你這個人還真是能對那個禿頭海怪低聲下氣呢！我實在沒辦法！』

『我也是心不甘情不願的，我這麼做還不是為了自己的老婆孩子？我是咬著牙做的！妳不但不感激我，還說出這些話，太過分了！還是早知道我就不要帶妳來？啊？』

『我可是很想來喔。我也有權利偶爾來一下這種好地方，吃吃美味的食物吧！平常都是你在享受。』

『說什麼平常都是我在享受！不要淨說些前後矛盾的話！妳剛才不是說我只會一味討好那個色鬼董事長嗎？妳有什麼資格說這些？妳這女人到底是哪根神經錯亂啦？』

『都是那個英子還有久美害的，我不知道她是來幹什麼的！久美那個蠢女人簡直就把你當作是她的部下！』

『怎麼可能！那是妳想太多了。』

『才不是！』

『那個女人也有她的優點，她反而有女人溫柔善良的一面。』

『你說什麼?!』初江氣得說不出話來。

『怎樣?』

『你這個男人是個無可救藥的笨蛋。完全不知道別人是怎麼看你的!』

『是妳自己想太多了!』

『你說我想太多?!』

『沒錯,什麼事都往壞處想。如果每個人都像妳這樣,那就不用在社會上混了,妳要有用一點吶!』

『對那個禿頭海怪鞠躬哈腰,還被那個小老婆頤指氣使的,這樣就叫做有用?!』

『沒錯,只有身段柔軟的男人才能一整天卑躬屈膝,只有我才做得到。』

『喔,真是敗給你了!』

『我其實並沒有特別尊敬那個禿頭海怪,只是為了賺錢而利用他而已。我一直想要掐死他,昨晚我還做了一個夢,夢見我將他的腦袋敲破,真是大快人心。』

『那久美呢?』

『久美?她沒有出現在我的夢裡,只有禿頭海怪而已。他跪在地上請我饒了他,我一邊大笑一邊拿斧頭砍下去……』

就在這時,傳來了敲門聲。立刻回應的人是初江,因為金井仍沉醉在那快感中。但是他回過神後,便去開門了,而那裡站著的,就是剛才他們所說的主角,也就是昨晚在夢裡被他用斧頭劈頭的那個人。金井似乎嚇得驚惶失措，半天說不出話來，初江便以非常溫和又自然的態度請董事長進來。

『啊，是董事長，請進。這間房間可以眺望到很美的景致。』

『你們似乎談得正起勁呢！』董事長一邊說一邊走進來。

『沒、沒有，這裡的風景真的很漂亮呢！真是託董事長的福，我們才能在這裡悠閒地休假，我們真是太幸福了。』

『嗯、嗯，我的房間看不到外面，有點無聊呢！不過房間是好得無可挑剔。外面還在颳暴風雪嗎？』

『沒錯，是不是啊？老公。外面風雪很大呢！』

『對啊，還是和剛才一樣，仍颳著暴風雪呢，董事長。』

『這間房間真是特等房呢！窗外的風景好美，現在天黑了看不見，但是明天早上一定很漂亮吧！真想請你跟我換房間吶！』

『喔，那我就跟您換吧？』

『唔？不用了，這是濱本老先生的意思，還是算了吧！明天白天我再來好了。』

『歡迎、歡迎，您隨時可以過來。反正我們夫妻也很無聊，因為這個人像個木頭人一樣，淨說些乏味的話……』

『哈哈，這樣說太過分了吧！哈哈，也是啦！』

『那個白白的東西是流冰吧？』

『啊？好像是吧！天氣晴朗時，應該可以看得見庫頁島吧！』

『我只是問你那是不是流冰而已。』

『喔，應該是流冰吧！』

『是流冰，剛才英子小姐也這樣說。』

『嗯，那我要回房睡了。因為不可以熬夜，如果因為熬夜而得糖尿病的話，人活著就沒意思了，哈哈哈哈哈！』

『糖尿病？別開玩笑了！董事長還這麼年輕……哈哈哈哈哈，說什麼糖尿病……哈哈哈哈哈！』

『我可不是開玩笑，你也要注意一下喔，因為會無法滿足你太太喔，哇哈哈哈！』

董事長拍了兩、三下金井的肩膀後就走了，董事夫婦彼此苦著臉對望了一下。因為大約就在兩星期前，金井才檢查出來尿裡有糖。糖尿病患者專用的砂糖真是一種非常難吃的替代品。如果沒有親身吃過是不會瞭解的。

『真是讓人難過得想哭，為什麼那個又胖又好色的老頭沒得糖尿病，而你這個瘦乾的人卻得了糖尿病？要是那個禿頭海怪得了就好了，這樣他就無法再風流了，人世間不如意的事還真多呢！』

『別再說了，快去睡覺！』

『你一個人睡，我要去洗澡。』

『隨便妳！』

『只要一想到明天還要聽那個討人厭的女人彈琴，我就滿肚子火，睡不著覺。為什麼那個女人不能安分點，真是的！』

就在這個時候，又有人敲門。初江剛才還呼吸急促，發出類似野獸般的聲音數落著英子，此時她卻立刻應門，而且聲音就像是十幾歲的黃花大閨女一樣，非常嬌羞。

『哎呦！是英子小姐啊，有什麼事嗎？』

『我在想不知你們有沒有什麼不滿意的地方，所以就來巡一巡。有什麼不明白的地方也可以問我。』

『不，沒有。這麼棒的房間，而且已經在這住兩天了，沒什麼不明白的地方啦。』

『洗過澡了嗎？』

『嗯，是的。』

『是嗎？我只是想要確認一下。』

『這次的旅行真的很謝謝妳，謝謝你們邀請我們來參加這麼棒的宴會，而且還欣賞到妳優美的琴聲。』

『英子的琴真的彈得很棒，妳學琴應該很久了吧！』金井仍然做出招牌的表情。

『是的，是學了很久，從四歲就開始學了。但是不好意思，還是彈得那麼差。』

『怎麼會！妳彈得非常好。妳看看這個人，就像是乏味的鯰魚吧？如果沒有妳的琴聲，我真的覺得一點都不像是度假呢！』

『喂！妳說完了沒有？不過，明天還請妳再彈琴給我們聽喔！』

『是啊，一定要喔！』

『不，明天我父親要請你們聽一些唱片。』

『但是英子彈得真的很棒呢！我要是會彈琴就好了，剛才還跟我先生說呢！』

『呵呵呵，不要這樣說，如果有什麼事的話，請通知我或是早川。』

『是的，我知道了。』

『那請將門窗鎖好，晚安。』

『謝謝，謝謝你們的招待，晚安。』

第四場　再次回到大廳

相倉久美還不想一個人待在一號房，便回大廳殺時間。大廳裡除了菊岡、金井夫婦的菊岡軸承組，還有英子以外，其他人都在。後來英子也打開了西邊的門，從九號房回到大廳。客人當中，除了夫妻檔和菊岡這種注重養生的人之外，其餘的人都和久美的心情一樣吧！在這種颳著強風的夜晚，不想獨自一人在房間內擔驚受怕。

但是，看來警察沒有這種感覺。

大熊伸了伸懶腰，說：『啊！好睏喔，昨晚因為工作的關係，幾乎沒有睡呢！』然後就站起來。英子看到這情形，就叫千賀子帶大熊回房間。

刑警進入十二號房間後，千賀子又立刻回到大廳。但是就只有這麼一點改變，之後聚集在大廳的人全都沒有要回房的樣子。因為客人們沒有要走的意思，所以早川夫婦和梶原也沒辦法先去睡，三個人就並排坐在大廳和廚房的交界處。

時間已過了十點。在沒有電視的大廳，平常的這個時間早就已經鴉雀無聲了。

英子往音響走去，播放了柯林・戴維斯的〈春之祭〉。

戶飼與嘉彥並肩坐在餐桌邊，日下坐在他們對面正看著醫學的書。

『嘉彥，那個花壇的圖案當初是請誰設計的？』戶飼對嘉彥說道。

『不，沒有請人設計，聽說是爺爺自己畫好圖後，交給建造庭院的業者的。』

『自己一個人畫圖？』

『好像是，聽說在庭院和花壇動工後，他一直在旁邊盯著，指示這個指示那個的。』

『是喔。』

『但這是我聽說的，聽英子姊說的。』

『什麼事？』英子邊說邊走過來，並坐在嘉彥旁邊的椅子上。

『就是那個花壇的事啊！』

『喔，是那個啊。』英子興趣缺缺的說。

『當爸爸突然有靈感想要畫圖的時候，真是麻煩呢！一會兒叫我拿這個，一會兒又要我拿那個。爸爸真是一個藝術家，我覺得他根本不想當濱氏柴油機公司的董事長，只喜歡一邊聽著他最愛的華格納，一邊畫圖。』

『他真的會叫妳拿這個拿那個嗎？』戶飼問。

『他可是很大男人主義的呢！』嘉彥說。

『因為是藝術家嘛！當時他還說要在鋁箔紙上畫圖，我只好跑去跟梶原借。』

『鋁箔紙？畫在那上面嗎？』

『好像是，但是我借給他以後，他就沒有還給我了。不過，那是梶原做料理時要用的，所以很傷腦筋，我跟爸爸說請他裁下他需要的大小，剩下的要還給梶原。但是爸爸說這樣不行，叫我去買捲新的。我只好特地跑到山下的村子去買一捲新的鋁箔紙。』

『喔？』坐在對面的日下回應。

阿南巡查將警帽放在桌上，緊繃著泛紅的臉頰坐在桌角。

『巡查先生。』相倉叫他。

『喔。』巡查看著前方應了一聲。

『阿南這個姓很特別呢！你是北海道人嗎？』

阿南沒有回答。

過了一會兒，當她想要起身往撞球檯走時……

『我的父親是廣島人，祖母是沖繩人。』巡查突然回答道，害久美嚇了一跳。

『你有女朋友嗎？』久美問了一個很難回答的問題。

『我很難回答妳這個問題。』他想了半天後回答。

久美突然把他拉起來，走了五步左右。

『你打撞球嗎？』她問。

『這個……傷腦筋啊，我可不是來這裡打撞球的。』

警察很抗拒，但是久美強人所難地說：『沒關係啦，也可以一邊打撞球，一邊工作吧？保護我們就是你的工作啊！如果你沒打過，我來教你。』

牛越佐武郎雖然在和幸三郎談笑，卻似乎很意外地看見了阿南巡查和女孩子打撞球，不時用眼睛偷瞄他們。

不久之後，戶飼和嘉彥站起來，好像打算回房間的樣子，一起走到幸三郎跟前。但是幸三郎不知為什麼，用手制止住他們兩人，並和牛越同時站起來。然後英子也招招手，跟著大家往撞球檯走去。

打撞球正打得起勁的阿南發現了牛越，趕緊站好。幸三郎邊笑邊揮揮手，說了聲：『請繼續玩。』

當時坐在桌邊、正閒得發慌的尾崎站了起來，似乎很不屑地看了一眼站在撞球檯邊的阿南，然後在牛越耳邊道晚安。

英子看到後，立刻叫千賀子來帶尾崎回房間。早川千賀子帶尾崎回房後，又馬上回到大廳，坐在之前坐的那張椅子上。

幸三郎的心情非常好，他示範球技給初學者的阿南看，幸三郎的球技之好，令牛越瞠目結舌。他對牛越說：『要不要試試？』但是從沒打過撞球的牛越笑著拒絕了。

幸三郎對英子和嘉彥說：『這個阿南先生很有慧根，你們兩個要好好指導他一下。阿南先生，你要通宵打撞球也沒有關係，這裡不會吵到鄰居。你若是一直待在這裡不睡，我也覺得安心多了。期待明天能看到你的進步喔！如果你進步了，我們就來對打吧！但如果你發現兇手的話，請記得要停止練習喔。嘉彥、英子，好好教教阿南先生，他只要一個晚上應該就可以打得很好了！或許今天晚上待在警察身邊是最明智的。』

牛越看不出來阿南有打撞球的天分，所以幸三郎這樣說時，他覺得有點意外。

『牛越先生，你要來我房間嗎？你跟我好像還蠻聊得來的。我房間裡有珍藏的科涅克白蘭地酒，那不是要給什麼大人物喝，而是為了談得來的朋友準備的。而且我真的很害怕呢！在發生了兇殺案的第二天晚上，最好還是和刑警先生喝一杯吧！』

『那我陪你喝一杯吧！』牛越說。

戶飼不知是不想一個人回房間，還是無處可去，便坐在日下旁邊的椅子上。

幸三郎和牛越正打算要爬上大廳角落的樓梯時，腳才踏上第一格階梯，他想了想，便對牛越說道：『對了，我有件事要跟菊岡說一下，不知道他睡了沒？不好意思，你陪我去好嗎？』

『好啊！』

牛越答應後，兩人就穿過大廳，走下通往地下室的樓梯，來到十四號房的門前。

『如果他睡了的話，把他吵醒不太好意思呢……』

幸三郎一邊喃喃自語，一邊輕輕敲著十四號房的房門。但是沒有回應。

『菊岡先生，是我，濱本。你睡了嗎？』

幸三郎的聲音不是很大，如果豎起耳朵仔細聽的話，在地下室的走廊居然可以清楚聽見暴風雪的聲音。

『沒有回應，可能已經睡了吧！』

幸三郎還是轉了轉門把，但是已從屋內反鎖。

『我們走吧！他好像睡了。』

『沒關係嗎？』

『不要緊，明天再跟他說好了。』

兩個人爬上樓梯後，又回到了大廳。幸三郎走到早川夫婦跟前，交代道：『今天晚上應該會變得很冷，把暖氣的溫度再調高一點。』

然後，兩個人就爬上樓梯準備回塔上的房間。吊橋樓梯放下來時，發出嘎答嘎答

圖6

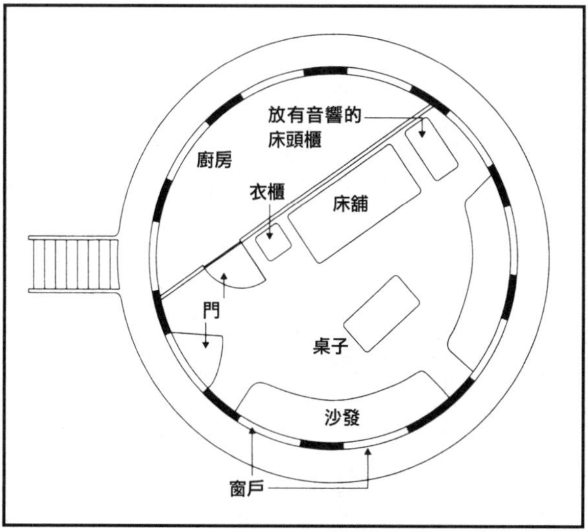

的聲音夾雜著風聲，在大廳都可以聽得見。

站在撞球檯那裡的相倉久美，因為英子的加入而覺得球賽變得很有壓迫感，所以在幸三郎走了以後，她也決定回房睡覺。

大廳裡只剩下看著剛才那個花壇圖的戶飼、讀著醫學書的日下、打撞球打得正起勁的英子、嘉彥、阿南巡查，還有早川夫婦和梶原春男。

第五場　塔上的幸三郎房間

『這房子真是詭異啊，但是很氣派，房間很棒呢！』（圖6）

『這最適合我這怪老頭打發時間了。我自己常常想，為什麼我要做這種蠢事，想著想著，一天就過去了，很令人吃驚吧？』

『真的很令人吃驚，不，應該是說一

連串的吃驚，這間圓形房間的地板也是傾斜的吧？』

『本來是想要做成比薩斜塔的，原本只打算將塔做成斜的，比薩斜塔是傾斜五度十二分二十秒左右，這個塔大約也是傾斜成相同的角度。』

『呵呵……』

『我來倒些喝的。也做一點下酒菜好了，請你等一下。』

『不用了啦，對面有廚房嗎？』

『也不能算是廚房，只有流理台、電冰箱、瓦斯爐這些東西，您要看嗎？』

『我還是第一次來到這麼奇特的建築物呢！請你帶路吧，我想要增廣見聞……』

幸三郎將通往廚房的門打開，並點亮了燈。

『喔！這裡窗戶好多喔！一整圈都是呢！』

『這個房間的四周共有九扇窗戶一扇門，廚房這裡也有四扇窗戶呢！』

『是嗎？那從這裡眺望出去的風景一定很美吧……』

『非常漂亮呢！現在外面很黑什麼都看不見，不過到了早上可以看見一望無際的大海。對了，如果可以的話，你今天晚上要不要住在這裡呢？早上的景色最美了，如果你睡在這裡的話，就不會錯過對吧？好不好呢？我等一下也想一邊跟你喝，一邊慢慢跟你說說心事，我感到有點不安呢！明明已經來到了這種邊疆地帶，還是無法不得罪人。如果兇手就躲在這附近的話，那麼我很可能就是他的下一個目標，要是刑警先生能陪我一起睡的話，就可以替我壯壯膽了。』

『我是無所謂，但這裡不是沒有床嗎？我只看到一張而已。』

『不，你看這個，這裡，在這下面……』

幸三郎將手伸進床底下，拖出了一樣東西——原來是一張床。

『你看！這是子母床呢！就像抽屜一樣。』

接著，幸三郎將窗邊的沙發靠墊移開。

『這下面就是收納櫃，裡面放了棉被，是兩人份喔，你知道嗎？』

『哈哈哈，這又讓人大吃一驚。真是很貼心的設計呢！』

然後，他們兩人坐在沙發上，喝著路易十三。屋外的風聲好像越來越大，就連拿在手上的玻璃杯裡的冰塊碰撞玻璃聲都幾乎聽不見了。

『這麼大的風，這座斜塔不會被吹倒嗎？』

『哈哈哈哈，應該不會吧！』

『那邊那間主屋也沒問題嗎？』

『哈哈哈，沒問題、沒問題。』

『是嗎？但是如果這間屋子倒了，躲在這附近的兇手又被壓在底下的話，那就真是大快人心了啊！哈哈哈！』

『嗯，但是如果兇手站在這雪地裡，應該早就已經凍僵了吧！』

『應該是吧！真想拿杯白蘭地去給他喝呢。這就是路易十三嗎？我只聽過傳說，這算是我第一次看到、第一次喝到呢！哎呀，味道真好。』

『這個啊，喝醉了也不會有不舒服的感覺喔。對了，牛越先生對於兇手有什麼頭緒嗎？』

『你果然會這樣問！嗯，如果說有頭緒好像也可以說有……這個嘛，如果是要說有什麼結論的話，是還沒有。因為這個案子太離奇了，被害人被殺了三十分鐘後才發出叫聲，我可是從沒聽過。』

『而且屍體還是跳舞的姿勢。』

『是啊。說到兇手，好像還是個行蹤成謎、臉頰有燒燙傷的疤痕、留著鬍子、皮膚黝黑的夢遊者。這簡直就像是鬼片，根本輪不到警察出來！』

『殺了人之後，在半空中飛來飛去，然後去偷看女孩子的房間……對了，我可以問你幾個問題嗎？』

『好的，只要在我能回答的範圍內，我就回答你。』

『兇手為什麼要把我的人偶拿出去丟在雪地上，而且還把它分屍亂扔呢？』

『嗯，那應該只是純粹的障眼法吧。看起來好像別有用心，其實只是故意要混淆我們，應該沒有什麼特殊的意義吧！』

『上田死的時候，那種奇怪的姿勢又是為什麼？』

『那應該也沒有什麼特殊的意義吧。他殺致死的屍體通常因為痛苦，都會擺出各種奇奇怪怪的姿勢。』

『上田左腰旁邊的地上，用鮮血畫的那個圓形記號又是什麼？』

『那應該是湊巧吧！因為太痛苦剛好手指碰到那裡，就留在那地上。』

『那庭院裡豎立的日下所說的那些木棒呢？』

『這個嘛，如果那和上田先生的案子有關的話，殺人犯就一定是得了某種精神方面的疾病，兇手在犯下殺人等各種罪行時，常常會祈願，而且是常人難以理解的各類咒術。這種例子多到不勝枚舉，例如有一個闖空門的小偷，他要去犯案時一定會先穿上女性絲襪才出門，那對他來說是一種趨吉避凶的象徵。他說，只要穿著女人的絲襪出門，就一定可以萬無一失。嗯，我覺得那些木棒應該也是屬於這樣的東西。』

『唔，那麼窺探相倉小姐房間的那個臉部有燒燙傷的男子是？』

『這個屋子裡還有這附近，應該沒有住著這種人吧？山下村裡的人也沒人看過這號人物，所以這果然還是……』

『你是說相倉小姐在做夢是吧？但真的是這樣嗎？那個叫聲，還有雪地上沒有足跡……嗯，這個案子會這麼單純嗎？兇手的動機找到了嗎？』

『問題就在這裡。如果說，要從住在這個館裡的人當中找出兇手的話，即使再困難，但最後還是一定可以找得到吧！但即使從這個屋子裡找出某個人，他卻似乎沒有殺人動機，因為這裡所有的人都沒有殺人動機。這種難題是我們最感到頭痛的。我已經請櫻田門去調查，我堅信一定會查出令人意想不到的殺人動機。』

『我也希望如此呢。對了，牛越先生，你做刑警已經很久了吧？』

『我是二十年的選手了。』

『像你這樣經驗豐富的刑警，聽說對兇手會有強烈的第六感，這次的事件有任何人讓你有第六感嗎？』

『很遺憾沒有，但我覺得兇手應該是出乎我意料的人……對了，我在這裡睡好嗎？』

『如果可以的話，請您務必。』

『那我要去跟尾崎說一聲，他可能還沒有鎖門在等我，我去去就回。』

『不，叫個人去吧！只要按下這個按鈕的話，大廳和早川夫婦房間的那兩個鈴就會響，千賀子會過來，到時再拜託她就好了，你看她馬上就會來喔！』

不久之後，早川千賀子撢著頭髮上的雪出現了。幸三郎請她去告訴住在十五號房的尾崎，牛越今天要住在這裡，順便問了一下大廳的情形。千賀子回答大家都還在。幸三郎則告訴她，再過三十分鐘後就可回房休息了。

牛越不自覺地看了看牆上的鐘，當時是十點四十四分。

千賀子將門關上後，過了兩、三分鐘英子又來了。

『英子，怎麼了？』

『我想要去睡了，因為我好睏。』

『是嗎？』

『如果可以的話，能把那座橋收起來嗎？如果這位刑警先生要在這裡睡的話。因為大廳那裡好冷喔。』

『是嗎？我知道了，現在大廳裡還有誰？』

『日下、戶飼、嘉彥和巡查先生在打撞球，另外還有早川夫婦和梶原。』

『大家沒有要回房的樣子嗎？』

『好像沒有耶，日下和戶飼也在看他們打撞球。』

『相倉小姐已經回房了嗎？』

『她早就走了。』

『我知道了，那妳也快回房休息。』幸三郎送走了英子後，將門關上。

然後，他坐在沙發上喝了口白蘭地，以低沉得異樣的聲音說道：『冰塊已經融化了呢。我來放點音樂吧，因為這個夜晚充滿了肅殺之氣呢。不過這裡只能放錄音帶。』

床頭櫃上放了一台桌上型音響。

『這首曲子是我女兒最討厭的……』

牛越覺得，流洩而出的鋼琴曲旋律確實好像在哪裡聽過，但是卻想不起來。他心想，如果連他都知道的話，這一定是首名曲。他很猶豫，不知道要不要問幸三郎這首曲子的曲名。最後他心想：還是不要自取其辱，以免影響今後的辦案。

『我在古典音樂裡面最喜歡鋼琴曲，像歌劇、交響樂那種誇張的東西，我反而不喜歡，牛越先生有在聽音樂嗎？你喜歡哪一類的東西呢？』

『不、不，我……』牛越用力地搖搖手，『我對音樂完全外行，唱起歌來五音不全，即使聽到貝多芬的曲子，也分辨不出來。』

『是嗎？』濱本幸三郎似乎有點難過地說，好像在想，這麼一來，就沒辦法聊音樂方面的話題了。

『我去拿冰塊。』他這麼說完，就拿起冰桶，將通往隔壁廚房的門打開。

牛越可以感覺到幸三郎在隔壁房間開冰箱，他拿著玻璃杯，看著與隔壁房間相隔的那扇門，門沒有被關好，從縫隙間他可以隱約看到幸三郎在房內穿梭的身影。

『暴風雪好大喔！』幸三郎大聲地說。

『是啊！』牛越隔著門回答。鋼琴曲仍在播送，屋外的風聲幾乎與音樂是相同的音量。門打開後，幸三郎提著裝滿冰塊的冰桶出現了。他坐在床上，將冰塊放入牛越的玻璃杯裡。

『謝謝。』牛越說完後，看了看幸三郎的表情，『怎麼了？好像沒精神呢！』

幸三郎笑了一下。

『我最怕這種夜晚，我沒辦法。』

『嗯……』牛越不懂幸三郎這句話的意思，但如果再三盤問，又會顯得自己很矬。

『總之，我們喝到這桶冰塊用完為止吧！你可以陪我吧？』幸三郎說。

就在這句話剛說完時，牆上的復古時鐘敲了十一下。

第六場　大廳

過了一段時間後，幸三郎才對牛越說：『對了，我要去把橋收起來。』

牛越和幸三郎一起走入暴風雪中，將鎖打開。回到房間後，因為身體凍僵了，所以又喝了一會兒，兩個人就寢時，已經是十二點多了吧。

但是，第二天早上為了從塔上眺望風景，所以兩人八點左右就起床了。風已經完全停了，雪也不再飛舞，卻看不見蔚藍的天空，在陰鬱的天空下，只看得見完全被流冰覆蓋的冰冷海洋。東邊的雲泛著白光，就像是紙門後面的電燈泡在發光一樣，那附近可能有太陽吧！

即使是長久居住在北方的人，也會被這種景象所感動，人類若是想要浮起白色的板子，隱身在這廣闊的大海中，需要多大的氣力呢？然而，大自然卻不費吹灰之力就辦到了。

吊橋樓梯降下時，牛越看見在前方的主屋牆壁上嵌入了一長排的ㄈ字形金屬物，原來那是嵌入牆壁中的梯子，他心想，如果要到主屋的屋頂上，就需要爬那些梯子了。

來到大廳後，他看了看手錶，已經早上九點多了。但可能是因為大家昨晚都太晚睡的關係，大廳裡只有金井道男一人。他一個人突兀地坐在餐桌邊。三個下人好像在廚房裡忙，其他的客人應該還在睡覺吧！

和他們打過招呼後，金井立刻將目光投注在他剛才正在看的報紙上，幸三郎則去坐在壁爐旁他最愛的搖椅上，牛越也坐在他身旁的椅子上。

壁爐的柴火燒得劈哩啪啦響，冒出的煙被像是巨型漏斗的煙囪吸了進去，玻璃窗上結了一層霧氣，可以看出屋外有多冷。這是一個和平常沒有兩樣的早晨。

但是，牛越佐武郎卻嗅出了些許不尋常的氣氛，他立刻就知道了原因，因為尾崎和大熊還沒起來。就在他這樣想著的時候，門突然被用力地打開了，尾崎和大熊跑進了大廳。

『對不起！因為太累了。』尾崎說。

『有沒有發現什麼可疑的事？』

他們邊說邊將椅子拉出，在餐桌旁坐下。牛越從壁爐旁站起，走向餐桌。

『因為昨天發生了那種事，所以我想，今天應該不會再發生什麼怪事了吧！至少到目前為止。』

『對呀。』大熊也睡眼惺忪地說。

『昨晚風聲好大，都睡不好……』尾崎又在找藉口。

『阿南怎麼了？』

『他昨晚玩瘋了，應該暫時還起不了床吧。』大熊說。

然後，金井初江下來了。後面跟著的是英子，接著是相倉久美。但這只是先鋒部隊，其餘的人則是過了一小時後才起床。

大家一邊喝著紅茶一邊等待，英子問幸三郎：『該怎麼辦呢？要不要去叫他們？』

『不要，讓他們睡吧！』幸三郎回答。

就在這時，傳來了車子爬坡上來的聲音，然後，玄關響起了年輕男子的聲音。

『打攪了，早安。』

英子應了聲：『來了。』就走到玄關去。然後，她發出了一聲尖叫。

警察們全都緊張起來了，但英子立刻抱著一大束鳶尾花回到了大廳。

『爸爸是您訂的嗎？』

『是的，冬天如果沒有花的話，很無聊呢！這可是空運來的花喔！』

『爸爸真是太了不起了。』英子抱著花說。

外面傳來了車子下坡的聲音。英子慢慢將花束橫放在桌上。

『妳和千賀子一起將這些花佈置在這裡，還有每間房間。每間房間裡應該都有花瓶。如果沒有的話，那裡應該還有吧。我想花瓶的數量應該剛好夠喔！』

『有耶，爸爸，我趕快去弄，阿姨、阿姨！』

客人們全都自動站起來說：『那我去拿花瓶過來。』

就在花分配好之後，日下和戶飼起床了。但是他們得知要分花後，又必須再次回房去拿花瓶。當時已經接近上午十一點了，英子拿著花去叫嘉彥起床。阿南巡查也在這時起床。

到了十點五十五分，所有的人都集合在大廳裡，獨缺菊岡一人。菊岡榮吉再怎麼說也是董事長，所以沒有人敢去吵醒他。

但是想一想，還真令人覺得奇怪，昨晚菊岡是第一個去睡的，他大約是在快要九點的時候就從大廳消失了，然後還去金井的房間看了一下，應該是在九點半左右回去睡的吧？現在都已經十一點了，卻還不起床——

『真是奇怪吶……』金井喃喃自語：『是不是身體不舒服呀？』

『要不要去看一看？』久美也說。

『但是，如果把他吵醒的話，他會發脾氣吧……』

『不怕一萬只怕外萬一，』大熊說：『還是去叫他比較好吧！』

『好，那帶著花……英子，那個花瓶借我一下。』

『咦？但這是放在這裡的。』

『沒關係啦，這裡就算沒有花也沒關係……謝謝，那麼大家也一起去看看吧！』

大家一個接著一個地往十四號房走。

幸三郎站在門前敲著門，並叫著：『菊岡先生，我是濱本。』

牛越在瞬間起了一陣寒顫，因為他想起，這和昨晚的情形如出一轍，只是當時他們叫得比較小聲。

『還沒起床啊……這次換妳來叫叫看，女人的聲音或許能叫醒他。』幸三郎對久美說。但是久美叫了半天也是一樣，大家面面相覷。

臉色變得最難看的就是牛越，他敲門敲得近乎歇斯底里，並大聲叫著：『菊岡先生！菊岡先生！』

『這太奇怪了！』刑警聲嘶力竭的聲音，讓大家覺得很不安。

『可以撞開嗎？門可以破壞嗎？』尾崎說。

『這個，但是……』幸三郎有點猶豫。這間房間可能是他的最愛吧！

『從那裡多少可以看得見屋內的情形……』日下指著牆壁高處的小通風口，但是走廊上既沒桌子也沒椅子，更沒有任何可以墊高的台子。

『尾崎，你睡的房間裡有……』

牛越還沒說完時，尾崎就衝進了十五號房，將床頭櫃搬了過來。他將桌子放在通風口下後，迫不急待地跳了上去，但『不行！太低了，看不見，只看得到床而已！』

『梯凳！梶原，外面的倉庫裡不是有梯凳嗎？快去拿來！』幸三郎下令。

雖然在梯凳被拿來之前只過了一會兒的時間，但是感覺好漫長。梯凳放好後，尾崎爬上去往裡面看，然後大叫。

『糟了！』

『死了嗎？』

『被殺掉了嗎？』刑警們大叫。

『不，菊岡先生不在床上！但是床上好像有血跡。』

『菊岡在哪裡？』

『我看不見，從這裡只能看見床附近！』

『還是要撞開！』牛越用強硬的口氣說。大熊和牛越便用身體去撞門。

『這是無所謂，但是……』幸三郎說：『這扇門特別堅固喔。鎖還是特製的，沒有那麼容易破壞吧。而且又沒有備份鑰匙。』

幸三郎說得沒錯，即使加上阿南，他們三個大男人用身體去撞，門還是文風不動。

『斧頭！』幸三郎大叫。

『梶原，你再去一次倉庫，那裡應該有斧頭吧？你去拿過來！』

梶原跑了出去。

斧頭拿來之後，阿南一邊要客人們往後退，並一邊用手推著客人。

大熊揮動斧頭。看來，他好像不是第一次用斧頭，立刻看到小木片四散，門上裂了一個小縫。

『不，那裡不行。』幸三郎從觀看的人群中走出來。

『這裡、這裡還有這裡，請破壞這三個地方。』幸三郎指著門的上方、下方和正中央。大熊一臉莫名其妙的樣子，但幸三郎只說：『門破了之後你就會瞭解。』

門破了三個洞之後，大熊沒做任何準備就想將手伸進去，牛越立刻遞上白手帕，大熊拿了之後捲裹在手上。

『這扇門的上下各有一個朝上和朝下的門閂，請抓著握柄旋轉，上面那個門閂應該就會掉下來吧！再把下面那個門閂拉起，然後再旋轉一次。』

但是大熊好像抓不到訣竅，耗費了很久的時間。

最後，門終於打開了，警察們想要一股作氣衝進去，但是，發出了咚地一聲，門好像頂到了什麼東西。尾崎拚命用力推，看見像是沙發的東西，應該是被沙發擋住了。

為什麼從這裡會看得到那個沙發的底部呢？原來是沙發倒了下來，尾崎將腳伸進去，用力踹開沙發。

『不要那麼粗魯！』牛越說：『會破壞現場，門只要能打得開就可以了。』

門打開後，後面圍成半圓形的圍觀群眾都倒抽了一口氣。沙發倒了下來，桌子也橫倒在一旁，對面則橫躺著菊岡榮吉穿著睡衣的屍體。看起來好像有打鬥過的跡象，菊岡趴在地上，右背部插著一把刀子。

『菊岡先生！』幸三郎大叫。

金井道男也叫著：『董事長！』久美則脫口喊出：『爸爸！』

刑警們跳進屋內。這時，他們身後傳來『糟了！』的叫聲。尾崎回頭一看，砰一聲，花瓶打破了。

『糟了！對不起！』幸三郎說。他原本想跟著刑警進入房間，卻被沙發絆倒了。

整束鳶尾花散落在菊岡的身體上，牛越心想：這難道是在暗示著什麼嗎？但是他沒有說出口。

『真是很抱歉，我來撿吧！』幸三郎說。

『不，沒關係，我們來。請您先退出去。尾崎，幫我清理一下花。』

牛越環顧現場（圖7）。看樣子菊岡流了很多血，床上的床單、還有從床上滑落下來的電毯都沾了血，還有拼花地板中央鋪著的波斯地毯上也有血跡。

床是用木螺絲固定在地板上的，所以當然不會移動。家具位置有變動的就只有沙發和桌子，而且兩者都是橫倒的。其他的東西看起來似乎都沒有移動或是遭到破壞。壁爐裡有瓦斯暖爐，但是沒有點火，開關也是關著的。

牛越看見菊岡背部的刀子，非常吃驚。其中一個原因是刀子插得很深，一直插到只剩下刀柄的部分露在外面，兇手應該是刺得很用力吧。但更令人驚訝的是，刀子是登山刀，和殺死上田所使用的一模一樣，而且也綁著白線，睡衣上雖然沾了血，但白線上

圖7

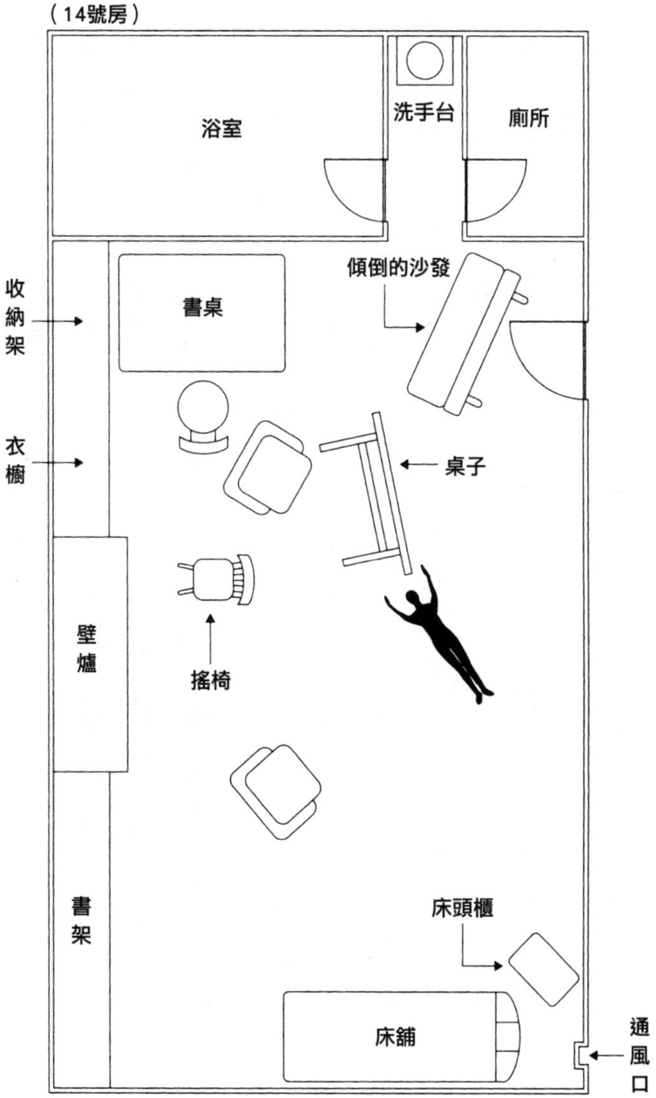

卻完全沒有血跡。刀子是插在右背部，所以距離心臟很遠。

『已經死亡了。』尾崎說。

也就是說，應該是出血過多致死的吧！

牛越回頭看了看門，不禁脫口而出：『渾蛋！怎麼可能會這樣！』

沒有比這扇門更堅固的了，現在重新從室內檢視這扇門，才發現它實在是非常堅固，是用厚實的橡木做成的。門上的鎖也和上田被殺時相同，都鎖得好好的，而且還是三道鎖，簡直就像是金庫。

其中一個鎖是喇叭鎖，中央有個按鈕，按下去就可以鎖住了，這和其他房間一樣。但剩下的兩道鎖就很嚴密了，門的上方和下方安裝了小型的門閂，是一根直徑三公分左右的堅固金屬棒。將上方的門閂拉起轉一圈後扣上，下方的門閂則是往下插入。這樣一來，不管是多麼厲害的人，都無法從屋外遙控上鎖。而且不只門，門框也下了一番工夫，因此上下左右幾乎都沒有縫隙。

這個倒在地上的沙發和桌子，還有那插著刀子的屍體，到底是怎麼回事呢？到底發生了什麼事？

『尾崎，請帶大家去大廳。阿南，你去聯絡警局。』牛越故作鎮靜地說。

『那這個花瓶的碎片怎麼辦？』大熊說。

『對了，那個應該可以撿起來丟掉吧！』

然後牛越雙手抱胸，喃喃自語：『真是顏面盡失。』

大概有一打人數的警察爬坡跑上來，每次要開始大騷動時，牛越的內心就會有滿滿的挫折感。這到底是哪個沒天良的畜生幹的好事?!明明有四名警察住在這裡，但是兇手卻肆無忌憚地行兇！為什麼要毫不在乎地連續殺人？

為什麼都是在密室呢？不可能兩個人都是自殺吧？儘管看起來很怪，但那屍體怎麼看都不像是自殺，更何況菊岡的屍體還是背部中刀咧！

真是讓我們的臉丟大了，我絕不饒他！牛越心想。

他確實錯估了很多事情，他原本以為因為警察在這裡，所以百分之百不會發生連續殺人事件。牛越繃緊了神經，心想：必須重新出發。

傍晚時，鑑識人員研判死者死亡時間的報告已經送來了。根據報告內容，死亡時間是在晚上十一點左右，也就是說，大約是在十一點前後的三十分鐘，就是從晚上十點三十分到十一點三十分這一個小時內——

『我們趕緊來訊問吧。』牛越對著其他客人、這間屋子的主人還有下人們說道。

『昨晚十點半到十一點半之間，也就是晚上十一點前後的半小時，這段時間，大家都在哪裡做些什麼事？』

『我們……』日下立刻說：『那段時間都還在大廳，和那位巡查先生在一起。』

『我們是指？』

『我、戶飼還有嘉彥、早川夫婦、梶原，共六個人。』

『原來如此，你們在這裡一直待到幾點？』

『凌晨兩點多，我看了看時鐘，發現已經兩點了，才趕緊回房睡覺。』

『六個人一起嗎？』

『不是的。』

『我們是在十一點半左右回房的。』早川千賀子插嘴說道。

『只有你們夫婦嗎？』

『不，還有我。』梶原說。

『也就是說，十一點三十分左右，你們三人曾經經過十四號房門前？』

『不，我們沒有經過。因為我們從樓梯走下來的地方剛好是十四號房的另一頭。』

『嗯，所以你們也沒聽到十四號房發出的聲音，或是看到任何可疑的人囉？』

『這個，因為當時風聲很大。』

『是啊……』

這三個人的不在場證明雖然有點勉強，但就時間而言還是可以先予以排除涉嫌，牛越心想。但是，十一點三十分有人經過十四號房附近的可能性非常大，兇手已經殺完人離開了嗎？

『那麼，剩下的三個人在大廳一直待到凌晨兩點左右是嗎？』

『是的，和阿南先生一起。』

『阿南，是嗎？』

『是的。』

於是日下、戶飼、嘉彥三人可以毫無疑問地排除涉嫌，幸三郎昨晚也一直和自己在一起，所以也沒有問題。

『早川先生，昨晚家裡的門有確實鎖好嗎？』

『從下午五點左右就已經確實上鎖了，因為之前發生了那樣的事。』

『嗯。』

但是，這樣一來，很顯然的殺人魔就在這間屋子裡。也就是說，兇手就在自己眼前的這十一個人當中。現在只能排除七人涉案，剩下濱本英子、相倉久美、金井道男、初江這四人！奇怪，怎麼全都是女人？

『濱本英子小姐，相倉小姐，妳們當時在哪裡？』

『我已經回房睡了。』

『我也是。』

兩人如此回答。

『所以很難證明囉？妳們的不在場證明。』

兩人的臉色顯得稍許蒼白。

『但是……』久美語帶辯駁地說：『如果要從一號房到十四號房的話，一定得經過大廳，而且大廳當時還有巡查先生在……』

『是啊！我也是！不經過大廳是絕對到不了十四號房的。十四號房在地下室，而且又沒有窗戶，即使從屋外繞，也無法進入啊！』

『原來如此。』

『等、等一下！您的意思是說我們很可疑嗎？我可是一直都待在房間裡，在九號房，我的老婆可以作證。』金井道男趕緊說。

『賢伉儷啊……』

『不、不，請等一下！受到這次事件打擊最大的可是我啊，我的老婆也是。菊岡先生過世，最震驚的是我們夫婦啊！您這樣說是什麼意思？現在我絕不能再悶不吭聲了，在我們公司裡，我可是所謂的菊岡派。我是菊岡底下的人，我可是花了十幾年耶，將賭注都押在菊岡身上，才爬上今天這個位置的。你們要怎麼調查都可以，請查仔細一點，我會因為菊岡董事長的死，而前途一片黯淡，擔心從明天開始不知該怎麼辦的。我怎麼可能會殺他！我根本沒有殺人的動機，如果有人想要殺董事長，我一定會盡我所能地保護他，我不可能會殺他。而且我的身體這麼瘦弱，即使和董事長面對面，也未必會打得過他。不是我，絕不是我，同樣的理由，也絕不是我老婆。』

『嗯。』

牛越嘆了口氣。金井這個男人只要一被追問，就強詞奪理。只不過他說得也沒錯，但是這麼一來，就沒有兇手了。真是傷腦筋。

『濱本先生，那間圖書室可以再借給我們用嗎？我們要討論一下。』

『喔，可以啊，請用，請隨意使用。』

幸三郎說完後，牛越回答：『謝謝！』然後就站起來催促其他的警察，『走吧！』

第七場　圖書室

『我從沒看過這麼離譜的案子！』大熊補充道。

『這到底是怎麼回事？已確定死者的致命傷是刀傷嗎？』

『沒錯，根據解剖報告，雖然有檢測出若干安眠藥，但還不到致死量。』

『這間屋子裡會不會有什麼機關？』

『鑑識人員剛才已經快速地檢查過十四號房了，沒有發現暗門或是隱藏式壁櫃之類的東西，和十號房一樣。』

『天花板呢？』

『天花板也一樣，是一般的天花板。不過，如果將天花板或是牆壁全部掀開的話，說不定會有意外的發現。可是現階段還不需如此做吧？該做的事情還多得是。』

『但是，難道不需要檢查天花板嗎？因為那根線！為什麼刀子上會有一根線？』

大熊突然大聲嚷嚷著。

『這間屋子裡的人，除了金井夫婦以外，在十一點前後的半小時這段時間，都有不在場證明。但是，金井又沒有殺人的動機。還有，如果兇手就是現在住在這屋子裡的某個人的話，也太像小說情節了。會不會兇手是事先做好準備，到了十一點左右讓刀子自動射在菊岡的背上？只有這個可能，不是嗎？』

『嗯，只有這個可能性吧，這樣一來……』

『是吧？這樣的話，天花板就最可疑了，因為那根線的關係，用那根線吊著刀子，等到十一點時，就讓刀子從上掉落到床上……』

『所以是天花板嗎？但天花板是非常普通的天花板啊！他們拚命地敲，結果也沒發現任何可以拆開或是掀開的裝置。

『而且，這樣的想法……嗯，因為兩個理由所以難以成立。一個就是高度，那把刀子插得很深，幾乎整個刀柄都陷入了，從天花板掉下來的話，不可能會插得這麼深喔。不，能不能傷到人都還不知道呢，從天花板掉落到人身上的話，可能只有一點點痛，就像是被蜜蜂螫到一樣，然後刀子就掉落到一旁了吧。

『那麼，假設從更高的地方掉下來怎麼樣？但是大熊，你不是睡在十四號房的樓上嗎？刀子要能插得那麼深，至少需要兩層樓的高度吧。不過即使如此，也未必能刺得那麼深。在十四號房內能取得的最高位置，頂多也只能從十四號房的天花板上方一直到樓上十二號房的地板下方，刀子如果是從那裡落下的話，也無法刺得那麼深啊！』

『嗯，或許是吧……』

『還有另一個理由就是電毯，刀子那樣掉下來，應該會先刺在電毯上，而且也不應該是刺在背部，應該是胸口才對吧！』

『但他可能是趴著睡。』

『是啊。』

『我知道這樣的想法不太合乎邏輯，但我只能想到這個。也就是說，這屋子裡的某一處潛藏著一個我們不曾見過的人，那就是兇手。只能這樣推斷，不是嗎？不管我怎麼看，那十一個人當中都沒有一個人是兇手！』

『而且，那些沒有人住的空房都檢查過了，怎麼可能會有人躲在裡面。』

『但是，這很難說吧！』

『嗯，最好在他們的陪同下，檢查這間屋子裡的所有房間，但是……』

『搞不好會意外發現這間屋子裡有一處空間可以容納一個人躲藏。或許應謹慎做這方面的搜查比較好——我說的機關裝置就是指這個。因為這是間奇怪的屋子，不知道屋子裡會有什麼玩意兒。』

『你這樣說的話……』尾崎插口說道。

『這間屋子的主人濱本幸三郎，還有英子就是共犯了。但如果想一想殺人動機，濱本父女應該是和日下、戶飼一樣，可以優先排除涉嫌的人。不論是上田一哉，還是菊岡榮吉的命案都一樣。根據上田命案的調查資料顯示，濱本幸三郎和菊岡榮吉並不是認識很久的朋友，當然也不是穿同一條開襠褲長大。兩個人認識時，都已經是各有一片天的人，因為工作上的關係，也就是說，因為菊岡軸承公司和濱氏柴油機公司的業務往來，兩人才開始交往。

『這好像是十四、五年前的事了，但是兩人並沒有走得特別近，這兩家公司也沒有發生特別嚴重的摩擦，幸三郎和菊岡見面的次數應該還不到十次。像這樣邀請菊岡來這屋子度假，還是濱本最近建了這間別墅以後的事。他們兩人的交情應該不至於到萌生殺機的地步。』

『他們的出生地也不一樣吧？』

『不一樣，濱本是在東京，菊岡是在關西。根據兩人身旁的朋友表示，這兩人在合作事業前並不是朋友。』

『英子當然也是。』

『當然，英子和菊岡就只有見過兩次面，一次是今年夏天，一次就是現在。』

『嗯。』

『今年夏天和現在這次，在這間屋子裡，還有人也和菊岡見過兩次面，那就是日下和戶飼，以及濱本嘉彥和梶原春男，他們的條件也一樣，這次和菊岡是第二次見面。就常理判斷，似乎沒有時間發生可以萌生殺機的爭執。』

『嗯，就常理來判斷殺人動機的話，現在叫得出名字的這些人都可以被排除！』

『從動機來看的話是這樣。』

『但是我們處理的案件中，只要不是變態幹的好事，殺人都一定會有動機的。』

『是啊。』

『怨恨、偷盜、嫉妒、突然的憤怒、情慾、貪財……淨是些恐怖的心眼呀。』

『現在沒出現在名單中的人，除了祕書和金井夫婦外，還有這間屋子的下人早川夫婦是嗎？這是怎麼回事？』

『這是昨天這個時候我們沒發現的事實，有很充分的理由呢。今天報告才進來的。其實，早川夫婦有一個二十歲的女兒，而這個女兒在今年夏天和前來避暑的菊岡曾在此見過面。』

『喔！』牛越和大熊的臉色稍微起了變化。

『聽說她皮膚白皙、身材豐腴，臉長得很淫蕩，但我還沒拿到相片。如果有需要的話，應該可以跟早川夫婦要吧！』

『然後呢？』

『聽說這女孩是在東京台東區淺草橋一間叫做「卑彌呼」的小酒店上班，今年八月曾來這裡玩。受邀來此的菊岡對她很感興趣吧？菊岡榮吉這傢伙是個好女色的人，認識他的人都這樣說。』

『菊岡還是單身嗎？』

『不是，他有老婆，還有一個唸高中的兒子、一個唸國中的女兒兩個小孩。』

『嗯，還真拚啊……』

『菊岡這個人表面上看起來光明磊落，但背地裡會使些陰險手段，在公司裡如果有人對他不義，表面上他會笑笑不在乎，但是之後一定會報復回去。』

『社會真是險惡啊！』

『早川良江，就是早川夫婦的女兒，當時也是這樣。菊岡在這裡時，因為顧慮到早川夫婦，所以幾乎完全沒有顯露半點意思，但是一回到東京，他就卯起來去「卑彌呼」報到。會去「卑彌呼」消費的客人都是年輕人，所以那是間摩登卻又不貴的店，店裡只有媽媽桑和良江兩人。但是因為菊岡軸承公司的董事長每天光顧，所以良江一下子就招架不住了。』

『有錢又有地位的好色老頭是很難對付的，僅次於惡行惡狀的警官。』

『因為那傢伙奉行的生活信條是對女人花錢絕不手軟。』

『真是有心機。』

『真了不起。』

『因為這樣，他至少花了大把大把的鈔票，不是嗎？他和良江維持了一陣子的關係，但是有一天，他卻突然消失了。』

『嗯。』

『根據「卑彌呼」媽媽桑的說法是，菊岡答應要買房子和跑車給良江，但是只是隨便說說而已，良江很不甘心。』

『原來如此。』

『良江常提起這件事，心情似乎大受影響，總之就是被菊岡甩了。她打電話給菊岡，菊岡都不接電話，好不容易找到菊岡，菊岡也會擺出一副不記得他答應過的樣子。』

『然後呢？』

『她想要自殺。』

『啊？死了嗎？』

『不，沒有死成，她吃了安眠藥，但是立刻被送到醫院洗胃灌腸，可能是想要給菊岡好看吧！還有，媽媽桑說，良江被菊岡說了那些話，自己可能也覺得很丟臉吧！』

『嗯，我看那也是彼此彼此啦。那現在呢？』

『聽說她身體復原了之後，就到處閒逛，上個月初出車禍死了。』

『死了？』

『據說和菊岡無關，是單純的車禍。但是早川夫婦還是心有不甘，一直覺得良江是被菊岡害死的。』

『可能吧……良江是獨生女耶……那濱本幸三郎知道這件事嗎？』

『應該不知道吧。或許只知道早川夫婦的獨生女出車禍死了吧！』

『原來是這樣。玩女人還是要有點分寸才行呀。那菊岡還能若無其事地來這裡面對早川夫婦嗎？』

『這是濱氏柴油機公司的會長親自邀約的，豈能拒絕？』

『唉，真是令人同情，我明白了。早川夫婦有殺菊岡的動機嗎？……所以昨天就默默地把這傢伙解決掉了啊。但是對上田呢？』

『這點我就覺得很奇怪，早川夫婦絕對沒有殺死上田一哉的動機，早川夫婦和上田的接觸也只有在這間屋子裡見過兩次。』

『嗯，有殺菊岡的動機，卻沒有殺上田的動機，這很奇怪啊……而且，在菊岡命案方面，又有非常有力的不在場證明。唉，算了。接下來有沒有關於金井道男、初江夫婦殺害菊岡的動機呢？』

『也有喔，這傢伙就像是女性週刊雜誌報導的一樣。』

『喔？』

『金井道男在公司內是屬於菊岡派的，這點是無庸置疑的。這傢伙服侍菊岡數十年如一日，不論颳風下雨，都隨侍在側，才爬到今天這個位置。關於這一點，就如同金井自己剛才熱烈的演講一樣。整體而言，這傢伙說的都是實話，只不過問題在於他的老婆初江。』

『他老婆？』尾崎焦躁地點燃了香菸。

『把初江介紹給金井的就是菊岡，那是二十年前的事了，據說初江原本是菊岡的情婦呢！』

『真的假的！』

『那傢伙還真喜歡女人！』

『應該說天性好色吧！』

『真令人佩服啊！那金井知道嗎？』

『不知道，這就很令人玩味了，搞不好他表面上裝作不知道，其實說不定心裡早已有譜。』

『這樣又如何呢……就算金井發覺了，這有辦法成為殺人動機嗎……』

『我覺得不太可能。也就是說，如果失去菊岡這座大靠山的話，金井在公司內就形同稻草人了。因為菊岡，金井才能坐上董事的位置，即使那傢伙發現了這件事，但也已經是陳年往事了。既然如此，他應該會在菊岡死之前，裝出一副武士的樣子，要菊岡那傢伙以金錢的方式賠償他，這樣才比較正常吧？殺掉菊岡就血本無歸了。也或許，金井曾經非常想要殺死菊岡，否則難以洩恨。但我想他應該會事先和公司內其他派系的人掛鉤吧！計畫好菊岡死了以後要怎麼做。不過，就我們的調查，完全沒有這個跡象。』

『這個菊岡的跟班真是忠心耿耿呢……』

『是啊。』

『原來是這樣。』

『我個人認為，從利益上考量，要說金井有殺害菊岡的動機，似乎太嚴苛了。』

『那他老婆呢？』

『他老婆啊，我想也沒那個能耐能殺他吧！』

『金井對上田呢？』

『根據之前的調查，他們並不太熟，所以應該不可能會有殺人動機吧？我是覺得完全不可能啦。』

『那相倉久美呢？』

『這個女人是菊岡的情婦，在公司內是昭然若揭的祕密。但久美也是因為有菊岡才有今天……殺了菊岡沒什麼好處吧。即使她有殺人的理由，只要勒死菊岡就可以了，她應該會算準菊岡快要和她分手的時候才下手吧？現在菊岡仍被她迷得團團轉呢！』

『那菊岡和良江在一起的時候，也同時和久美在一起嗎？』

『是的。』

『太佩服了。』

『他身體真硬朗啊！』

『但這只是假設，久美會不會為了某種理由要殺害殺菊岡，先臥底做他的祕書？』

『這不太可能吧！久美是秋田人，小時候並未離開過秋田，她的父母也是，而菊岡也從沒去過秋田。』

『嗯，我明白了。現在的結論就是：只有早川夫婦有殺人的動機。而關於上田的案子，則找不到任何人有殺人的動機。再加上，這次的密室是很棘手的。大熊先生，你有什麼看法？』

『這真是前所未見的離奇案件，一個好色老頭在絕對無法從外面進入的密室中被殺害，有殺人動機的人也不可能行兇——因為在死者的死亡時間，他們正在看巡查先生打撞球。我認為現在只有一件事可做，就是將十四號房的牆壁和天花板掀開來，可能會發現有祕密通道之類的東西吧？尤其是壁爐附近最可疑，那後面應該有密道。穿過密道就可以到達祕密的隱藏小房間，那裡或許躲著第十二個客人，可能是個侏儒之類的人潛藏在那裡……我可不是開玩笑的喔，只有這個可能不是嗎？如果是侏儒的話，即使是狹小的空間也可以躲藏，而且還可以鑽過狹窄的地道。』

『那個壁爐好像只是做樣子而已，實際上並不能燒柴火，只是放了一個瓦斯暖爐在那裡，所以也沒有煙囪。我拚命地敲了又敲，也檢查過所有的接縫，就我所看到的，沒有發現任何機關。』

『那麼牛越先生，您的想法是？』

『嗯……尾崎，你的看法呢？』

『我覺得必須就邏輯去思考。』

『我也有同感。』

『兩個殺人案件都是發生在密室中。換句話說，兇手在殺人時，佈置出了兩間密室。也就是說，在十號房中，被殺的上田的手腕，不知道為什麼纏著繩子，地上的鉛球上所綁的線又被加長了。而這次的十四號房，沙發和桌子是兇手和菊岡打鬥時被弄倒的，確實留下兇手進入室內的痕跡，所以這兩間密室應該都是兇手在殺人之後才刻意佈置出來的不是嗎？我覺得應該要這麼想。』

『嗯，可能是吧。』

『但兩間房間的鎖都鎖得好好的，尤其是十四號房，上下有兩個門閂，再加上一個喇叭鎖，都是很難打開的。門的四周要是有縫隙就好，但那間十四號房的門真的做得很嚴密，上下左右完全沒有縫隙；門也好像完全和門框密合似的，沒有一點縫隙。在牆的上方有一個二十公分見方的通風口，所以只能用線去操作。但是我在門附近的地板、柱子都沒發現有零件掉落，或是固定痕跡之類的新孔，我非常仔細地檢查過，完全沒有發現使用這種方法所留下的蛛絲馬跡。』

『嗯……』

『還是倒下來的沙發、桌子，和密室殺人花招有什麼關係？』

『可能是吧！而且，為什麼要在密室內呢？這也是個問題。沒有人會笨到覺得背上被刺了一刀的人是自殺的吧！』

『是啊，但我們現在先把沙發或是桌子當作是佈置密室的道具好了，好像有一種方法是當這兩樣東西倒下時，繩子一拉扯，門鎖就會自動鎖起來，這就一定需要繩子或是強韌的線吧！然後，再將線從那個通風口抽回來。牛越先生您說，您昨晚有去敲十四號房的門是嗎？』

『是濱本先生敲的。』

『那是幾點左右？』

『大概是十點半吧！』

『當時通風口那裡有線垂下來嗎？』

『沒有。因為房內沒有回應，我有看一下牆壁上的通風口，但什麼也沒有。』

『應該是吧，因為當時菊岡應該是還活著，只是在睡覺。但是，大約再過三十分鐘後，菊岡就死了。而且，十一點三十分時，那三個下人還經過附近，他們似乎沒有看通風口，不過就常理判斷，當時繩子應該已經被抽回來了吧！那個通風口很高，即使是站在床頭櫃上也看不見裡面，所以兇手如果不使用台子的話，繩子就必須垂得很長。經過的人即使沒有靠得很近，也不可能沒發現吧？』

『也就是說，必須要在十一點十分之前快速處理完，這樣的話，大約只有十分鐘的時間。』

『是這樣沒錯。但這是因為昨天下人們剛好是十一點三十分到地下室的緣故。平常可不是如此，一般而言，下人們更早回房休息。如果手腳慢一點的話，或許會剛好在抽回繩子時被看到，這個計畫也會跟著曝光了。所以，如果我是兇手的話，我會更早行動，因為時間拖得越晚，越有可能被來到地下室的下人們看到。』

『嗯，所以當我們走到門口時，兇手也有可能早就已經處理完畢了。』

『嗯。』

『但如果計畫真是這樣，那兇手就呼之欲出了呀。因為十一點左右是行兇的時間，這是不能改變的。當時能避人耳目來到十四號房的人，就只有住在九號房的客人。』

『話是這樣沒錯……但十一點這個時間就不合理了，而且這個計畫本身也非常冒險，你覺得呢？』

『如果是我的話，不會這樣做，因為我一開始就沒有想要殺人。』

『我覺得還有一件事值得深思。』

『嗯。』

『就是一到十一點，刀子會自動插入菊岡背部的機關設計，如果真的可以這樣的話，兇手就可以悠哉地和巡查先生打撞球、和刑警喝酒也無所謂了。』

『嗯，這個問題我也想過。』大熊大聲說道。

『但是，這傢伙用線製造出密室實在很困難耶，也就是說，即使他想事先進入十四號房做這些準備，他也進不去。再加上十四號房本身並不是特別奇怪的房間，似乎沒辦法設置這麼方便的機關。角落的書桌上都收拾得很乾淨，只放了墨水瓶、筆和紙鎮，書架也並不凌亂。我問過濱本先生，他說書的位置並沒有變動，壁爐的右邊牆上做了一個放衣服的壁櫃，壁櫃裡也沒有任何異常，門仍然關得好好的。

『只不過有一點很奇怪，那就是這間房間裡的椅子特別多。角落的書桌用椅子仍在原位沒有移動，靠著桌子放得好好的；還有壁爐前的搖椅，也還是維持原來的樣子。再來，是有兩張像是給客人坐的椅子及沙發，床也算是一種形式的椅子，就算不將床列入，總共也有五張椅子。我在想，這麼多椅子能用來做什麼？還有那給客人坐的兩張椅子好像也沒怎麼移動。

『還有一件更重要的事，那就是除了菊岡本人以外，其他的人都不能進來。也就是說，十四號房沒有備份鑰匙。不知道是沒打還是掉了，還是濱本自己神經質，只打了一份書房的鑰匙，總之這間房間絕對沒有第二把鑰匙。唯一的一把鑰匙就是由菊岡自己保管，今天早上在菊岡脫下來的外套口袋裡發現了。』

『那麼，如果不小心將鑰匙放在房間裡，直接將喇叭鎖的開關按下，將門關上的話就完蛋了。』

『不，這沒關係。聽說即使將喇叭鎖中央的開關按下再將門關上，門也不會鎖上。這個時候，鎖會自動解除。』

『是嗎？原來如此。』

『儘管如此，菊岡住在這裡的時候，只要一出房間，還是會將門鎖好，他好像把錢放在房間裡。早川夫婦等人是這樣說的。』

『原來是這樣，那這樣一來，就沒有人可以先進他的房間了。』

『是的，其他房間的話，沒人住時就由早川夫婦保管兩把鑰匙；要是有客人住進去的話，就會將其中一把鑰匙交給客人，剩下的那一把就交給英子。總之，十四號房的情況特殊。因為這樣，所以才會讓最有錢的人住這間吧！』

『唉！』

『那我們現在不是沒有東西可以和大廳的那些人說嗎？我個人的心情就結果上來說，是感到相當沮喪、很想舉手投降。因為大熊先生說得沒錯，找不到兇手，那十一個人裡面沒有人是兇手呀！』

『嗯……』

『這次也是一樣。之前那個上田被殺時，就已經有一堆問題沒有解開。第一個問題就是沒有足跡，同樣是上了鎖的密室，不知道兇手是怎麼進去的；還有那個雪，積得那麼厚，不論是主屋的入口附近，還是屋子的四周，甚至十號房階梯上的雪，都是一樣。如果這間屋子裡的人，還有那個日下沒有說謊的話，昨天在我們的人踩亂以前，所看到的雪應該是處女雪吧！這又是個棘手的問題。

『還有，日下晚上看見的那兩根木棒的問題，以及那個叫做葛雷姆的骷髏人偶的問題……啊，對了，牛越先生，上田被殺是在二十五日的深夜，你不是說要去確認二十五日的白天，那個人偶是否在隔壁的三號房內？你問了嗎？』

『他們說在三號房內，二十五日的白天，濱本先生看見人偶還坐在三號房內。』

『是嗎？那就是兇手在殺人之前才將人偶拿出去的……等一下！為了慎重起見，我還是去隔壁房間看一下人偶。』

人偶已經被放回天狗的房間，尾崎走出圖書室。

『所以我在想，搞不好兇手並不是從外面進入十號房的，也就是說，不是從門進入的。那個房間的通風口是朝著這棟房子的內側吧？會不會是從那個通風口動了什麼手腳？』大熊又提出意見。

『但是，那個通風口距離地面很遠喔。』

『要不然就是那傢伙走地道，或是這類的裝置……』

『牛越先生！』尾崎回來了。

『那個人偶的右手上綁了線。』

『什麼?!』

『你去看!』

三個人爭先恐後地走出圖書室，一走到那間天狗房間的窗邊時，就可以看見葛雷姆垂著雙腳坐在窗邊，它的右手腕上綁了根白線。

『真是無聊的把戲，回去，怎麼能再被騙呢?』牛越說。

『應該是兇手幹的吧!』

『應該是吧!因為鑑識人員早就把這個人偶還回來了，這傢伙真是目中無人!』

三個人回到圖書室，又坐回自己原先的座位。

『我們再回到剛才說的足跡。如果兇手為了使足跡消失而耍了什麼詭計的話，我覺得其實沒有什麼意義。因為我們幾乎已經確定這次殺害菊岡的兇手就在這間屋子裡了，所以假設兇手預定要殺菊岡的話，那他在殺害上田的時候，根本沒必要刻意去消除足跡。』

『或許是吧……算了，那所以呢?』

『一開始會沒有留下足跡，是表示兇手耍了某種詭計，打算從屋子裡下手……』

『我剛才也是這樣說的!』

『但那個人偶又是怎麼回事呢?自己飛出去的嗎?我倒不這麼認為。就算我們認為是這間屋子裡的人幹的，可是藉由足跡這種東西，是可以找到很多令人意外的線索的。首先，可以判斷出是男鞋還是女鞋，從步伐的大小也可以分辨出身高和性別，如果從步伐大小判斷出是女人，但足跡卻是男鞋的話，就表示能取得男鞋的女人最可疑。所以如果可以的話，我想兇手還是會為了保險起見，將足跡消除的。』

就在這時，有人敲門。

『來了。』

無精打采的刑警們齊聲回應。門慢慢被打開，早川康平彎著腰站在那裡。

『那個，午餐已經準備好了……』

『啊，謝謝。』

當門正要關上時……

『早川先生，菊岡先生死了，你應該舒服多了吧？』

牛越很不客氣地說。早川臉色蒼白，睜大眼睛，看得出來他很用力地握著門把。

『您為什麼這樣說？您覺得我和這個案子有關……』

『早川先生，請你不要小看警察，我們已經調查出你女兒良江小姐的事了，你應該有去東京參加女兒的葬禮吧。』

早川喪氣地垂下肩膀。

『請到這裡坐。』

『不，這樣就好……我沒有什麼要說的……』

『叫你坐就坐！』尾崎說。

早川慢吞吞地走到三個人的面前，拖出椅子。

『你之前也是坐在這張椅子上，對我們隱瞞了實情。第一次也就算了，但現在要是你還不打算說實話的話，我醜話說在前頭，對你可沒好處。』

『刑警先生，我並沒有要說謊的意思。當時我本來是想要說的，話都已經到了嘴邊了。可是，那時被殺的是上田先生，並不是菊岡先生，所以我心想，如果我刻意說出來的話，恐怕會更啟人疑竇。』

『今天呢？菊岡先生不是已經死了嗎？』

『刑警先生，難道您懷疑我?!我要如何殺他呢？在我女兒過世的時候，我的確很恨菊岡先生。我的太太也是吧，畢竟我們就這麼一個女兒，這是不能否認的。但是我並沒有恨到想要殺他，即使我想也辦不到。那天晚上我一直都待在大廳，而且也無法進入他的房間。』

牛越一直看著早川的眼睛，就好像是從鑰匙孔窺看他的大腦一樣，沉默了片刻。

『你不會是在菊岡先生還在大廳的時候，先偷偷溜進十四號房的吧？』

『不可能！小姐說有客人入住時，絕對不得擅自進入房間。最重要的是，我沒有鑰匙，根本進不去！』

『嗯，我還有一個問題，屋外的倉庫，就是今天早上梶原先生去拿斧頭和梯凳的那間小屋，是鎖著的嗎？』

『是鎖著的。』

『但是，今天早上他好像並沒有拿鑰匙過去吧？』

『那間小屋只要撥對密碼就可以打開，就是那種吊著的……』

『是荷包型的密碼鎖嗎？』

『是的。』

『那密碼每個人都知道嗎？』

『只要是這個家裡的人都知道，要我告訴你密碼嗎？』

『不用了，如果有需要我再請教你。也就是說，除了客人以外，只有濱本先生、英子小姐、梶原先生還有你們夫婦知道而已嗎？』

『是的。』

『其他人都不知道嗎？』

『是的。』

『我瞭解了。可以了，請告訴其他人我們會在三十分鐘內下去。』

早川的表情像是鬆了一口氣，立刻起身。

『那個老頭子絕對有殺死上田一哉的可能。』門一關上，尾崎便說道。

『唉，可是沒有殺人動機是致命的弱點啊。』牛越半帶諷刺地說：『但是，就他的條件而言是可以辦到的。夫妻兩人共謀的話，就更容易進行了。而且，管家甚至比主人更熟悉這個家呢！』

『就動機而言，這也不是不可能的吧？也就是說，他原本是要殺菊岡的，但是上田擔任保鏢不遺餘力，所以必須要先解決掉這個人……』

『這太牽強了，如果是這樣的話，殺死上田的那天晚上，同時應該也是殺死菊岡最好的時機吧！因為保鏢就只有上田一人，而他又被分配到只能從外面進入的房間，就和那間放東西的倉庫一樣，距離菊岡很遠，要除掉菊岡是再適合不過的時機了。這樣兇手應該會毫不猶豫地只殺菊岡一人吧？不管怎麼說，上田都算年輕，而且又是自衛隊退下來的，體力很好。而菊岡上了年紀，而且又那麼胖，早川應該很容易就可以把他解決掉吧！根本沒必要刻意去殺上田。』

『但是，可能上田也知道早川良江的一些事情，若不殺人滅口，難保以後不會有麻煩呀。』

『也不能說沒這個可能。但如果是這樣的話，他應該更擔心金井和久美吧！因為菊岡和上田的交情並沒有那麼好，所以他應該不會對上田說那些事吧！』

『或許是吧。』

『總之，如果真的是早川夫婦做的，我還是不能理解十四號房當時為何是呈現密室的狀態。呃，就算不是密室，在死者的死亡時間點，他們兩人很明顯都還在大廳裡。這個切入點已經沒有意義了。這樣好了，我們先不要管動機的問題，就從物理條件去搜尋可能犯案的人，或許比較好。』

『是啊……那麼……』

『沒錯，那就是金井夫婦。條件放寬一點的話，還有久美和英子。』

『英子？……』

『我說動機那些問題先跳過不管嘛。』

『但是，他們要怎麼殺菊岡呢？先不要管兇手的搜尋，牛越先生您對殺人的方法有什麼想法嗎？』

『這個嘛，也不能說沒有。』

『那是怎麼殺的？』

尾崎很認真，大熊則是半信半疑的看著牛越。

『總之，我們必須當作那扇門是完全沒有被破壞的。絕對不可能用什麼線來操作，讓上方的門閂往上，下方的門閂往下掉，或是按下喇叭鎖中間的按鈕。』

『那麼上鎖的人，就只有死者本身嗎？』

『是的。因為那間地下室沒有窗戶，門也沒打開，只剩下唯一的通風口。』

『那個二十公分見方的四方形洞口？』

『沒錯，就是那個洞，只能從那裡將刀子刺進去不是嗎？』

『那要怎麼刺？』

『那個通風口就在床的正上方，所以將刀子綁在類似長槍的木棒上，從那裡伸入房內，然後刺下去。』

『哈哈！這樣一來，就需要一根長兩公尺以上的棒子呢！這樣會頂住走廊吧！而且，拿著走也很不方便，放在房間裡又很引人注意。最重要的是，要帶進這間屋子裡就是件很棘手的事吧！』

『所以我在想，那會不會是可以摺疊的那種釣竿啊。』

『哈哈！原來如此。』

『如果是釣竿的話，就可以一邊加長一邊往房內伸。』牛越很得意地說。

『但這樣的話，刀子有辦法留在死者的身體裡嗎？因為刀子應該要綁得很牢吧？』

『沒錯。我覺得主要關鍵就是那根線，但方法我就不知道了，應該是很不錯的方法吧。不過，這個直接問兇手就好了，等我抓到他之後。』

『……那十號房也是相同的方法嗎？』

『不，這個我就不知道了。』

『但是，那個走廊上並沒有任何可以墊腳的東西喔，所以我才會去房間裡把床頭櫃搬出來，站在上面，結果還是不夠高，根本看不到屋內。茶几的話更矮，而且每間房間的床頭櫃高度都是一樣的喔。』

『嗯，那就應該是……將兩張桌子疊在一起？……』

『在傾斜的地板上？別的房子的話才有可能啦。再者，每間房間都只有一張桌子喔。而且，將兩張桌子疊在一起，站在上面很辛苦吧，搖搖晃晃的。』

『如果兇手是二人組的話，其中一個人就可以坐在另一個人的肩膀上，就會有更多不同的作法了吧？我剛才會問早川屋外那間倉庫鑰匙的事，就是因為我想到之前那個梯凳。』

『但這間屋子裡對外開的門只有三個。這三個門都與大廳相鄰，所以只要進出，在大廳裡的人應該都看得見。如果只是要出去，可以從一號房走樓梯到二樓的窗戶，從那裡爬出去，不過卻無法再進來。即使可以從同樣的地方進來，如果要去十四號房，也還是必須穿過大廳。那又何必出去呢？』

『害我有點懷疑大廳裡的那些人是不是串通好了……』

『連阿南一起？這樣阿南那個巡查也會混在其中。』

『嗯，沒錯。即使去問那些人，他們一定也會說，沒看到像油漆工一樣的人抱著梯凳穿過大廳吧。』

這時，牛越好像觸電一般，腦海裡突然靈光一閃。等一下！他心想，還有一種方法啊！住在一樓的人都可以自由從窗戶進出，也就是說，日下和戶飼都可以這麼做。這些人在菊岡被殺時確實都在大廳，但是英子和久美不在。這兩個人從我們剛才所說的東邊那個窗戶到屋外——

『這樣的話，如果用特殊的，也就是特別訂製的槍，你們覺得如何？』大熊這樣一說，牛越的思緒便完全被打斷。

『以發條或橡皮的裝置發射出刀子的槍，線也是當時那個裝置所需要的……』

『但是，沒有墊腳台這個問題依然存在，而且那間十四號房內的沙發和桌子都翻倒了，可見屋內曾經發生過打鬥，這點是不容忽視的。十號房也是一樣，兇手也曾進入到房內。』尾崎說。

牛越看了看錶，繼續說：『所以，那個先不要管它，叫他們再重新檢查客人、還有住在這間屋子裡的人的房間。我覺得這是非做不可的。特別把重點放在金井夫婦、英子、久美這三組人身上，找找看有沒有釣竿、兩公尺以上的木棒、或是特製的改造手槍之類的東西，還有類似摺疊式的高台。

『當然，因為沒有搜索票，所以必須獲得本人同意，但我想那幾個學生應該會讓我們看吧。有這些人同意的話，到最後一定所有的人都會答應讓我們檢查他們自己的房間了，對吧？我們還有其他人手嗎？去和大廳的阿南分工合作，最好是同時進行——就連空房也一併檢查。還有，兇手可能會把相關的東西丟到窗外去，所以屋子四周的雪地也要謹慎檢查一下，東西有可能被投擲的範圍內也是。啊，還有壁爐，搞不好會被丟進大廳的壁爐裡燒掉，所以也要確認一下比較好。時間不早了，我們先下去大廳吧！吃完飯後，就由我來對大家宣布好了。畢竟他們都是高雅的人，說話不客氣點可不行啊。』

吃完飯後，牛越和大熊都神情嚴肅地回到了圖書室剛才坐過的那張椅子上，茫然地望著夕陽西下。他們有一種不好的預感，搞不好明天、後天都得這樣看著夕陽落下，兩個人都懶得開口說話。

他也不是沒有發現門打開了，但是牛越佐武郎在他的名字被叫到之前，不知道為什麼就是不回過頭。他對結果有很深的期待。

『如何？』牛越沒看尾崎的臉就直接開口問。

『所有的人、所有的房間，都很仔細地檢查過了。因為沒有女警，所以可能會被那些女性控告呢！』尾崎說話的方式有點囉唆。

『嗯，然後呢？』

『完全沒有任何發現。沒有人有釣竿，而且這間屋子裡也沒有；也沒有長棒，頂多只有撞球桿，當然更沒有看到改造槍之類的東西。壁爐裡燃燒的是最近剛放進去的木柴，沒有別的東西。屋子的四周，一直到奧運標槍選手能射出的範圍都仔細檢查過了，但是沒有找到任何東西。

『也沒有台子。梶原的房間、早川的房間都和十四號房一樣，不過沒有那麼豪華，都有書桌，但是因為書桌都很大，所以不太可能搬得動，而且高度也和其他房間的桌子差不多，頂多只高了二十公分左右。還有長的物品，我本以為十號房裡會有標槍之類的東西，但去看的結果是，並沒有，只有雪橇和滑雪杖。還有，倉庫裡只有鋤頭、鐵鍬、鏟子、掃帚之類的東西，如果要把這些東西拿進屋裡的話，和拿梯凳是一樣的，總之不太可能啦。』

『唉！我早就料到會這樣了。』牛越嘆了口氣，同時故作鎮定。

『你有沒有什麼好主意？』

『老實說，我後來又想到了很多。』

『喔？是什麼？』

『例如將繩子凍硬，或許就可以當作木棒使用。』

『太好了！然後呢？』

『沒有人有帶繩子，只有倉庫裡有。』

『是嗎？但長棒或許是重點。這間屋子裡長的東西，可能就是我們平常所看到的，只要再稍微加工一下，就能迅速變成一根長棒，可以當作長棒來使用，應該有這樣的東西！這間屋子裡……隔壁的房間裡沒有嗎？』

『已經仔細找過了……沒有木棒……』

『一定在某個地方，否則，兇手不可能將門關上，也不可能將門鎖上。一拆下來就可以變成木棒的東西有⋯⋯樓梯的扶手不可能拆得下來⋯⋯那壁爐的柴火，拿幾根來用線綁一綁接起來，不就變長了嗎？⋯⋯不對，不可能吧！媽的！隔壁真的沒有嗎？』

『沒有！您不妨自己去看看。』

『嗯。』

『只不過隔壁那個人偶，就是那個叫做葛雷姆的人偶，它的手原本就是設計成可以握著東西的形狀，所以我就試了一下，看看上次那把刀子可不可以插進它的手裡。』

『啊⋯⋯你真是優秀的警察，很有好奇心。結果如何？』

『剛剛好！就像小嬰兒吸奶嘴一樣剛剛好吻合喔。』

『你發現的是什麼鳥事啊！就算我想要認同你，但那應該只不過是巧合吧？』

『嗯，也是啦。』

『總之，有很多事情已經完全行不通了。只有九號房的金井夫婦沒有不在場證明，這一點是確定的。只要有這個，就應該不用那麼悲觀了。』

牛越自我安慰似地說，三人一陣靜默。

『怎樣？尾崎你好像有話要說？』

尾崎支支吾吾，『其實，牛越先生，我之前一直都沒說⋯⋯』

『說什麼？』

『我有點難以啟齒。昨晚我回房間後，一直覺得怪怪的，想想才發現，那個時候已經回房間的人，除了大熊先生和我，就只有菊岡和金井夫婦了。我當時心想，他們會不會走出房間去做什麼呢？於是我就走出房間，來到他們的房門外，在喇叭鎖的下方，用髮膠將一根頭髮黏在門和牆壁的交界處。只要門一開，頭髮就會掉落。之後去看，就可以知道他們是否出來過。因為我覺得這種方法難登大雅之堂，所以就沒說……』

『為什麼不說？你能想到這個方法很好啊。那除了菊岡和金井的房間以外，其他的房間呢？』

『一定得經過大廳才能到達的房間我就沒有弄了，我只在不被別人看到的範圍內去做。其他住在西邊的那些人，像是日下、戶飼還有下人們，我本來是要等他們回房後再去弄，但是他們一直沒回去，所以我就睡了。』

『那你去黏頭髮是在幾點左右？』

『就在我跟牛越先生說我要回房之後，應該是十點十五分或二十分吧。』

『嗯，然後呢？』

『我第一次醒來後，曾經去這兩間房間察看頭髮的情況。』

『嗯，結果呢？』

『菊岡房間外的頭髮不見了，表示門開過，但是金井的房間……』

『怎樣？』

『頭髮還在。』

『什麼?!』

『表示門沒有開過。』

牛越低頭緊抿著嘴唇，然後他說道：『搞什麼鬼！你太過分了，這下子才真是束手無策不是嗎！』

第八場　大廳

第二天，十二月二十八日早上，平安地天亮了，這對刑警們來說，還是能稍稍感到驕傲，這表示昨晚沒有發生任何事情。但是對他們來說，比較遺憾的是，他們無法說是他們讓歹徒收手的。

這些眼尖的客人們已經開始發現，這些端著架子的專家們所掌握到的東西，應該和他們知道的相去不遠。從耶誕節那天算起，他們度過的這三個夜晚當中，連續兩晚發生了命案，其中一次兇手甚至肆無忌憚地在刑警眼前行兇。而這些可憐的專家們所追查出的案情，不過就是死亡時間和指紋等所有線索，但只能確定兇手完全沒有留下痕跡。

不久之後，二十八日的太陽西落，又到了吃晚飯的時間，對客人們來說是漫長的一天，但是對警察們而言，卻只是一眨眼的工夫。當他們被通知吃晚餐後，就慢慢地朝著奢華料理前進。

客人們聚在餐桌上時，越來越少交談。幸三郎似乎非常在意這件事，吃飯時還刻意表現得很開朗。然而這個時候，更突顯少了那個用沙啞聲音說著誇張客套話的男人。

『原本應該是個愉快的耶誕假期，但現在卻變得這麼糟，我感到很自責。』吃完飯後，幸三郎說。

『不不不，會長不需要覺得自責的。』金井在一旁說。

『對啊，爸爸您不需要道歉的！』英子也以像往常一樣，用高八度的聲音斬釘截鐵地說。

沉默了片刻之後，這種沉默的氣氛似乎催促著某些人趕快說話。

『責任在於我們。』牛越佐武郎認清事實後說。

幸三郎又接著說：『不管怎麼樣，我覺得有一件事絕對要避免發生，那就是我們這些人，偷偷在私底下臆測其他人是兇手。我們都不是專家，一旦彼此開始猜疑，那麼這間屋子裡的人際關係就會岌岌可危。但是就目前的情況而言，警察先生們似乎也很頭痛的樣子，我們也希望這種混亂的情況能早日結束。不知道我們這些人當中，有沒有人對這件案子有什麼看法，或是發現了什麼，想要提供給警察先生的？』

專家們一聽到這番話後，都露出了痛苦的表情，然後變得正襟危坐。可能是因為感受到刑警們的這種態度，幸三郎說完後，並沒有人立刻開口。幸三郎因此得繼續再說些話。

『日下，你不是對於解謎很在行嗎？』

『是，我是有想到一些東西。』日下似乎等了很久，立刻回答。

『如何？刑警先生。』

『我們聽他說說看吧。』牛越又說。

『首先是上次上田先生被殺的十四號房密室，我想我應該知道來龍去脈了。是那顆鉛球。』

沒有一個刑警點頭。

『那個鉛球上綁有繩子，繩子前端又有木牌。那根繩子好像被兇手加長過，很顯然那是為了佈置密室而加長的。將那個鎖像平交道柵欄一樣的金屬零件部分拉起，並以木牌支撐好後，然後再以膠帶固定，接著將鉛球放在門那裡，快速將門關上。因為這間屋子的地板是斜的，所以鉛球就會自己滾動，不久之後繩子就會拉緊，接著，木牌也會被拉起掉落，於是鎖的金屬零件部分就會自動落下。』

『喔，原來如此！』

金井說完後，戶飼的臉上很明顯地出現了內心波濤洶湧的表情。刑警們不發一語，只是點了兩、三次頭。

『嗯，日下，其他還有想到什麼嗎？』幸三郎說。

『有是有，但是還不確定。關於菊岡先生的密室，我覺得也不是完全沒辦法動手腳。我的意思是說，如果那是一間完全的密室，我就無話可說。但是因為那有一個很小的通風口，所以兇手用刀子殺了菊岡先生後，將桌子豎起來放在沙發上，然後用繩子支撐住，將繩子掛在某個地方或是廁所門把上，再從通風口將繩子丟出去，只要在走廊上放開繩子的一頭，桌子就會倒下，桌腳便會壓到喇叭鎖的中央……』

『這個我們當然也有想到。』尾崎用堅定的口吻打斷日下。

『但是，柱子上還有牆壁上完全沒有留下用大頭針之類的東西固定過的痕跡，而且如果是這樣做的話，兇手會需要很多的繩子，但是這間屋子裡，或是各位所帶的行李中，根本沒有繩索之類的東西。還有，如果想要佈置密室的話，兇手應該會擔心早川先生他們隨時可能下到地下室來，在那樣的狀況下，兇手頂多只能花五分鐘的時間去佈置，如果照你剛才所說的方法去做，光是鎖就有三個，確實需要五分鐘以上的時間。』

日下不再說話。這種若無其事的沉默，使氣氛變得比之前更令人尷尬。

『英子，我想要聽點音樂，妳去放些什麼曲子吧！』幸三郎察覺到這股不尋常的氣氛後說。

英子起身，放了華格納的〈羅安格林〉（Lohengrin）。

第九場　天狗的房間

到了十二月二十九日的下午，流冰館的客人們就像是死了一樣，在大廳的各個角落一動也不動，大廳就像是那些即將被拉去刑場處死的犯人們的休息室一樣。客人們感到疲倦再加上過度緊張，甚至還有恐懼。要說無聊的話，確實是有一點吧。

看到客人們這個樣子後，濱本幸三郎便提議要讓金井夫婦和久美參觀他的西洋收藏品。金井道男和被殺害的菊岡在夏天時曾參觀過一次，但是初江和久美還沒看過。幸三郎原本打算要更早讓他們參觀的，但是發生了那種事，似乎不太恰當。

因為有點老舊的西洋人偶很多，所以幸三郎大概覺得久美會有興趣吧。英子和嘉彥已經看到不想再看了，所以留在大廳。當然戶飼也留下來。日下看起來對這些東西似乎很有興趣，儘管已看了很多次，他還是跟著去了。久美前幾天在去圖書室的路上，從走廊的窗戶往內望了一眼，感覺不太好，所以沒什麼興趣，不過她也去了。不知道為什麼，她總有種不好的預感。

濱本幸三郎和金井夫婦，以及相倉久美和日下，爬上了西邊的樓梯，來到了天狗房間的門前。久美和之前一樣看了看窗戶。走廊上有窗戶的就只有這三號房，而且這扇窗戶還特別大，所以從走廊上大致可以看見房間內的情形。窗戶的右邊與南方的牆壁相接，左邊一直延伸到距離門只有一點五公尺左右的地方，所以窗戶的寬將近兩公尺吧！窗戶兩邊各推開了三十公分左右，兩片玻璃窗集中在中間。這扇玻璃窗幾乎都是保持這個狀態。

幸三郎將鑰匙插進去打開了門。即使在外面已經大致瞭解屋內的情形，但是一進入屋內還是覺得很壯觀。首先是入口的正面就站著一個和人一樣高的小丑人偶，它有一張開朗的笑臉，但是和此形成強烈對比的卻是霉味，還有久無人住的房間所散發出的陰森氣味。

這裡有大人偶也有小人偶，但是都有些髒，臉上年輕的表情依舊，卻長了年歲，現在看起來像是瀕臨死亡的狀態。臉部髒污、塗料剝落的人偶，總讓人覺得它們體內隱藏著某種瘋狂。不論是站著的，或隨意坐在椅子上的，嘴角都露出一抹令人難以理解的微笑，而且不可思議的安詳，讓人覺得彷彿是惡夢裡出現的精神病院休息室一樣。

歲月使人偶的臉頰削瘦、塗料剝落，使它們內在的瘋狂氣質清楚地浮出。這股瘋狂氣質將人偶侵蝕得最嚴重的部分，就是在那紅漆已經掉落的嘴唇上，浮現出類似微笑的東西吧。現在那已經不是微笑，而是變成這些人偶在這世上，最難以言喻的存在本質，或是將與生俱來的壞心眼表露無遺的證據。這使得參觀者突然感到錯愕，難道所謂微笑的本質就是這樣嗎？腐蝕，沒錯，這應該稱作腐蝕才貼切。這些人偶所浮現出的微笑已不再屬於玩賞用的性質，所以沒有比這個詞形容得更貼切了。

這些人偶充滿了無可救藥的怨念，它們因為人類的一時任性而誕生，經過千年也不能死。如果我們的身體也發生同樣的事情，我們的嘴角一定也會顯露出那樣的瘋狂，隨時尋找復仇的時機，充滿怨念的瘋狂。

久美發出微弱卻沉重的叫聲，但是和這間屋子裡眾多的人偶嘴巴持續發出的無聲慘叫相比，根本不算什麼吧。

南邊牆壁上嵌入了大紅色的天狗面具，像是在生氣般的無數隻眼睛，以及像樹木一樣矗立的鼻子，俯瞰著房間內的所有人偶。走進房間的人們，都發現了這無數個面具的意義。這些面具已經將人偶們的哀嚎封存了起來。

看見久美發出聲音，幸三郎似乎有點得意。

『哎呀，不管什麼時候看，都覺得這些東西很棒呢。』金井說，初江也附和著，這種客套的對話和這間房間的氣氛非常不搭。

『我從以前就想要建一間博物館，但是因為工作太忙了，所以好不容易才蒐集了這些東西。』幸三郎說。

『對於開設博物館來說，已經足夠了喔。』

金井說完，幸三郎微微一笑。然後，他將身旁的玻璃盒打開，拿出一個高五十公分左右、坐在椅子上的男孩人偶說。

『你們看這個。』

那張椅子還附有一張小桌子，人偶的右手握著筆，左手沒握任何東西就那樣放在桌上。人偶的表情很可愛，臉也保持得還算乾淨。

久美叫著：『好可愛！』

『這個人偶叫做寫字人偶，據說是十八世紀的作品。我聽到傳聞之後，費了好大的工夫才弄到手。』

客人們全都發出佩服的讚嘆。

『因為叫做寫字人偶，所以會寫字囉？』久美怯生生地問。

『當然，即使現在，它應該還是會寫自己的名字，要讓它寫寫看嗎？』

久美不知道為什麼沒有回答。

幸三郎將放在一旁的小便條紙撕了一小塊下來，放在人偶的左手下方，捲動人偶背部的發條，然後輕輕碰了一下右手。於是，人偶的右手開始機械式地動了起來，在便條紙上歪歪扭扭地寫下了一些文字。發出的嘎答嘎答聲，好像是齒輪摩擦時所發出的聲音。人偶的動作很可愛，讓人看了很放心。它壓著紙的左手不時會做出用力的樣子，非常逼真。

『哇！好可愛！但是有點恐怖。』久美驚呼。

所有的人一下子覺得心中的石頭都放下來了，因為這才瞭解到原來這些人偶的動作不過如此，一點也不可怕，不是嗎？

人偶只能寫一下子，寫完之後，會將兩手從紙上移開。

幸三郎取出便條紙給久美看。

『因為它已經兩百歲了呀，所以寫得有點差，不過還是看得出來它寫的是Mark

吧？馬克，還是馬可？就是這男孩的名字呢。』

『真的耶，還會簽名，跟個明星一樣呢！』

『哈哈哈，以前好像有明星只會寫自己的名字呢。這個人偶以前可以寫更多的字，但現在它會的把戲只剩這個了，可能是忘了字怎麼寫了吧！』

『如果它已經兩百歲的話，搞不好會有老花眼呢！』

『哈哈哈，和我一樣。但是我已經替它換上了鋼珠筆了，應該會比以前的筆好寫很多才是，因為早期沒什麼好的筆啊。』

『真是太厲害了，這個應該很貴吧？』初江的問題很像家庭主婦。

『這應該是無價的吧！大英博物館裡頭的應該也不是真品，所以我就不回答我是花了多少錢才弄到手的。要是我的荒唐行徑嚇到各位的話，還請見諒。』

『哈哈！』

『但是，如果說到價格昂貴的話，這個人偶更貴。它叫做「演奏大鍵琴的公爵夫人」。』主人說道。

『這個和桌子是一套的嗎？』

『是的，這個台子的中央主要是安裝機械的。』

演奏大鍵琴的公爵夫人身穿長裙坐在有漂亮木紋的紅木台上，它的前方有一個看起來像是三角平台琴的小型大鍵琴。人偶本身並不是很大，大約只有三十公分左右的高度吧。

突然，幸三郎不知操作了哪個部位，讓大鍵琴開始發出聲音。令人意外的是，聲音很大，人偶的雙手也開始動了。

『它並沒有真的敲到琴鍵嘛。』日下說。

『嗯，好像沒辦法做到那種程度。其實這只能稱得上是比較華麗的音樂盒而已，是附著一個會動的人偶的音樂盒。因為這和音樂盒的原理是一樣的。』

『但是不會像音樂盒的聲音那樣尖銳刺耳。這個人偶發出的聲音比較圓潤，感覺比較像是沉穩的低音。』

『真的，這個聽起來好像是鐘聲呢！』久美也說。

『可能是因為盒子比較大吧。而且，這和那個馬可少年不一樣，它會表演的曲目很多，差不多有一整面LP那麼多呢！』

『哇！』

『這是洛可可時代的法國傑作。這是德國的傑作，據說是十五世紀的東西，叫做「耶穌誕生時的時鐘」。

『這是金屬製的，做成像城堡一樣的形狀。上方有巴別塔，從模擬宇宙的球體上垂吊一根T字形的鐘擺，上面站著耶穌。

『這叫做「獵鹿的女神」，這隻鹿還有狗和馬都是會動的。這叫做「灑水人偶」，但是現在已經沒有什麼力氣灑水了。

『還有，這個是十四世紀的貴族請人做的桌上噴泉，不過也已經無法再噴水了。』

『有人認為，中世紀的歐洲，就像是這些魔術玩具的驚奇箱喔。後來機械才取代了這些魔術登場。因為大家都以嚇別人為樂，而魔法擔任這個職務已經有好長一段時間了，所以現在終於輪到機械登場，是職務交接的時候了。所謂的機械崇拜，有一個傾向就是意圖以機械一次又一次地複製大自然。所以魔術和機械啊，在當時有一陣子曾經是同義詞。因為剛好碰上了過渡期嘛。當然，那些玩具是用來玩的，但我認為它們已然是今日科學的起點和前身了。』

『沒有日本的玩意兒呢！』

『是啊，只有那些天狗面具。』

『日本的機械人偶落後歐洲那麼多嗎？』

『嗯，沒有，我不這樣認為喔。斟茶和尚、飛驒高山的機關人偶，還有平賀源內、機械儀右衛門這些人，應該都有製作一些高難度的自動人偶唷。只不過無法弄到手，很難買到。而且，日本製作的人偶很少使用金屬零件，幾乎都是在木頭齒輪上加上發條，所以經過百年後都會破損。即使能弄到手，也都是些複製品或仿冒品，但是就連這些都很難取得。』

『設計圖應該也沒留下吧？』

『沒錯，沒有設計圖的話就無法仿做，只有圖片流傳了下來而已。可是，日本的師傅好像都不想留下設計圖，他們只想獨自保守機械的祕密。這不是技術高低的問題，我覺得這是日本人個性的問題。例如江戶時期有一個叫做「鼓笛兒童」的機械人偶，做得非常漂亮。好像是一個人一邊吹笛一邊打鼓的樣子，但是這個人偶以及設計圖都沒有被保存下來。所以我常會對我公司的工程師說，如果開發了新產品或是新技術，一定要仔細將流程記錄下來，那是留給後人的遺產呢！』

『您說得真有道理！』金井說：『日本不是對機關人偶師傅也很不重視嗎？』

『沒錯，因為在日本，大家都覺得機關人偶不過是個玩具，所以沒有像歐洲那樣一路發展下去，製造出鐘錶、自動控制裝置，最後發展出電腦。』

『原來如此，的確是這樣呢。』

客人們各自參觀著自己感興趣的收藏品。相倉久美又折回去看剛才那個寫字人偶和『演奏大鍵琴的公爵夫人』。金井和幸三郎並肩而行。

初江一個人慢慢往屋內走，當她走到盡頭的人偶前方時，突然感到很恐怖——她停下了腳步，站在那裡不動。剛才她走進這間房間時所感受到的恐懼，現在又立刻甦醒過來了。不，甚至比之前更為恐懼。讓人覺得這個房間所帶給人充滿莫名瘋狂的壓迫感，全都是因為這個人偶所散發出來的東西。

初江一直相信自己有通靈的能力，她的老公之前也常說她是神靈附身。就她看來，這個人偶散發出一股不尋常的妖氣。

這個人偶就是之前那個和人一樣高、叫做葛雷姆的男人偶。雖然初江之前曾經看過它的身體橫躺在雪地上，也看過它被組裝好後放在大廳裡，但現在還是第一次看到它的臉。它睜著大大的眼睛，嘴上有鬍子，背靠在有窗戶面向走廊的牆上，也就是掛滿了天狗面具那面牆的右邊，雙腿朝前方垂下坐著。它的身體是木頭做的，手和腳也是木頭做的，臉應該也是木頭做的，但是做得很精緻，身體則是露出明顯木紋的粗糙木頭。

可能因為這個人偶原本是穿著衣服的吧！所以它的手腕到指尖，還有腳為了要穿鞋子，都做得非常細緻，因為這些部分會露在衣服外面。然後雙手都做成像是握著細棒子時的姿勢，但實際上什麼東西都沒有握。

妖氣從這個人偶的全身四處散發出來，讓人感受最強烈的部位就是頭，不，是臉。這個人偶的表情比其他任何人偶所浮現的微笑更為瘋狂。初江覺得不可思議的是，如果這是個可愛的人偶也就罷了，但是為什麼要在一個像人一樣高大的男性人偶臉上，做出微笑的表情呢？

當她回過神時，主人幸三郎就在她身後。因為有人陪她，她就大膽地將臉湊近，仔細觀察這個人偶。這個人偶的皮膚黝黑，像是阿拉伯人一樣，但是只有鼻頭不知道為什麼是白的，還泛著光澤。它臉頰上的塗料已經開始剝落，宛如水煮蛋的蛋殼被剝下來一般，簡直就像是嚴重灼傷。儘管如此，它的嘴角仍然漾著淺淺的笑容。

『這個人偶原來是長這個樣子啊！』

『嗯，妳是第一次看見吧？』幸三郎說。

『那個，它是叫做葛……什麼的吧？』

『是葛雷姆嗎？』

『是，為什麼要叫這個名字？』

『我買的時候，店裡的人就這樣叫它。所以我也就這樣跟著叫了。』

『它的臉很恐怖呢！從剛才開始，就好像在盯著什麼東西笑得很詭異一樣。這個人偶真讓人覺得害怕。』

『是嗎？』

『不像那個會簽名的人偶，這個一點也不可愛。為什麼要把它做成這樣的笑臉呢？』

『可能是當時的師傅認為人偶就是一定要笑吧。』

『……』

『晚上我一個人來這裡時，看到這傢伙坐在黑暗中，一個人傻笑的樣子，也會覺得很害怕。』

『哎唷！』

『真的欸。它好像一直看著人們沒有注意到的地方，獨自在竊笑的樣子。讓人會想要跟著它的視線去弄清楚它到底在看什麼呢。』日下也走過來說道。

『你也這麼認為嗎？我在這間屋子剛蓋好、還空盪盪的時候，就先把這傢伙帶來讓它坐在這裡。當時我老覺得，這傢伙看著我背後的這面牆上停了蒼蠅或蜜蜂呢。這個人偶好像很與眾不同，感覺好像居心叵測的樣子，而且，從它的表情完全看不出它在想什麼。但就是因為這樣，大家才說這個人偶做得很好呢！』

『這人偶真的好大喔，這以前是用來做什麼的？』

『看這個真人大小的尺寸，我想它以前可能是鐵棒人偶吧，是馬戲團表演的項目之一，要不然就是遊樂園。妳看它的手掌有一個小孔，那應該是用來插入鐵棒上的突起部分，手腳關節能轉動的範圍也做得和人一樣。這可能是要讓這傢伙轉動鐵棒，使大車輪轉動吧！而身體的部分只是一般的木塊，沒有任何裝置。』

『這個在以前應該有點看頭吧！因為它和人一樣高。』

『是讓人很震撼喔。』

『為什麼它要叫做葛雷姆呢？是有什麼意義嗎？』初江問。

『葛雷姆好像是在什麼創作中出現的自動人偶吧？我記得它好像是那個會永遠搬運裝在瓶中的水的機器人的前身……是嗎？』日下說。

『葛雷姆就是猶太教傳說中的那個人造人。原本好像是由《聖經》的〈詩篇〉第一百三十九篇而來的。每一代的猶太教偉人，據說都有製造出葛雷姆的能力。〈詩篇〉裡面好像還有記載到，亞伯拉罕和諾亞的兒子閃（Shem）就曾一起製造了大量的葛雷姆，並帶著它們到巴勒斯坦喔。』

『葛雷姆在那麼早以前就已經存在了嗎？從《舊約聖經》時代開始？』

『本來就是如此，只不過一般人大概都不知道。我對葛雷姆做了一些研究。它是在西元一千六百年左右的布拉格甦醒的。』

『在布拉格？』

『對。當時的布拉格，是歐洲所有輝煌學術的中心，人稱「一千個奇蹟和無數恐懼的城鎮」。所謂的學術，就是占星術或是煉金術、巫術等等的東西。當時的布拉格，等於是超自然神祕主義之都，聚集著為數眾多的神祕主義者們和思想家，以及創造奇蹟的魔術師們。葛雷姆就是在這樣的城鎮甦醒的——因為這個城鎮，可說是全歐洲最大的猶太人聚落喔。』

『猶太人的聚落？』

『沒錯，猶太區。為什麼會說到猶太人呢？因為葛雷姆原本就和猶太教的耶和華神是同樣的東西，是守護受迫害之民——猶太人的兇惡神祇。它不但擁有怪力，並且強壯無敵。無論是什麼樣的掌權者、什麼規格的武器，都沒辦法打倒它。猶太人從很早以前就開始持續受人迫害，用生命寫著流放和苦難的血淚史，所以他們才會創造出耶和華神，或是葛雷姆這些信仰中心，這是他們想像中的希望。耶和華是神，而葛雷姆則是道行高的神職人員或賢者可以自己做出來的東西。因此猶太教的其中一個支派，便埋頭於如何製造葛雷姆、如何成為有能力製造的偉大人物等這些神祕主義的研究上。這個思想就稱為卡巴拉（Cabala）。

『然後在十二、十三世紀，法國和德國分別出現了關於葛雷姆的論文。名叫哈西迪（Hasidim）的拉比（老師）和法國人高恩（Gaon）這兩個神祕主義者，將用水和黏土製造葛雷姆的方法，詳盡地記錄下來。咒語啊，或是必要的儀式都寫得很仔細。自亞伯拉罕以來，只有一部分的賢者或是高階神職人員知道的祕義，終於集結成冊了。而布拉格的葛雷姆，就是那些論文的源頭。』

『製造葛雷姆的風氣會在布拉格展開，是因為那裡是學術之城，又是猶太人聚落所在之處的緣故嗎？』

『還有迫害呀。布拉格也是迫害之城，猶太人在這裡受到了慘烈的迫害。』

『被誰呢？』

『當然是被基督教徒。所以葛雷姆之於猶太人的必要性才會出現——因為他們有生命的危險。第一個製造出葛雷姆的人，是一位叫做貝札雷（Judah Loew ben Bezalel）的拉比。他是猶太社會的導師，據說是利用流經布拉格的河川其岸邊的黏土做的。大量的傳說、故事，或是後來的黑白電影，大體上的情節也都是這樣——猶太教的拉比利用黏土，再配合咒語做出葛雷姆。』

『連電影都是呀？』

『有好幾部都是這樣。也是因為這個緣故，後來的社會大眾才會知道的。德國電影鬼才保羅・魏根納（Paul Wegener）就拍了三部有關葛雷姆的電影。在我年輕的時候，大概是在西元一九三六年吧？我記得法國導演朱里安・杜維葉（Julien Duvivier）所執導的「巨人葛雷姆」也曾在日本上映。』

『那是什麼樣的故事呢？』

『各式各樣的都有啊，所以我已經不太記得哪個是哪個了。不過舉例來說好了，因為國王想要觀摩，所以某個拉比帶著自己製造的葛雷姆去了宮廷。這個拉比將猶太人自古以來受到的困頓、流浪的歷史，用魔法做成電影的模式放映給國王看。可是那個時候，宮廷裡的小丑卻說了一些沒神經的笑話，讓現場的貴族和舞者們捧腹大笑。這些事激怒了猶太的神明，於是在一聲巨響之後，宮殿便開始崩塌。後來，在國王答應停止對猶太人的迫害之後，拉比才命葛雷姆將國王等人救出來。

『還有這種類型的喔。某個拉比製造了一個葛雷姆，可是因為他還不是修行足夠的神職人員，所以無法駕馭自己做出來的葛雷姆，而且葛雷姆的尺寸也比他預計的要大很多，頭部甚至頂破了拉比家的天花板，於是他就打算毀掉葛雷姆。』

『怎麼毀掉呢？』

『卡拉巴的祕義中說明，在完成葛雷姆之後，一定要在它們的額頭上用希伯來文寫下「emeth（אמת）」這個字，如果不寫的話，葛雷姆就不會動。從這個單字上拿掉字首的「e（א）」之後，就變成了「meth（מת）」；由於這個字是土的意思，所以葛雷姆馬上就會回到土裡。』

『哇。』

『根據猶太教的想法，語言或是文字都帶有靈力。所以要製造葛雷姆，就會透過儀式的咒語，和寫在葛雷姆身上的文字。拉比會叫葛雷姆替自己綁鞋帶，然後趁著葛雷姆跪在自己腳邊時，迅速地把它額頭上的文字擦掉，這麼一來，葛雷姆馬上就會崩毀，回歸土壤。』

『嗯。』

『在這裡的葛雷姆雖然是木製的，但是仔細一看，它的額頭上有用希伯來文小小地寫著「emeth（אמת）」。』

『真的嗎？那如果它動起來的話，只要把這個字擦掉就可以了囉？』

『沒錯。』

『我也聽過一些有關葛雷姆的傳聞。』

『喔？是怎麼樣的傳聞呢？』

『有一個村子的井已經乾涸了，村民們都為口渴所苦。於是就叫葛雷姆去距離遙遠的河邊，將水裝在瓶子裡帶回來。葛雷姆便忠實地聽從命令，日復一日，不停地汲水到井裡去。終於有一天，井裡的水溢出來了，整個村子都被淹沒。家家戶戶漸漸地被水吞噬，但還是無法叫葛雷姆停止工作——因為他們不知道叫它停手的咒語。大概就是這樣的故事。』

『好可怕喔！』金井初江說。

『人造人就是有不會變通的缺點，人們感受到它們的瘋狂，非常害怕。人偶動不動就會給人這樣的感受，不是嗎？』

『或許是吧。就像懼怕核武戰爭那樣吧？一開始，人類只是裝入一個開關，但是一旦開始啟動後，就完全無法掌控了。人類的懇求完全無法傳達給它們。人偶的面無表情會讓人聯想到那個情形。』

幸三郎似乎很佩服的樣子，用力地點了點頭。

『嗯，日下你說得很好，的確是這樣沒錯。這個人偶之前聽說確實是這樣，而且它還有一個很普通的名字，叫做傑克，就是「鐵棒傑克」。聽將這個人偶買回來的布拉格舊道具店的老先生說，這傢伙只要一到暴風雨的夜晚，就會一個人跑到井邊或是河邊，反正就是有水的地方。』

『好可怕喔……』

『聽說，在一個暴風雨夜晚的隔天，發現這傢伙的嘴邊濕濕的。』

『哈哈！怎麼可能！』

『據說是喝水留下來的痕跡，從此以後，他們就叫這傢伙葛雷姆。』

『這應該是捏造出來的吧？』

『不，其實我也親眼看過。』

『啊？』

『有一天早上，我看這傢伙的臉，發現它的唇邊有一滴水流下來。』

『真的嗎？』

『真的，只不過這也沒什麼，只是流汗而已。這不是常看得到嗎？好像是玻璃上的水氣，水滴沾到了人偶的臉上，然後從唇邊滑落下來吧！』

『什麼嘛！』

『不，我自己是這樣解釋的。』

『哈哈哈！』

就在這時候，他們身後突然傳來了尖叫聲，大家都嚇得跳了起來。回頭一看，臉色蒼白的久美不知道是什麼時候站在那裡的，她的腿一軟，正要倒下時，男士們趕緊將她扶住，她便大叫出聲：『就是這張臉！就是它窺看我的房間！』

第十場　大廳

但是，這令人驚訝的新發現，對於搜查進展並沒有一點助益。像之前一樣，過度謹慎的刑警們，大概過了大半天都不願相信久美的發現。等到三十日早上天一亮，才勉勉強強地說或許也有這個可能。

這當然是因為在他們那種非常講求邏輯的方法論中，居然發生了這麼可笑又荒謬的事，他們花了半天的時間才終於想到一個好的理由，那就是『一定是有人要用那個人偶去嚇正在睡覺的久美』，這很像是他們會做出的解釋。但是，當他們被問到『那個人為什麼要去嚇久美？』時，他們立刻就啞口無言了。

兇手不可能是想要殺久美才去嚇她，事情發展到現在，久美除了被嚇到以外，兇手並沒有再對她怎樣，更何況那天晚上是在兇手剛殺上田不久的時段。也不可能因為去嚇久美，兇手才比較好對上田下手。久美堅持她有看見那個人偶的臉，那也是在上田遇害的三十分鐘以後。還有，那個時候她聽到的男人叫聲，那又是什麼呢？葛雷姆是被分解後才掉落在十號房附近的雪地上，還是之後才被分解呢？

三十日上午，刑警們聚集在大廳角落的沙發上，花了半天的時間絞盡腦汁。

『我好幾次都想說，我真想退出這個荒謬的案子，我想大叫「我不幹了！」然後趕快離開。我覺得自己好像被耍一樣。』

大熊以不讓餐桌那邊客人聽見的音量小聲說。

『我也是。』牛越也壓低聲音說。

『不知道是哪個神經病把上田殺了之後，再將那個人偶偷出去嚇久美，然後再把人偶分解後丟到雪地上。我可不要和這種神經病攪和。』

『久美的一號房樓下就是三號房，就是那間放人偶的房間。』尾崎說。

『啊，但是久美的房間窗戶下方並不是三號房的窗戶，天狗的房間南邊，並沒有朝外開的窗戶。』

『但是，牛越先生剛才所說的一連串行動，都很合理不是嗎？』

『哪有！我已經放棄了。』

『有一個方法可以很快地整理出這一連串行動不可解的謎。』大熊說。

『是什麼方法？』

『就是把這一切都推給那個人偶。』大熊像是賭氣似地越說越起勁。

『全部都是那個人偶幹的，上田和菊岡都是，在那天晚上它殺了上田之後，就在空中飄來飄去，突然心血來潮，就去窺看久美的房間。但是玩得太過頭了，身體就散了。當時那傢伙就像人一樣大叫。』

大家一陣沉默。雖然大家都認為這是無聊的玩笑話，但是也都不想去責備。因為剛才那個捏造的故事中，讓人覺得有些部分好像是事實。

大熊似乎想要重新振作的樣子，這次說出了一些比較有用的話。

『剛才那些瘋話先擱在一邊，我們重新再來討論菊岡的密室問題。刀子好像不是這樣直直地刺進去是嗎？』

『對，是從斜上方往下砍的方式插入，所以應該是像這樣將刀子高舉過頭後，快速往下刺吧！這樣刀子才會斜斜地刺進去。』尾崎回答。

『也就是說，菊岡站著時，兇手從後方刺殺他。』

『我是這樣認為的。或者是，被害人可能當時有稍微彎腰，這樣一來，兇手可能比較好下手。』

『那尾崎你是認為被害人不是在睡著時被殺，而是在房間內走動時被殺的嗎？』

『嗯，不過我也沒有充足的依據去做判定，因為刀子是插在死者的背部，如果是睡著時被殺的話，那死者就一定得趴著睡。若真是這樣的話，一般來說，刀子應該會直直地刺進去才對。』

『你是說，兇手這樣壓在睡著的人身上，舉起握著刀的手從上方這樣刺進去嗎？』

『我想應該是吧！』

『如果菊岡當時還沒睡，是在活動的狀態下，我就有點搞不懂了。』牛越插口說道：『十點半左右，不，應該是二十五分左右吧，濱本幸三郎曾經敲過菊岡的房門，當時我也在場。幸三郎敲得很輕，但是菊岡並沒有回應。如果當時他還沒睡的話，應該會應門吧。鑑識科人員判定他的死亡時間是十一點左右，所以，當時他應該還沒有被殺，也就是說，他睡著了。

『但是，過了三十分鐘後，他醒了過來，讓兇手進到屋內。兇手是用什麼方法叫醒菊岡的呢？可以使用其他不同於當時濱本叫門的方法嗎？頂多也只能敲門吧？除此之外沒有別的方法。不管怎麼說，那天晚上大熊先生就住在他的樓上，而隔壁住的就是尾崎，所以兇手應該不會發出太大的聲音，那他是怎麼叫醒菊岡的呢？還是說，濱本敲門時，菊岡是在裝睡？』

『原來如此，把木棒從那個通風口戳進去，就是因為這個吧？』

這句話聽起來可能有些諷刺，牛越皺起了眉頭。淨是在猜謎，他已經有些耐不住性子了。

『但是，如果按照尾崎說的，死者是站著時被殺的話，以刀子的角度無法推算出兇手的身高吧？』

大熊又漫不經心地繼續說。

『這件案子比想像中還要難辦，不像小說情節那樣發展，如同我剛才所說的，死者可能是彎著腰，只不過刀子插入的位置較高，所以兇手應該不會很矮吧，我想可以這樣判斷。也就是說，可以先將女性排除，不過英子可能無法排除，因為她有一百七十幾公分……』

『這樣侏儒理論就行不通了喔。』牛越立刻接口。

『你說這話是什麼意思？』

一瞬間，在這最講究秩序的警察間流動著一股不安的氣氛。

『還有啊，』尾崎趕緊打斷，『刀子從右邊插入也算是個問題。』

『因為右邊沒有心臟。』牛越說。

『應該是兇手太慌張所致吧！』

『不是他本來就不打算刺心臟嗎？』大熊說。

『世上變態的人很多。』

『不，我覺得是慣用左手和慣用右手的問題……』

尾崎極力想要把話題拉回來，但是他們有點固執。

『不行了！』

牛越說完後，從椅子上站了起來。

『我投降。完全摸不著頭緒。這樣下去，如果再出事的話就太遲了。我現在就去警局，請求東京的一課來支援，你們覺得如何？沒關係吧？現在不是要面子的時候。』

大家都沒說話。於是牛越便立刻走到大廳。

『或許只有我們三個人是不太可能破案的，這個案子太複雜了。』大熊也說。

只有尾崎露出失望的表情。

這並非是他們無能的問題。只不過，他們從以往經驗學習到的方法，很顯然的不適用於這個案子。

屋外沒有下雪，但是天空非常陰暗。大廳的客人們離聚集在一角的警察們很遠，大家一個挨一個地坐著。其中，日下自言自語所說的一句話，值得在這裡先說一下。

『這樣不管怎麼想，兇手都是刑警嘛！』

牛越下午又回到了流冰館。

『怎麼樣？』尾崎問。

『簡單的說，他們感到很為難。』

『什麼？』

『總之，他們是顧慮我們的面子吧。上次因為那個赤渡雄造事件，我去東京出差認識了中村刑警，我和他很談得來。我將這次的案子仔細地跟他說明，結果他說這個案子確實不可思議，但是如果兇手一定在這間屋子裡的話，那就不用急了。他說的確實沒錯，只要能找出兇手就好了。問題是，我們必須要防止兇手繼續犯案，因此我才會拋開尊嚴向他討救兵。』

『是。』

『這種詭異的兇殺案，在都市我是不清楚，但是在鄉下地方，是絕對不會發生的，所以，我想東京的那些人或許比我們更習慣這種案子。』

『但是，牛越先生，實際上，這攸關我們的面子啊！不需要這麼快就放棄吧？我們應該可以想出辦法的。這樣做，不是在宣告我們很無能嗎？』

『話是沒錯，但是你有頭緒嗎？』

『這個……』

『而且，即使有人從東京來支援，我們也不可能完全不管。我們要是能一起合作破案不是很好嗎？最重要的是，要保護其他人不被殺。我們的面子事小啊！』

『但是，接下來還有人會被殺嗎？』

『因為不知道兇手的殺人動機，所以這很難說，我覺得兇手還會繼續殺人。』

『是嗎？』

『總之，我這樣跟東京的人說了以後，他也對我說他大概心裡有底，要我們一起想些好辦法。』

『心裡有底是指什麼？』

『這個嘛，他說之後他會跟我聯絡。』

『怎麼聯絡？』

『應該是拍電報吧！』

『我很討厭這樣的說法，有不好的預感呢。該不會是叼著煙斗的福爾摩斯大偵探要來吧？我最受不了這種事了！』

『嗯，但如果那麼有名的偵探真的在東京的話，我一定會去請他出馬的，如果他在的話。』

第三幕

『真正讓你煩惱的東西，可能就是那個極端的單純吧！』

歐古斯特杜邦

第一場　大廳

『電報！』英子聽見叫聲後，立刻站起了來。

牛越也馬上站了起來，跟著英子往玄關走。不久之後，看著那張電報的牛越先出現了，越過他的肩膀可以看見英子的臉，她又回到了剛才被大家包圍住的座位上。

牛越一邊回到尾崎旁邊的椅子上，一邊將電報遞到尾崎的眼前。

『可以唸給我聽嗎？』大熊冷淡地說，於是尾崎便唸了出來。

『「這種……呃……奇怪的案子，有一個人非常擅長，全日本除了這個男的沒有別人，他會坐下午的班機前去。他的名字叫做御……呃……御手洗」嗎？』

『什麼？怎麼會這樣？呿！果然有一個偽裝成福爾摩斯的廢物要來了！』

『什麼？那個叫御什麼洗的人是一課的人嗎？』大熊問尾崎。

令人驚訝的是，尾崎居然聽過御手洗的名字。

『他是占卜師。』

牛越和大熊瞠目結舌，一時之間說不出話來。牛越發出非常微弱的聲音，就像是胃抽筋的人好不容易擠出『拿藥給我』一樣。

『……這是開什麼玩笑……？即使我們仍然摸不著頭緒，也還不至於淪落到要靠占卜師來算命吧！』

大熊開始大笑。

『哈哈哈哈哈哈！牛越先生，你的朋友還真過分呢！這不是在嘲笑我們嗎？哈哈哈！但是仔細想一想，如果那個算命老頭搖搖竹籤就能輕而易舉地將兇手揪出來的話，我們也算賺到啊！這樣確實能保住我們的面子。而且，櫻田門那些人也算有提供我們協助，對兩邊來說都不失為一個好方法，這是最兩全其美的方法了。但是，他們不要送那個老頭過來，直接送條狗過來不是更好嗎？如果是鼻子很靈的警犬的話，應該會比那個彎腰駝背的老頭更有用吧！』

『但中村刑警並不是會亂來的人……尾崎，你認識那個叫做御手洗的傢伙啊？』

『牛越先生，您應該知道梅澤家的滅門血案吧？』

『嗯，當然囉，那個案子那麼有名。』

『那應該是我小時候發生的命案吧？』大熊也說。

『那個案子一直到三、四年前才破案吧？』

『好像是。』

『有一個說法是，那個案子就是這個叫做御手洗的占卜師破案的。』

『不是那個一課叫做什麼的刑警破的案嗎？我是這樣聽說的。』

『真相應該是這樣吧！但占卜師自己覺得是他破的案，好像很自豪呢！』

『這種老頭子很多，明明是我們費盡千辛萬苦破的案，可是兇手卻剛好是他隨便胡謅亂蓋的那個人，所以他就以為自己神通廣大了。』大熊說。

『不，這個御手洗不是老頭子，他很年輕喔，是個態度傲慢的傢伙。聽說他很惹人厭呢！』

牛越嘆了口氣：『中村先生應該是搞錯了吧……我真不想見這個人啊……』

但是，他們似乎想得太簡單了，要是他們知道怪人御手洗從那天晚上開始的行徑是如何誇張的話，牛越佐伍郎應該不只是嘆氣而已吧！

我和御手洗認為我們去到那間屋子時應該會很晚，所以我們就先在當地隨便找間餐廳吃完飯後才前往流冰館。當時沒有下雪，只有白霧籠罩在一望無際的荒涼原野上。

我覺得對住在流冰館的人（尤其是警察）而言，我們兩個應該是不速之客吧！後來立刻證明我的想法沒錯。來玄關迎接我們的是英子和刑警們，但是對於我們長途跋涉來到這裡，他們並沒有說出『辛苦了！』之類的客套話，由此瞭解到我們並不受歡迎。

但御手洗似乎完全不是刑警們當初所想像的那樣。御手洗只要一露出親切的笑容，感覺就是個非常平易近人的人。

刑警們似乎不知道該如何『處理』我們，我們先彼此自我介紹後，牛越就難過地對著流冰館內的十一個人說明：『這兩位是專程從東京來調查這個案子的。』接著就將這十一個人介紹給我們。

有人笑容滿面，但也有人面色凝重，當所有的人都將視線投射過來時，我覺得我們好像是被叫來表演餘興節目，變成了要從口袋裡抽出手帕的魔術師。

但，御手洗卻不是這樣看輕自己的，他向來就很有自信。當牛越刑警說：『這位是御手洗先生——』

也不知道他話說完了沒，御手洗就用自以為是偉人的口氣說道：『各位，讓你們久等了，我是御手洗！是人力，人力讓人偶落下，然後再站起來。這顯然是另一種槓桿原理。這是「冒出來的傑克」，只出現一幕的傀儡。多麼令人痛苦的夢幻呀！我為了在它的棺木被覆上黃土之前下跪致敬，所以才這樣千里迢迢跑來這遙遠的北國。』

在御手洗令人一頭霧水的演說繼續進行時，剛才那些刑警的臉色也越來越難看，很顯然的，他們剛才對御手洗僅有的一點點好感，也立刻化為烏有。

『又快要到年底了吧？東京好像已經開始歲末大拍賣了，那些提著百貨公司紙袋的歐巴桑每天殺來殺去的，這裡卻安靜得像是另一個世界一樣。不過，真是可憐啊！因為到了一月四日，大家又要回到最前線了。但是，我想各位應該不會欠缺旅遊見聞的話題了吧，因為我能在三天內破案這點，已經夠讓人津津樂道了呀。

『但是，屍體只要兩具就夠了！已經沒事了。既然我來了，在座的各位就不會變成那種冰冷的屍體，因為我已經知道誰是兇手了。』

客人們響起一陣驚呼。在御手洗身旁的我其實是非常訝異的，那些警察當然也是一樣吧！但是他們沒有說話。

『那是誰？』日下代表所有的客人們問。

『那還用說嗎？』

我可以感受到大家的緊張。

『就是那個叫葛雷姆的傢伙！』

客人們全都笑了出來，嘴裡嘟囔著：『這是在開什麼玩笑？』但是最安心的人，看起來好像是刑警他們。

『如果能給我一杯熱茶的話，我這踩著雪地而來凍僵的身體應該可以暖和些。然後，我想上樓去看看它。』

從這一刻開始，刑警們全都繃著一張臉。

『但是也不用急，我想那傢伙可能逃不了。』

我聽見戶飼對英子說：『說得也是。』然後又聽見有人小小聲地說：『搞什麼鬼？他是說相聲的嗎？』

『因為大家都是當事人，所以我想各位針對這個驚悚的案子已經是絞盡了腦汁。但是，如果各位以為那個人偶只是一年三百六十五天都會乖乖坐在三號房中的平凡木偶，那我建議各位最好配付眼鏡！那個人偶可不是一般的木頭，它是兩百年前的歐洲人，穿越了兩百年的時空來到了這間屋子。各位必須引以為榮，因為要看見兩百年前的人可不是那麼容易的，所以它是個奇蹟。它冒著暴風雪，在高空中飛舞，隔著玻璃窗窺看屋內，還有將刀子插入人的心臟等等，這些事情，比各位碰到眼前的茶杯還要容易。它被猶太的祕義和卡巴拉從千年的沉睡中喚醒，老天爺賦予它生命，並交付它重要的職務，讓它在這個案子裡演出一幕。

『跳舞的人偶那一幕非常耀眼！只有在暴風雨的夜晚，它從那個黑暗的寶座上站起來，使得從夜空中拉出的那根操縱它的線在黑暗中閃閃發光，它跳著千年以前就編好的舞蹈，那是死者之舞！多麼華麗的瞬間呀！第一具屍體也是這樣。它受到了魅惑。歷史並未往前進，現在還是和一千年前一樣，時間現在就像是故障的巴士一動也不動。所以對那傢伙來說，它等待的時間只不過是一眨眼而已。說什麼進步都是騙人的，我們的步調越來越快。剛才我明明還在銀座，現在卻已來到這日本的最北邊，全身冷得直打哆嗦。但是，這多出來的時間，可以隨心所欲做自己的事嗎？答案是不可以的。』

御手洗活像沉醉在自己的世界裡一般，可是，在座的客人們卻開始笑出聲來。刑警們則很明顯地蠢蠢欲動，想要趁早打斷這無聊至極的演說。

『機械真的可以使人類輕鬆嗎？顯而易見，這是不可能的！和這個比起來，我寧願相信「距離車站三分鐘，距離都心三十分鐘，放眼望去都是綠地」這類誇大不實的房屋廣告。我們不可以再被這些東西欺騙，然後自以為優越。如果雜事都叫機器幫我們做，一個小時就可以到北海道的話，就會像各位看到的一樣，我被命令「今天晚上到北海道去」——我明明還有其他的工作。和要花三天時間才能到達北海道的那個時候比起來，現在要忙得多了，忙到連看書的時間都沒有。這真是無聊的騙術！今後一定會演變成巡查先生從自動販賣機就可以買到兇手，但是到那個時候，兇手可能也可以投下硬幣就買得到屍體。』

『御手洗先生……』牛越終於忍不住打斷。

『初次見面的寒暄應該可以到此為止了吧。如果您沒有其他的話要說，那就請他們上茶了……』

『啊，是嗎？對了，我還要介紹一下我的朋友。他是我的朋友，叫做石岡，請多指教。』

我的介紹非常簡單。

第二場　天狗的房間

我們一喝完茶，絲毫不感到疲倦的御手洗便問：『葛雷姆在哪裡？』

『您要逮捕他嗎？』牛越從旁搭腔。

『不，今晚還沒這個必要。』御手洗認真地回答，『我打算還要再確認一下，那傢伙是不是真像我想的一樣是殺人魔。』

『是啊。』大熊似乎很佩服地說。

『那我就帶您過去吧！』幸三郎這樣說完後，便站起身。

幸三郎一打開『天狗的房間』那扇門後，那個大型的小丑人偶便出現在我們面前。這個人偶因為是被固定在台子上的，所以不會動。

『啊！這是「偵探SLEUTH」那部電影的！』御手洗大叫。

『喔？你有看過那部電影嗎？』幸三郎似乎很興奮地說。

『我看過三遍左右。』御手洗回答：『因為那不能算是影像，所以或許就像影評人士所說的是部二流電影，但是我很喜歡這部作品。』

『我也很喜歡這部作品喔。我在英國也有看過舞台劇，真的演得很好。我之所以想要蒐集這些破爛東西，也是受到這部電影的影響。真的很炫，柯爾波特的音樂真是沒話說！不過我很高興居然有人也懂這些呢！』

『這個小丑和在電影裡一樣會笑、會拍手嗎？』

『很遺憾，我要套句你剛才說的話，它只是一個木偶。我曾在全歐洲找過，但是沒有那種會動的，那可能是專為電影而設計的，只是個噱頭吧！』

『那真的很可惜。對了，葛雷姆在哪裡？』

御手洗說著，就擅自往屋內走。幸三郎跟在他後面，指著房間的角落。

『我看到了，是這個傢伙嗎？嗯……啊，這樣不行！』

御手洗發出讓周圍的人十分驚訝的叫聲。大廳的客人們幾乎都跟著我們過來了。

『這個不行！不可以這樣！不能這樣露出來，濱本先生！』御手洗兀自叫嚷著。

『為什麼？』

『這傢伙身上累積了難以化解的怨念，而且儲存了兩百年。如果這樣把它擺在這裡，它會感到很丟臉！不可以這樣，太危險了！就是這樣，這間屋子才會發生那些悲劇，一定得想想辦法！濱本先生，像您這種行家居然沒有發現，實在太令人遺憾了。』

『要、要怎麼做才好呢？』濱本先生不知所措地說。

『當然要讓它穿上衣服。石岡！你的行李袋裡應該有那種不想穿的牛仔外套和牛仔褲吧！趕快拿來給我。』

『御手洗……』我真的快按捺不住了，想要阻止他的胡鬧。

『還有，我的袋子裡有一件舊毛衣，那個也拜託拿來。』我原本想要勸阻他，正要開口時，被他這麼一催，只好心不甘情不願地下去大廳。

當我把衣服拿給他時，他很興奮似地替人偶穿上牛仔裝，再穿上毛衣。當他在為人偶扣上外套鈕釦時，嘴裡便開始哼著歌。

警察學校的那些畢業生們全都苦著一張臉，看著他的一舉一動。但他們還真能忍，沒有一個人開口說話。

『這傢伙真的是兇手嗎？』在一旁觀看的日下問御手洗。

『沒錯，它是很兇狠的傢伙。』

這個時候，作業終於快要結束了。人偶穿著衣服的樣子看起來很恐怖，感覺就像是一個精神異常的外國流浪漢。

『就是因為把它裸體丟在這裡，所以它才會去殺那兩個人嗎？』幸三郎說。

『如果只殺兩個人就結束的話，我們還賺到了呢。』御手洗立刻回答。

『在毛衣上面再穿上外套好像還不夠呢！』御手洗雙手抱胸。

『帽子！要戴帽子。就是這傢伙的頭在作怪，一定得遮起來。我要一頂帽子，不可以讓它的頭露出來。但是我沒有帶帽子來……各位有誰帶帽子來的嗎？不管什麼樣的帽子都行，借我一下，我只借一下而已。』御手洗轉過頭對那些圍觀的人說。

『那個……我有一頂皮的牛仔帽，就像西部牛仔戴的那種。』廚師梶原春男不好意思地開口了。

『皮的牛仔帽？』御手洗幾乎是大叫。

圍觀群眾不懂這個瘋子現在到底是怎麼了，便等著他繼續說下去。

『這對於防止犯罪實在太理想不過了！這真是老天保佑，你！快去拿給我好嗎？拜託。』

『喔⋯⋯』梶原一邊狐疑著，一邊走下樓梯，不久之後，就將帽子拿來了。

御手洗興奮得不得了，他接過帽子後，手舞足蹈地將帽子戴在人偶頭上。

『太完美了！這樣一來就一定沒問題了。謝謝你！你是這個事件的大功臣，我沒想到可以借到這麼棒的帽子！』

御手洗摩拳擦掌地叫嚷著。但是，葛雷姆已經變得異常恐怖，看起來簡直就像是一個真人坐在那裡。

葛雷姆的手上仍然綁著線，御手洗喃喃自語著：『還是取下來比較好吧！』並同時將線剪斷。我聽到牛越『啊』地囁嚅了一聲。

當我們再次回到大廳後，御手洗便和幸三郎及客人們談天說地，其中他似乎和日下最談得來，一直到深夜還精神奕奕地聊著有關精神病的話題。

就旁觀者來看，他們兩人真是一團和氣，似乎談得非常融洽。但是，我在想日下這個醫學系學生會不會是將御手洗當作病患，而對他產生了興趣呢？他們兩人的對話聽起來，就像是精神科醫生和病人相談甚歡的感覺。

我們被分配到的房間，居然是上田一哉被殺死在裡面的十號房。由這點可以看出女主人是多麼地『歡迎』我們。

她已經事先叫早川康平又搬了一張摺疊式的床放在房間裡（十號房的床是單人床）。不過，十號房沒有衛浴設備，所以我必須向刑警們借浴室，洗去我旅途的疲憊。在發生過命案的房間睡覺真是極為難得的寶貴經驗，這可是普通的觀光旅行體驗不到的滋味。

御手洗是在我之後，大約是十二點過一點，才鑽進這令人輾轉反側的被窩。

第三場　十五號房、刑警們的房間

『那個傢伙到底是從哪間瘋人院來的？到底在搞什麼鬼？為什麼我們這些安分守己的警察要護著那個腦袋有問題的傢伙?!』年輕的尾崎刑警忿忿不平地咆哮著。

那天夜裡，刑警們全都聚集在十五號房，今晚阿南巡查也在。

『別這樣，尾崎。那個人確實不太正常，但他也是一課的中村先生自信滿滿推薦給我的人，我們就先觀望一下他會秀出什麼本事來吧。』牛越安撫著尾崎。

『本事？我已經見識過了。不就是替人偶穿衣服的本事嗎！』

『如果那樣做就可以找出兇手的話，那警察的工作就太輕鬆了。』大熊也搭腔。

『我還是生平第一次看到這種如假包換的蠢蛋。如果我們再放任他不管的話，搜查一定不會有進展的，準會被他搞得烏煙瘴氣！』尾崎不吐不快地說。

『但是，給人偶穿衣服並沒有妨礙到搜查吧？』

『他現在因為人偶而洋洋得意，如果又發生兇殺案的話，下次他可能會將番茄醬灑在屍體身上吧！』

牛越發出『嗯』的一聲，陷入沉思。因為這種事的確很有可能發生。

『阿南，你覺得那個男的怎麼樣？』牛越問年輕的巡查。

『這個⋯⋯我沒⋯⋯』

『你不去練習撞球了嗎？』尾崎故意挖苦他。

『那他帶來的那個男的現在在做什麼？』

『他現在正在十二號房洗澡。』

『那個男的看起來好像很正經。』

『他是那個瘋子的跟班吧！』

『總之，請東京那邊把他調回去比較好吧？』大熊說。

『唔，還是再觀望一陣子吧！如果他真的妨礙到我們的工作時，我再去跟東京那邊說，請他們把他調回去。』

『不如請個真正會算命的老頭子還好些，雖然腰直不起來，但至少會安分守己吧！正因為那傢伙年輕，反而更不好對付。剛才他就像是跳求雨舞一樣，我懷疑他會不會拿著那個人偶跳起占卜舞來，然後對我們說：「刑警先生，麻煩幫我生個火」呢！』

第四場　大廳

第二天早上，屋外看起來更為晴朗。不知從哪裡傳來榔頭敲打的聲音。那三個警察又聚集在沙發那裡。

『這是什麼聲音？是在敲什麼東西嗎？』

『那兩個女的要求將通風口堵起來，因為太恐怖了。所以，戶飼和日下便發揮騎士精神，拚命揮動著鐵鎚。日下還說，順便也要把自己房間的那個通風口也堵起來。』

『嗯，這樣一來，應該就可以放心了吧！但是鐵鎚的聲音讓人心浮氣躁，像是除夕夜的感覺。』

『讓人靜不下心啊。』

但就在這時，有一個人慌慌張張地跑了進來，不知是叫著人名還是什麼，總之就是令人聽不懂的話語。

『南大門先生！』

沒有人有反應，大廳裡顯得非常安靜。

御手洗覺得不可思議似的一臉狐疑，巡查大概是第六感作祟，心想會不會是在叫自己，便站了起來。但我想實際上他心裡是確定的。

『我是阿南……』

『對不起！可以告訴我怎麼去稚內警局嗎？』

『喔，我知道了。』

御手洗這個人明明對於人的出生年月日，只要問過一次就能立刻記住的，但是對於人的姓名卻完全不想去記。不僅如此，他還會當場想到什麼就叫什麼，而且，他只要記錯一次，旁邊的人不管再糾正他多少次，他還是會繼續叫那個錯誤的名字。

御手洗快步走出大廳後，這次換幸三郎出現了。

『啊，濱本先生。』大熊叫他。

幸三郎嘴裡叼著煙斗走了過來，坐在大熊旁邊的椅子上。這時牛越便問：『那個名偵探去哪裡了？』

『那個人真怪呀。』

『太怪了，根本是個瘋子吧！』

『他說要將葛雷姆的頭拆下來，再送去鑑識一次。他說那個頭還是怪怪的。』

『算了算了……』

『再這樣下去，我們的頭可能也要不保了吧！』大熊說：『或許被分派去處理百貨公司的扒手案件還比較好。』

『我才不想和那個神經病一起送命呢！』尾崎也氣呼呼地說。

『但是，你所說的占卜舞可能快要開始了唷。他一回來就會立刻開始了吧？』

『要準備生火嗎？』

『現在不是開玩笑的時候。為什麼他說要將頭拆下來呢？』尾崎嚴肅地問幸三郎。

『這個……』

『應該有什麼理由吧？』

『可能是會妨礙他跳舞吧！』

『我也不太喜歡他把頭拆下來，但是，他說要先拆下來才好調查，我想他可能是要採指紋吧！』

『那位大師的頭腦有那麼好嗎？』

大熊忘了自己的頭腦也不怎麼樣。

『指紋早就已經仔細採過了。』牛越說。

『有採到什麼指紋嗎？』幸三郎問。

『最近，特別是這種案子，兇手都具有一定程度的智慧，調查指紋並沒有太大的用處，因為兇手也會看電視啊。而且，如果兇手就是這屋子裡的某一個人的話，更是難查，因為任何人都有可能觸碰到門的把手。』

『是啊。』

御手洗回到流冰館時，已經距離中午很久了。他像是有什麼好消息似的，和往常一樣興匆匆地穿過大廳來到我的座位旁。

『我是坐法醫教授的車子回來的，他說剛好有事要來這附近。』

『是嗎？』我回答。

『於是我對他說要不要進來喝杯茶。』御手洗說話的口氣就像這裡是他家一樣。

我看見玄關那裡進來了一位身穿白衣的男子，於是御手洗大叫，他應該是要找人泡茶。

『南大門先生！你能幫我叫梶原先生嗎？』

不知道他是哪根筋不對，居然記得梶原的名字。我看見靠在廚房附近牆壁上的阿南，並沒有特別抗議就消失在屋內，他應該想要改名了。

當他們啜飲著紅茶時，大廳的時鐘指向下午三點。

我先將這時在大廳裡的人寫下來，除了我和御手洗之外，還有刑警三人組和阿南巡查，濱本幸三郎、金井夫婦、濱本嘉彥、早川夫婦，以及我確實隱隱約約看見在廚房的梶原。也就是說，沒有出現在大廳的人有英子、久美、戶飼和日下四人。那位叫長田的法醫當時也坐在我們身旁。

突然，不知道從哪裡傳來男人的叫聲，像是吼叫的聲音而不是慘叫聲。好像是看到了什麼令人難以置信的東西時所發出的驚叫聲。

御手洗推開椅子站起來，往十二號房的方向跑去。

我反射性地看了房間角落的大時鐘，還不到三點五分，應該是三點四分三十秒吧？刑警們判斷不出來聲音是從哪裡傳來的，似乎不知該往哪裡走的樣子，但是跟在御手洗後面看起來很蠢，所以只有牛越和阿南跟過來。

我心想，發出叫聲的人應該是日下或是戶飼，因為沒有出現在大廳中的這些人當中，除了這兩個男的之外，剩下的就是女的了。但我很難判斷是這兩人其中的哪一個，御手洗卻毫不遲疑地用力敲著十三號房門。

『日下！日下！』

然後，他拿出手帕包在門把上，喀嚓喀嚓地轉動。

『門鎖住了！濱本先生，你有備份鑰匙嗎？』

『康平先生，趕快叫英子過來，她有備份鑰匙。』於是康平趕緊跑去。

『請讓一下！』晚來的尾崎霸道地說，然後用力敲著門。但不管是誰做這個動作，結果都是一樣的。

『要破門而入嗎？』

『不，先用備份鑰匙看看。』牛越說。

英子跑了過來。

『請等一下，是這個嗎？請借我一下。』尾崎將備份鑰匙插入後轉動著。

確實聽見打開門鎖的『喀嚓』聲後，尾崎趕緊轉動喇叭鎖，但門就是無法打開。

『果然是這樣！還有另一個鎖也被鎖上了。』幸三郎說。

每間房間除了按下喇叭鎖中央的開關可以鎖上外，在喇叭鎖的下方還有一個橢圓形的旋鈕，只要轉一圈，就會伸出一根金屬棒。這只能從屋內操作。

『撞門吧！』牛越做出決定。尾崎和阿南用身體連續撞了好幾次門，不久之後，門終於被撞開了。

日下仰躺在房間的正中央，一本讀到一半的醫學書攤開在桌子上，房內一點也不凌亂。他身上穿的毛衣，在心臟附近，插著一把登山刀，和之前幾乎如出一轍，刀柄前端也同樣垂著白線。和之前發生的命案最大的不同之處是，日下的胸部仍上下起伏著。

『他還活著。』御手洗說。

日下臉色蒼白，但眼皮看起來似乎是微張的。

尾崎一走進屋內，就東張西望、環顧四周。當時我也跟在他後面，我們發現在牆壁上有一個東西，一個不同於這一連串事件的東西。那是一張小紙條，用大頭針固定在牆上（圖8）。

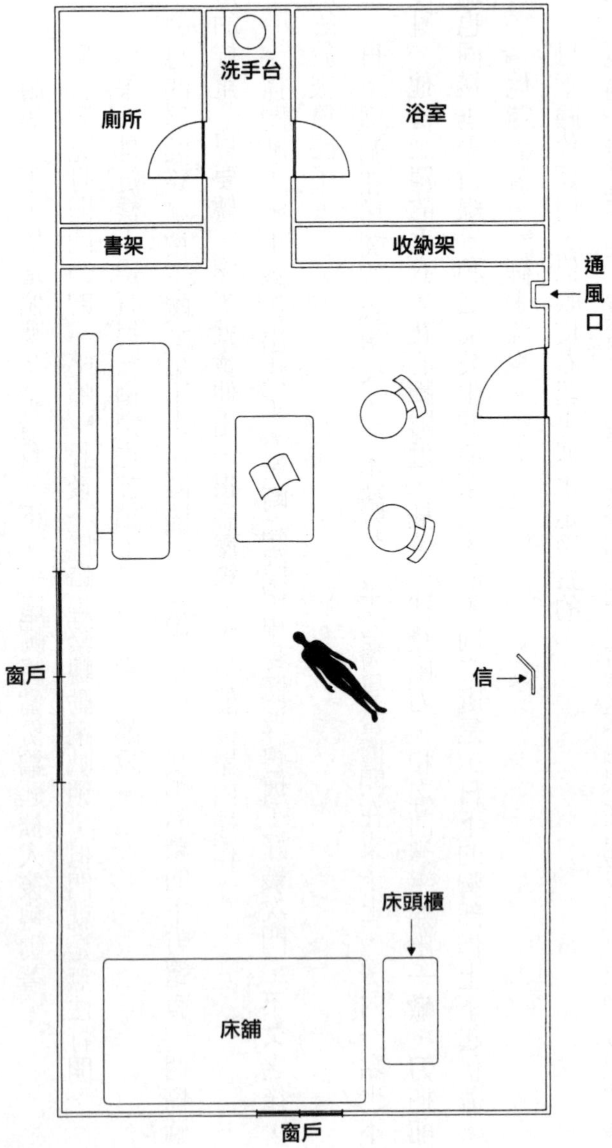
洗手台
廁所
浴室
書架
收納架
通風口
窗戶
信
床頭櫃
床舖
窗戶

圖8（13號房）

『你看見了什麼？你應該有看見什麼吧？快回答我！』尾崎大叫，想要握住日下的手腕，御手洗制止他。

『南大門先生，外面的車上有擔架，請幫我拿來。』

『你在說什麼？我們為什麼要接受你這種胡搞瞎搞的人指揮？請你讓開！不要在這裡礙事，我們請專家來處理。』

『本來就應該要這樣啊，那我們一起退下吧！長田教授，麻煩您了。』

身穿白衣的長田醫生穿過我們中間進入房間。

『太危險了，他現在應該無法說話吧。請不要跟他說話。』專家這樣說道。

這時，按照御手洗的指示，擔架被送到了。長田和御手洗慢慢將日下的身體放到擔架上。

日下幾乎沒有流什麼血。當長田和阿南抬著擔架往屋外走時，發生了一件令人難以置信的事。濱本英子一邊哭著一邊抓著擔架。

『日下！你不要死！』她嚎啕大哭。

不知從哪裡冒出來的戶飼無言地看著這一幕。

留在房間裡的尾崎很謹慎地將釘在牆上的小紙條取下來。

那應該是兇手所寫的，當然，當時他並沒有立刻將紙條給我們看，事後我才看到紙條上是這樣寫的：

我要向濱本幸三郎復仇，最近你將會失去你最寶貴的東西，就是生命。

尾崎又恢復他身為刑警應有的冷靜，剛才瀕臨死亡的人就在眼前，那也是無可厚非的。一眼望去，十三號房的鎖是緊密鎖著的，兩扇窗戶也全都上了鎖，玻璃亦沒有被拆下來的痕跡。衣櫥、置物櫃還有床底下、浴室很快地被搜查了一遍，沒有發現任何人躲在裡面；而且，也沒有發現任何異常。

唯一值得大書特書的，就是這次的案子和之前的不同，那個二十公分見方的通風口，已經用厚的三層板完全封住了，所以這是一間道道地地的密室。門和門框也是完全密合的，沒有一點縫隙。

破門而入的人、最初踏進屋內的人，都是刑警，而且，還有許多人在一旁圍觀。門被撞開時，任何人都絕對沒有時間耍什麼花招，現在唯一只能靠日下說出他到底看到了什麼了——

大約過了一小時後，聚集在大廳裡的人一齊收到了日下過世的電報。研判兇手行兇的時間當然是在下午三點以後，致命原因就是那把刀子。

『戶飼先生，你三點左右是在哪裡？』牛越將戶飼一人單獨叫到大廳的一角，壓低聲音問他。

『我走到外面去，天氣不是很壞，而且我想要思考一些事情。』

『有人能證明嗎？』

『很抱歉……』

『是嗎。這麼說雖然有點不好意思，不過我們也無法斷言你沒有殺日下先生的動機啊。』

『這太過分了……剛才我受到的打擊可是比任何人都大欸！』

久美和英子兩個人都說自己待在房間裡，她們兩人的供述很平凡。接著，梶原的證詞卻讓心臟一向很強的刑警們非常震驚。

『之前我覺得是無聊的小事……不，我不是要說日下先生被殺的時候，而是在菊岡先生被殺的那個晚上。我那個時候倚著廚房入口的柱子站著，然後聽到屋外暴風雪的聲音裡夾雜著「咻咻」的聲音……就像是蛇在爬行時發出的聲音，我當時確實聽到了。』

『蛇?!』刑警們嚇得幾乎要跳起來。

『那是幾點左右？』

『我想大約是十一點左右吧！』

『那剛好是兇手行兇的時間。』

『別人有聽到嗎？』

『我有問過康平先生他們，但是他們說沒聽到，我心想可能是我聽錯了，所以就一直沒再提起，對不起。』

『你再針對那個聲音說仔細些！』

『就是……咻咻的聲音。另外，還聽到像是女人啜泣的聲音，很微弱的聲音。但是日下先生被殺時我沒有注意。』

『女人啜泣的聲音?!』刑警們面面相覷，這簡直是怪譚。

『上田一哉先生被殺時呢？』

『不好意思，我也沒注意到。』

『也就是說，只有菊岡先生被殺時才有這種聲音？』

『是的。』

警察們於是針對這個離奇的聲音一一詢問其他客人及住在這裡的人。但是，除了梶原之外，完全沒有人聽過這個奇怪的聲音。

『這到底是怎麼回事？是真的嗎？』大熊對著其他兩名刑警說。

『我受不了了，快要發瘋了，完全摸不著頭緒！』

『我也已經盡力了。』

『這間屋子裡是不是住了什麼莫名其妙的怪物？還是說，這間屋子本身就是個怪物？令人不得不想這間屋子是不是會殺人？尤其是這次日下被殺，絕對不是人類可以辦得到的，唯一的可能就是這間屋子。』

『要不然，就是有什麼意想不到的機關……例如以機械裝置使房間抬起來，或是射出刀子……或是會旋轉……』尾崎說。

『如果是這樣的話，兇手就不是那些客人，而變成了主人這邊……』

牛越喃喃自語。於是大熊接著說：『但是，主人這邊沒有可疑的人。如果要我在這十一個人裡面找兇手的話，我會認為是相倉，因為她說人偶從窗戶偷窺她，這種蠢事怎麼可能發生，絕對不可能！這一定是她編出來的，她就是那種會說謊的女人。而且，這三起殺人案件，她都沒有不在場證明。』

『大熊先生，如果是這樣的話，那麼有一件事很奇怪。那個叫久美的女人，在二十九日之前應該從未看過三號房裡的葛雷姆的臉，但是她所供述的長相，就連細節部分都和那個人偶的臉一模一樣。』尾崎說完後，大熊皺著鼻頭，嘴裡唸唸有詞。

『總之，我們每天碰面的這些人當中絕對不可能有兇手！兇手一定是躲在哪裡。我們要徹底搜查，把牆壁、天花板掀開，尤其是十三號房和十四號房，我想只有這個辦法，牛越先生。』

『是啊，明天就要過年了，真是提不起勁啊，兇手應該不會因為過年就休息吧！或許只能這樣做了。』

就在這時，御手洗剛好經過。

『怎麼了？占卜大師？你來之後不是就不會有人被殺嗎？』大熊尖酸刻薄地說。

御手洗並沒有搭理，但是他好像也沒什麼精神。

第五場　圖書室

第二天是西元一九八四年的元旦，我和御手洗兩人從上午開始就一直關在圖書室裡。他好像因為日下被殺，而覺得顏面掃地，一直都不說話，即使我跟他說話，他也愛理不理的。他用雙手比出三角形或四角形，同時口中不斷喃喃自語著。

坐在圖書室最角落的椅子上，可以望見滿是流冰的北國之海。我這樣眺望了好一陣子，不久之後，樓下傳來鑿子和鐵鎚敲打的聲音，將我逐漸從夢境中拉回來。

『恭喜。』我對御手洗說。

他心不在焉，含糊地應了一聲『唔，嗯』。

『我在跟你說「恭喜」耶。』我又再說了一次。他終於回過神看著我，然後有點焦躁不安地反問我。

『恭喜什麼？』

『那還用說？當然是過年囉！今天開始就是一九八四年了欸。』

御手洗嘴裡唸唸有詞，好像是在說：這又不是什麼大不了的事。

『你看起來好像心神不寧呢！』我說：『因為你一直在那裡動來動去的。還有，你不用去十三號房和十四號房看看嗎？不去看那些正在掀開房間天花板以及牆壁的刑警們的情況嗎？』

「哈哈！』御手洗嗤之以鼻地大笑。

『你覺得不會有任何發現嗎？不會有祕密通道或是暗房嗎？』

『我們可以來打賭，今天晚上，那些警察們應該雙手都起滿了水泡，累癱在大廳的椅子上吧！尤其是那個叫做尾崎的年輕大叔，因為年輕，所以現在應該是最賣力的，到了今天晚上，一定會變得很安靜吧！我可是拭目以待呢！』

『十三號房和十四號房沒有任何裝置嗎？』

『不可能會有。』

我聽御手洗這樣說，便不發一語地想了一會兒，但是一點靈感也沒有。於是我又再問他：『你好像知道很多是嗎？』

於是我的朋友，就好像背部被熱水潑到一樣，反射性地望向天花板，然後又低聲喃喃自語。他的樣子真的很怪異。

『你已經完全瞭解了嗎？』

『……沒有，現在我正在傷腦筋。』御手洗用沙啞的聲音回答我。

『你知道應該往哪個方向去思考嗎？』

於是，御手洗像是非常吃驚的樣子，目不轉睛地盯著我的臉。

『其實……這才是問題。』

我覺得很不安，接著感到很害怕。我心想，或許我必須要振作起來了。

『你可以告訴我嗎？我想我或多或少能幫得上忙……』

『那是不太可能的，說出來就能得到解答……不不不，還是太困難了。樓梯有上有下，問題是，人想要站在哪裡呢？這可能難以解答，但我被要求要孤注一擲。』

『你在說什麼……？』

從御手洗說話的樣子看來，他應該是之前判斷錯誤，現在正在傷腦筋吧。這令人覺得很不安，在我看來，好像已經到了精神錯亂的邊緣。

『好吧，算了，那由我來問你問題好了。上田一哉的屍體為什麼會擺出那種像是在跳舞的姿勢？』

『喔，你只要在這間房間裡待上一天就會瞭解了。』

『這間房間？』

『對，答案就在這裡。』

我環顧房間四周，只有書架。

『你別隨便說說！……那這又是怎麼回事？昨天被殺的日下。你應該覺得責任在你而提不起勁吧？就我的觀察，你明明都還搞不清楚狀況，就信口開河說不會再有屍體出現了……』

『那也是沒辦法的！』御手洗發出很沉痛的聲音，『除了他以外……但是，不，或許不是這樣……總之，現在……』

我的朋友似乎尚未掌握到事情的真相，但是不管在任何情況下，我還是頭一次聽到他說出對於殺人事件沒有辦法這樣的話。

『我想了一下……』我說：『剛才我聽了你說的話之後，有了一點自信。日下會不會是自殺的呢？』

御手洗似乎受到嚴重的打擊，一瞬間呆若木雞，然後慢慢開口說話。『自殺，原來如此……我之前沒有想到。是嗎？有這個可能嗎……』

他顯得垂頭喪氣。因為他的第一個念頭是這麼簡單的事他居然沒有想到。

『如果我能推測出日下是自殺的話，就可以說些大話來唬唬他們了。』

這時我有點不高興。

『御手洗！我沒想到你是那麼陰險狡詐！因為自己也不太瞭解案情，所以就費盡心思裝出一副名偵探的樣子嗎？不知道就老實說不知道，就連真正的警察們絞盡腦汁都不明白的事，有什麼好丟臉的？為了一時的面子，之後要蒙受更大的羞辱。』

『啊，我累了。我好想休息呀。』

『那你聽一聽我的看法啦。』

即使我這樣說，他仍然保持沉默，所以我就開始說。對於這次的案子，我仔細地想過了，我也有自己的看法。

『但是，如果說日下是自殺的話，這也很奇怪。因為牆壁上留了一張紙條吧？』

『嗯。』

『那張欠缺文學素養的紙條……』

『也就是說？』

『那篇文章寫得很差，不是嗎？』

『是嗎？』

『你不覺得嗎？』

『我覺得那種紙條也沒有什麼其他更好的寫法。』

『就宣示強烈復仇決心的信來看，這只能算是三流水準，應該還有其他更優美的寫法吧？』

『例如？』

『例如在語氣上更具威脅感，像是……「吾欲令汝止息。吾名為復仇，吾將乘血馬而來」之類的。』

『真是優美啊！』

『這類的文章應該很多吧？或是……』

『夠了啦。你到底想說什麼？』

『總之復仇，也就是要對濱本幸三郎復仇。可是，剛才假設兇手是日下的說法當中，卻沒有任何對濱本先生復仇的理由。他和濱本先生最近才認識，兩人也很要好，而且還沒殺死濱本先生就自己先自殺，那算不上是復仇吧？還是說，他事先裝好了什麼機關可以取濱本先生的性命？』

『現在巡查先生正在仔細調查這個，他們說連塔上的那個房間也要查呢！』

『為什麼奪走上田、菊岡的性命，還要對濱本先生復仇呢？』

『是啊。』

『但是，即使撇開日下是兇手的假設，這間屋子裡只剩三個下人和英子、相倉久美、金井夫婦、嘉彥和戶飼這些人而已，其中完全看不到想要對濱本先生復仇的人。』

『是看不到。』

『我們再回過頭來想一想日下的命案，我認為，殺了他並沒有達到對濱本先生復仇的目的。』

『嗯，我也這樣認為。』

『還是說，因為英子對日下似乎很關心，所以殺了日下讓濱本的女兒痛苦，進而使得身為父親的濱本痛苦，兇手是採用這種迂迴的復仇法嗎？這個案子真是令人一頭霧水！從那個嘴角漾著訕笑的人偶開始，全是詭異的要素。還有，豎立在雪地上的兩根木棒……』

就在這時，門被用力地打開了，兩名女性闖進圖書室。是濱本英子和相倉久美。她們兩人用極冷靜、沉著的步伐走到窗邊，可是兩人似乎都非常激動，甚至到了忘我的境界。證據是：她們根本沒發現坐在房間角落的我們正提心吊膽地看著她們。

『妳很出風頭嘛！』英子就好像是在談論著天氣這類話題似的一派輕鬆。

『妳是指什麼？』相倉久美很謹慎地回答。

這個我也有同感。但是之後聽到她們兩人的對話，才知道原來是因為久美拚命想要接近日下、戶飼和梶原等人。

英子露出溫和的笑容說：『不要浪費無意義的時間吧？妳應該聽得懂我的意思吧？』英子還是一貫不屑的態度。

『這個……我完全聽不懂妳在說什麼耶。』

久美也選擇了很輕蔑的回答。我屏氣凝神地看著事情的發展。

『其他的事就算了，妳這樣輕浮隨便的生活態度，已經在妳身上根深柢固了，我可不一樣，我要說的就是這個。雖然我沒辦法像妳那樣，但是我也不跟妳計較了，我不能原諒妳的是日下，妳明白嗎？』

『在我身上根深柢固的生活態度是指什麼？妳說妳完全沒有這些習性，可是妳還真瞭解我啊！』

『妳不準備回答我的問題嗎？』

『我也有問妳問題吧？』

『這可是為了妳好喔。如果妳永遠和這種問題牽扯不清的話，妳也會很困擾吧？還是妳要我說明一下菊岡董事長和身為祕書的妳之間的關係呢？』

久美這下子無言以對了。兩人之間的沉默讓血液都凝結了。

『日下的事是指什麼？』久美的遣詞用句軟化了下來。這應該可以說她在某方面已經被打敗了吧。

『哎唷！妳應該知道的啊！』英子的聲音一下子變得很優雅。

『就是用妳那個免訓練的職業武器，把純情的日下騙得團團轉不是嗎？』

『喂，什麼叫做職業武器?!』

『哎唷！和男人睡不是您的職業嗎？』

這個時候，沒有選擇情緒性的反駁怒吼是明智之舉，久美似乎將話吞了回去，然後浮現出一種充滿挑釁的微笑。

『對喔，妳好像還哭倒在日下的擔架旁，真是丟臉啊！就好像是下女在為主人而哭，真是令人感動！』

『……』

『所以妳是說，妳不能原諒我這個勾引日下的女人？真是蠢！思想還真守舊呢！如果還有這種想法，是會發霉的喔！如果妳認為他是妳的男人，就請用繩子拴好吧！』

眼看著這兩人就要爆發激烈的唇槍舌劍，御手洗感到自身的危險，幾乎要站起來逃跑。但真不愧是高傲的英子，她費了一番工夫壓抑住自己。

『像妳這種人，為了維持自己的形象，努力裝冷靜，還真辛苦啊！』

久美哈哈哈大笑。

『形象？等妳再瘦一點之後再說吧！』

英子半天說不出話來，過了好一會兒，才迸出以下這句話。

『我挑明了說好了，殺死日下的就是妳吧？』

『妳說什麼？』久美為之震驚。

她們兩人互相瞪著對方。

『白痴！我要怎麼殺死日下？妳說，我有殺他的動機嗎？』

『我是不知道妳用什麼方法，但是動機應該有吧？』

『……什麼？』

『因為我不把日下讓給妳。』

這時，久美又再次發出尖銳的笑聲，但令人害怕的是，她的眼睛沒有笑意，而是一直瞪著英子。

『妳不要一直說些令人發噱的笑話好嗎？太可笑了！如果我要殺死日下的話，那也要他打從心底喜歡妳，而我也喜歡他才行吧？不是嗎？真是太可笑了！我對他根本一點意思也沒有，而他對妳更沒那個意思吧！為什麼我非要殺他不可？非要殺他的人應該是妳才對吧？不是嗎？因為他之前好像對我有興趣呢！』

『妳不要胡說八道！』

最可怕的事情終於發生了。

『像妳這樣齷齪的女人就不應該到別人家來！滾出去！請妳從我家滾出去！』

『如果可以的話，我也想要這麼做呢！如果巡查先生答應的話。這間屋子不斷發生命案，而且像女摔角選手一樣歇斯底里的女人還會發出刺耳的叫聲，住在這種屋子裡，我已經受夠了！』

然後，兩人不斷搬出不堪入耳的言詞怒罵對方。我們則因為感到害怕，大氣都不敢喘一下。

不久之後，門被砰地一聲關上，房間裡只剩英子一人，伴著一片死寂。她在經過一陣激烈戰鬥後，身心都呈現放空的狀態。最後，她終於有力氣看房間了，轉過頭來。她當然發現了像是混入特等席的窮人家般提心吊膽地坐在那裡的兩名觀眾。英子頓時臉色發白。即使她和我們有一段距離，我仍然可以清楚看見她的雙唇在顫抖。

『妳好！』御手洗居然還敢和她打招呼。

『你們一直都坐在那裡嗎？』她故作鎮靜地問了一個她已經心知肚明的問題。還是說，她以為我們是在她們吵得最激烈的時候從窗戶潛入的？

『為什麼剛才不告訴我你們在那裡？』

『那個……因為太害怕了，所以說不出口。』御手洗的回答簡直是蠢透了，但幸運的是，因為英子的頭腦尚未完全冷靜下來，所以不太瞭解御手洗那句話的意思。

『不說一聲實在太過分了！你們就一直在那裡偷聽嗎？』

御手洗轉向我低聲說：『意思是不說話是不對的，我們應該要幫她加油嗎？』

『我們並沒有想要聽！』我刻意忽視御手洗，在這個時候滿懷歉意地說：『但是因為我們很擔心……』

當我這樣一說完後，御手洗就立刻補上一句：『對，我們擔心事情的發展。』

『你是說什麼發展？』英子咬牙切齒，肩膀微微抖動。

『你到底對什麼感興趣，要躲在那裡偷聽我們的對話？』

英子在說到『對話』這個詞的時候，好像有點抗拒，音量逐漸提高。但是我不認為我剛才的辯解很糟，而且從當時的氣氛，我本能地看出些微的徵兆，應該可以將大事化小、小事化無。如果是我一個人的話，我有這個自信。也就是說，『如果是我一個人的話』……而不是有個奇怪的朋友在身邊。

我身旁的這個男人，居然在這個時候，脫口而出以下這種令人難以置信的話語，把我之前的努力都化為烏有。

『那個……我是想不知道哪一邊會獲勝……』

她抖動的雙肩一下子停了下來，然後由丹田發出洪亮的聲音大喝。

『真是個沒常識的人！』

『我已經習慣別人這樣說我了。』御手洗泰然自若地回應。

『我沒常識的程度，大概就是直到剛才以前，我都以為圖書館是讀書的地方⋯⋯』

我戳了戳御手洗，小聲卻很堅定地說：『住口。』但顯然為時已晚，事態已經發展到了最惡劣的地步。她不發一語，一直瞪著御手洗，慢慢朝門那裡走去。

打開門後，她又轉頭看了看我們，似乎是在思索要如何咒罵我們，但最後可能沒想到吧，於是就直接將門關上。

這次輪到我發飆了，我唸了一陣子之後，便將心中的話說出來。

『你真是個令人瞠目結舌的男人⋯⋯你好像完全沒有一般人所謂的常識。』

『這種話我已經聽過一千次了。』

『我也說夠了！託你的福，真是快樂的元旦！』

『偶爾一次有什麼關係？』

『偶爾？可是，我好像總是在你「偶爾」的時候和你在一起呢！有哪一次我和你出去，你不會惹出這種麻煩的？我完全想不到！你至少也替我想一想，你瞭解我的心情嗎？我每次都拚了命地想把事情圓滿解決，但你總會從一開始就故意來鬧。』

『我知道了石岡，下一次我會注意的。』

『下一次？喔！下一次是吧！如果有下一次的話，請你一定要做到。』

『你的意思是？』

『我現在正在認真考慮和你絕交。』

之後，我們便陷入尷尬的沉默之中，但我立刻開始想，現在不是談這個的時候。

『總之，先不談這個了。你對這個案子有把握嗎？有什麼看法？』

『到目前為止……』御手洗無力地說。

『你振作點！我可不想半夜陪你從這種地方逃跑，因為我不想凍死。但是你應該掌握些什麼了吧？至少那兩個女人應該可以排除在外。』我說。

鐵鎚的敲打聲已經停止。

『我還知道一件事。』御手洗說。

『什麼事？』我滿心期待地問。

『我們兩個可能暫時無法離開那個令人不舒服的「倉庫」了。』

既然御手洗已經明白這一點，真希望他能更安分些。

第六場　大廳

當天晚上，我的內心很恐懼，好不容易熬到吃晚餐的時間。因為即將在此住滿一星期，客人們看起來確實是難掩神情憔悴，這也無可厚非。在自己周遭（或是這些人當中）就有殺人魔，自己的左胸哪一天搞不好也會插著一把綁了白線的刀子也說不定。

但是，那天晚上顯得最憔悴的莫過於警察們吧。他們比御手洗預測的還要疲憊十倍以上，看到他們無精打采的樣子真是令人同情。吃飯時，還有吃完飯後，他們之中都沒有一個人開口說話，可能是因為一旦開口，又得重複之前說過幾百次的台詞吧。

我必須不斷提防御手洗會對刑警們說出：『有沒有發現老鼠窩？』之類的話。

『這到底是怎麼回事？』大熊警部補終於還是開口說了那一百零一句的台詞，但是沒有人回應。尾崎等人因為白天太過賣力，右手好像舉不起來了，若是一開口，似乎就會針對那一點發牢騷。

『我們完全搞不懂。』牛越幾乎是在喃喃自語。

『這一點我們不得不承認。為什麼那把登山刀上會綁著一公尺多長的白線？為什麼最初殺人的那個晚上，雪地上會豎立著兩根木棒呢？還有三間密室，尤其是後來的兩間，我真是完全搞不懂。每發生一件命案，密室的問題就越難解。在那樣滴水不漏的密室裡，應該不可能有人能進去殺人的，絕對不可能。所以，我們將牆壁、天花板，甚至地板都掀開了，但是沒有任何發現！就連暖氣的管子都沒有被動過手腳。

『我們真的是一無所知，幾乎沒有任何發現。這樣下去，只能相信這些案子是妖魔鬼怪幹的。每天對警局的報告也不知該如何下筆。如果有人對於這個瘋狂的案子，能用一般人可以接受的理由解釋的話，我願意拜託他來說說看。如果有人可以的話。』

『這是不可能的啦。』尾崎一邊摸著右手腕，一邊吐出了這幾個字。

我和御手洗跟幸三郎聊得正起勁。濱本幸三郎在我們這些人住進來以後，雖然只有短短幾天的時間，但是他看起來老了十歲左右，也很少開口說話。不過，只要話題談到音樂或是藝術的領域，他又回復了以往的神采奕奕。

御手洗不知道是回應我剛才的抗議，還是他也喪失了自信，他沒有開口嘲笑刑警，反而變得很安分。

一聊到音樂的話題，御手洗似乎和幸三郎特別談得來。兩個人聊理查德・華格納的厚顏無恥居然能聊上一個小時。

『華格納這個男人用音樂，將中世紀開始就創造並保有的那個時代的「協調」給打破了，是個革命性的人物吧！』御手洗說。

『原來如此，他的音樂在當時的英國等地是非常前衛的，即使是現在，仍被視為現代音樂呢！』幸三郎回答。

『是的，他的作法比起蘿拉蒙黛絲❽對巴伐利亞國王路德維希一世所下的工夫更是有過之而無不及。華格納打算透過純真的路德維希二世親近王權。也或許他當時已經發現絕對君主制那有如誇張劇情般的黑幕吧，否則很難解釋他怎麼會那樣厚臉皮。』

『我想應該是這樣吧！因為華格納一方面要國王救他，一方面又跟他索取高額的金錢。但是，如果他沒有路德維希二世這個貴人的支持的話，在〈尼貝龍根的指環〉之後，他可能就創作不出其他的傑作了，因為他欠了一屁股債，在歐洲四處逃亡。要是沒有路德維希二世的救濟，或許他早就不知陳屍在哪個荒郊野外了吧！』

『是有這個可能呢！但他還是有寫樂譜吧！』

『剛才你說的「協調」……』

『我認為，當時歐洲的都市樣貌在路德維希和華格納出現之前沒多久，已經達到了協調的境界。例如建造房屋的石頭、玻璃和木材等的使用都已達到均衡使用的狀態。』

『嗯，原來如此。』

『當時的理想都市設計概念，是規定必須將都市定位成巨大的戲劇舞台裝置，都市就是劇場。因為在那裡上演著人們各式各樣的生活型態，全都是一種表演。』

『嗯。』

『對舞台裝置而言最重要的部分，就是建築物的正面，而玻璃這種儼然已經成熟的最新科技，湊巧使其妝點得更美。因為當時玻璃只能做到那麼大，所以當然還是無法建造出像這樣的玻璃斜塔。搭配上馬車這種交通工具，因為當時汽車尚未出現。在這樣一個協調的狀態下，不只是建築家和都市設計師，就連畫家和音樂家也很有默契地參

譯註❽：是一名出色的舞女，國王為她的美貌散盡錢財而使國庫出現『赤字』，最後不得不退位。

與。但是，這時在巴伐利亞出現了一個怪物，他想要使堅固的鋼筋、巨大的玻璃板、火車等科技的步調達到一致，他就是華格納。』

『原來如此。他的出現破壞了哥德時期已經達到的協調性。』

『是啊，後來這個令歐洲感到頭痛的問題，可以說一直延續到了今天吧！』

『純真的路德維希二世這個年輕國王到底有什麼豐功偉業呢？只會模仿法國路易王朝文化延攬華格納。他可說是一個好大喜功的人不是嗎？』

『不，那是當時的巴伐利亞人普遍的趨勢吧！他們為了將路德維希二世奉為狂人，所以便附和他這種不正常的行為。不只路德維希二世，因為路德維希一世也模仿巴黎在慕尼黑建造了不必要的凱旋門。但是，我現在最感興趣的是你喔，濱本先生。』

『我？』

『你看起來不像路德維希二世，這間屋子也不是基姆宮吧！像你這麼理性的人，應該不會沒有任何理由就在這麼偏僻的北邊建一間這樣的房子。』

『是你失算嗎？還是你低估了一般日本人呢？因為在東京，還有比基姆宮更豪華的迎賓館呢！』

『這間屋子是迎賓館？』

『我覺得是。』

『我可不這麼認為。』

『這和我不認為你只是個逢迎拍馬屁的人是一樣的。』

兩人沉默了一會兒。

『御手洗先生，你真是個不可思議的人。』幸三郎說：『你到底在想些什麼，我完全不能理解。』

『是嗎？我是比那邊那些刑警先生們稍微難以理解吧！』

『你覺得警察先生們掌握了些什麼嗎？』

『他們的腦袋裡還是和來這裡之前沒什麼兩樣。那些人只不過是哥德建築的外觀裝飾，沒有他們屋子也不會倒。』

『那你呢？』

『什麼意思？』

『這個案子的真相，你知道了嗎？你知道兇手的名字嗎？』

『如果只是兇手的話，這個大家都應該已經知道了吧！』

『喔！是誰？』

『我不是說過是那個人偶嗎？』

『但我不覺得你是當真的。』

『也常有人這樣對你說嗎？不管怎樣，這是個心思細膩的犯罪，我們似乎已經開始這個遊戲了，如果用太過平常的方法來下這盤棋，對這個藝術家就太失禮了吧！』

中場休息

從一月一日晚上開始，因為上次那封威脅信的關係，幸三郎便放棄一個人獨自睡在那孤立又危險的塔上，而改睡在十二號房，並由大熊和阿南保護他。雖然針對這個決定曾發生了一些爭執，不過淨寫這些東西，會讓人覺得很繁瑣，所以我就略去不寫。

第二天，一月二日，沒有發生任何一件和犯罪有關的事。警察們花了一整天的時間，想要將自己昨天的破壞恢復原狀（但是完全沒有辦法）。

御手洗和刑警們好像完全沒有交談，只有牛越來詢問我的意見。因為御手洗靠不住，所以我提出了自己思考整理的四個問題：

第一，是上田一哉的雙手呈V字形向上舉，並彎腰的奇怪姿勢。

第二，是菊岡背部的刀子不是刺在有心臟的左邊，而是右邊，這是否意味著什麼？

第三，是上田命案和菊岡命案是連續發生的，中間並沒有隔一天，如果說這很奇怪，也確實很奇怪，兇手明明應該有很充裕的時間，但是卻給人很心急勉強的印象。如果在殺了上田之後，隔一段時間才殺第二個人的話，刑警們應該多少會大意，一般不是都會在那時候才下手殺第二個人的嗎？

那天晚上命案發生之後沒多久，四名警官就住進來了，如果過個兩、三天的話，阿南一定會先離開，兇手為什麼不等到那時候呢？上田被殺的第二天，應該是警戒最森嚴的時候吧！在這麼危險的時候，兇手應該要有什麼理由才會大膽行兇吧？那是什麼理由呢？——因為沒有時間嗎？但是菊岡被殺之後，當然沒有人能離開流冰館。

還有一件事，如果要加第四項的話，就是這個家裡的樓梯分為東西兩邊這個特殊的構造，所以要從一號房、二號房走到十三號房、十四號房，就必須經過大廳，但真的是這樣嗎？就是因為這樣，所以很多人被排除涉案，這沒有盲點嗎？

以上就是我對牛越說的話。

其實我還在思考一件很詭異的事，但是我沒對刑警說。十四號房、尤其是十三號房的密室，不管我怎麼想，就常識來判斷那都是無法進入殺人的。所以我甚至在想，會不會兇手是從牆上的通風口放映什麼影像或是放什麼音樂，讓住在裡面的人因為害怕，而不得不將刀子往自己的心臟插？

但這是不可能的，房間的牆壁已經被掀開來查過了，並沒有發現放映機或是喇叭之類的東西，而且也沒有這類的電器裝置、機械裝置。

到了一月三日，工人好像要開始工作了，五、六名師傅在上午就來到這裡，將警察們弄得烏煙瘴氣的牆壁和天花板復原。十號房的門在他們來之前就已經弄好了，十三號房和十四號房的門也終於修好。於是我和御手洗從三日開始終於可以搬到十三號房。

到了三日的中午左右，穿著制服的警官將分析完畢的葛雷姆的頭送了回來。御手洗向他道謝後便接過來，將頭放到三號房它的身體上，並為它戴上那頂皮帽。

大熊和牛越熱心地詢問那個警官有關遺留品的搜查報告，但是並沒有令人滿意的內容。因為登山刀、線、繩子都可以在日用品店輕易買得到，所以這也是理所當然的。

到了三日的下午，天氣開始轉壞，窗外白雪紛飛。下午兩點時，流冰館已經昏暗到幾乎讓人以為是傍晚時分，這個樣子看來，晚上應該會有暴風雪。以這北邊盡頭的怪異建築物為舞台所上演的殺人劇，現在終於發展到最高潮的情節了。

在發展到高潮之前，有兩件事必須先說明一下，一件事是三日的傍晚時，相倉久美說她確實從她房間的天花板聽到了人類微弱的呼吸聲，然後金井初江說在漫天大雪中，她好像看見死人佇立在那裡，她幾乎快要瘋了。但是，這兩件事都是因為一個共通的理由而起的吧——那就是客人們莫名其妙的恐懼感已經到了極限。

現在我要報告一個比較具體的事件。一月三日的晚餐已經變得索然無味，聚集在餐桌上的客人們全都面無血色，沒有一個人有食欲。女性們將刀子和叉子放在前方，聽著屋外暴風雪的聲音。英子將左手慢慢放在身旁戶飼的右手上，並低聲說『好可怕』，戶飼則用自己的左手溫柔地握住英子那隻冰冷的左手。

餐桌上包含警察四人在內，這個屋子裡還存活的人全都到齊了。就在這個時候——有些微白煙從樓梯處飄到大廳，最先發現到白煙的是御手洗。

『喔？發生火災了。』

他的聲音就像是在派出所裡看到巡查一樣。

刑警們則是丟下刀叉，往樓上衝。幸三郎也跟在後面，他臉色發白地說：『要是三樓起火的話就完了。』

結果，只是一場小火災，並沒有釀成大難。起火的地點是在二號房的英子的床上。好像是有人將煤油灑在床上點火。但是當然也完全不明白兇手為什麼要放火。不用我一而再、再而三地說，在大廳的餐桌上，所有住在這屋子裡的人都到齊了。

所以，現在流冰館裡，除了大家熟識的這幾張臉以外，應該至少有一個身分不明的人——就是神出鬼沒的詭異殺人魔——潛入。但是在此之前，警察們已經徹底搜索過這間屋子好幾次了。

只不過，當時二號房並沒有上鎖，面向走廊的窗戶也沒有鎖，所以只有這件詭異的縱火事件並沒有包含不可能犯罪的要素。當然這是指如果不去想兇手是誰，還有兇手的目的為何的話——

屋外的暴風雪，讓人覺得像是有人用手抓住窗框用力搖晃一樣，不時發出嘈雜的聲音，讓屋內挨在一起的那些無精打采的人們更是縮成一團。

中場休息的所有準備都做好了，最後的夜將會越來越深。

在揭開最後一幕之前，還有一件事我應該先在這裡說一下，筆者當然希望讀者對這句話都已經耳熟能詳。

如果是對這樣的讀者說，這句話才能清楚傳達出筆者的心聲，激起完美的共鳴。如果是第一次聽到這句話的人，我想多少會不知所措，但是希望你們能諒解。筆者終究還是無法抗拒寫下這句名言的誘惑。

那就是：

我要挑戰讀者。

一切都已就緒。請揭開無法看清的真相吧！

終幕

『那個蹲著的來歷不明者，請在黑夜中起身，並給我解答的光。』

第一場　大廳西邊一樓的走廊，亦即十二號房門的附近

濱本嘉彥從三樓八號房自己的房間走下樓。

牛越刑警好像來十三號房找御手洗談話的樣子，其他的人應該全都聚集在大廳裡。屋外的風聲大作，和菊岡被殺的那天晚上一樣，沒有一個人想要回房睡覺吧。

當濱本嘉彥從二樓的天狗房間前的走廊，走向通往一樓的樓梯時，往前一看，會發現有一堵很高的牆壁矗立在那裡，像是高高的圍牆。那是一道兩層樓高的牆，就是十二號房和十號房的外牆。

因為一樓的十二號房沒有窗戶只有門，所以牆面顯得更單調，讓人覺得有點恐怖。除了門以外，還有兩個二十公分見方的通風口，十二號房的通風口和十號房的通風口上下排列著，樓梯的照明有點昏暗。

就在嘉彥幾乎快要走到一樓時，若無其事地抬頭往上看，在距離地面很遠的牆角，那應該是十號房的通風口，就是上田一哉被殺的那個十號房，那個通風口是朝向這個主屋的空間。

那個通風口非常高，嘉彥自己也不知道為什麼會想要看一下十號房的通風口，他並沒有什麼特殊的原因。但是，當他沿著像絕壁一樣的牆往上看時，不由得倒抽了一口氣。那個距離自己很遠的、四方形的、小小的光亮好像才剛熄滅，光的殘影仍停留在嘉彥的視網膜上。

他回過神時，仍呆立在那堵巨大的牆面前。屋外拖著長長尾音、殘留在他心裡的風聲，突然闖進了天花板高處的空間，讓他覺得好像要颳起狂風似的。他忽然覺得自己就好像孤零零地站在荒野裡的人一樣。

拖著尾音闖入、像是哀嚎般的風聲，在這間屋子裡聽起來就像是死者的冤魂所發出的怒吼聲。不，這不是一、兩個人，而是無數的靈魂，一定是長久待在地下那些無數的靈魂。

他心想，這絕對不可能，瞬間從恍惚之中清醒後，便想要扯著嗓門叫人過來。

十號房現在沒有人住，而且應該也沒有人在裡面。御手洗和牛越在十三號房，剩下的人全都在大廳。但是，剛才十號房的通風口卻流洩出燈光，這是千真萬確的！他親眼看見的。有東西在那間房裡！

他不知不覺跑了起來，用力將大廳的門打開。

『請來一下！』他大聲說。

在大廳裡的所有人全都轉過頭來，從椅子上站起來。幸三郎、英子、金井夫婦、戶飼、相倉久美、早川夫婦，還有梶原、大熊警部補、阿南，所有的人都陸續往他那裡走去。嘉彥用眼睛一一確認眼前這些人，果然除了御手洗和牛越之外，其餘的人都在。

『怎麼了？』尾崎說。

『請來這裡！』嘉彥帶著大家到可以看見十號房通風口的位置後，再回到走廊上。然後舉起手指著牆壁的一隅。

『那個十號房的通風口，剛才有燈光透出來，我看見了！』

『啊？』大家都發出害怕的叫聲。

『怎麼可能！』大熊說。

『怎麼回事？各位。』牛越聽見外面有聲音，便和御手洗一起來到走廊上。

『牛越先生，剛才你們有沒有去十號房？』尾崎問。

『十號房?!』牛越驚訝地說：『又發生什麼事了嗎？我剛才一直都在十三號房。』

嘉彥和幸三郎從他的表情和聲音研判，他應該沒有說謊。

『剛才那個通風口有燈光透出來。』

『怎麼可能！所有的人，十六個人不都在這裡嗎？』牛越也說。

『不，只是一瞬間而已，我確實有看到。看見燈熄了。』嘉彥很堅持。
『會不會是有什麼動物在裡面呢？說不定這間屋子裡有大猩猩。』大熊說。
『真像是《莫爾格街兇殺案》❾呢！』幸三郎說。
大家都露出訝異的神情，但是，這個時候平常很少開口的梶原突然插嘴。
『那個……』
『什麼？』
『冰箱的……那個……火腿好像變少了。』
『火腿？』
大部分的人都齊聲大叫。
『是的，火腿，還有麵包也少……』
『這種事之前沒有發生過嗎？』大熊問。
『不，我想是沒有的……我覺得沒有吧……』
『覺得？』
『不，我也不太清楚，對不起。』
緊接而來的，是一陣難以言喻的沉默。
『總之，我們還是去十號房看看，這樣也不是辦法吧！』尾崎說。
『我覺得是白費力氣。』御手洗不感興趣地說：『沒有用的啦！』

但是，警察們還是果決地走到雪地裡。我和御手洗、女性們和幸三郎，還有金井和嘉彥都留在原地等候。過了一會兒，通風口又有燈光亮起。

『啊，對，就是那個光！』嘉彥大叫。

但是，這次的調查也是白費力氣。

尾崎的報告是這樣寫的：『十號房的門上掛著荷包鎖，上面積滿了白雪，房內冷颼颼的，根本沒有人的樣子。』結果研判是嘉彥的幻覺。

『那個荷包鎖的備份鑰匙呢？』尾崎詢問。

『在我這裡，但是我沒有借給別人。』早川康平回答：『我曾經將鎖暫時放在廚房入口的地方。』

『是那房間有人住的時候嗎？』

『是的。』

刑警們為了慎重起見，又在屋內、庭院的倉庫和塔上幸三郎的房間快速搜查了一次，但是沒有發現任何異常。

『真是搞不懂！那個光到底是怎麼回事呢？』刑警們的結論還是和之前一樣。

譯註❾：世界上第一篇推理小說《莫爾格街兇殺案》（The Murders in the Rue Morgue）自美國詩人愛倫坡（Edgar Allen Poe）筆下誕生。

這個騷動結束後一小時，大廳的門被打開了，金井初江一個人出現在那裡。她朝西邊的樓梯走去，想從她房間裡拿東西出來。

風越來越強，初江上樓時，若無其事地越過扶手往地下室的走廊看。她平日就常炫耀自己有通靈的能力，或許她當時的行為正是因為她具有這方面的能力。就這樣，她在地下室的走廊上，看到了不該看到的怪東西。

從一樓俯視的地下室非常昏暗，就像是把墓碑搬開後，所窺看到的骨灰罈那樣漆黑。在那角落裡，有若隱若現的白光，慢慢形成一個人的形狀。

這間屋子裡的人全都在大廳，剛才她才從那群人之中走出來。深不見底的恐懼像個強力磁石一樣，緊緊地吸住她的視線不放。白色模糊的人影（看起來）很快地在地下室的走廊滑行，連針掉落到地上的聲音都沒有發出。他往菊岡被殺的十四號房走去，那裡簡直就像是幽靈們聚會的場所。

十四號房的門無聲地被打開了，人影便消失在其中。這個時候，那個人形的光影第一次側過頭來，慢慢地將頭轉向背後，就在那一瞬間，他看見了初江的臉，初江和那來歷不明的傢伙瞬間四目相交。

那張臉！確實就是那個嘴角漾著訕笑、叫做葛雷姆的人偶！

初江感到毛骨悚然，全身都起了雞皮疙瘩。當她回過神時，她已發出恐怖的尖叫聲，就好像那不是她的叫聲似的，如同屋外暴風雨大作一般，拖著長長的尾音，一直不斷地迸裂出來，連她自己也無法控制。然後，因為這樣的體力透支所帶來的疲累與消耗，終於使她意識漸漸模糊。初江聽到自己連續發出的慘叫聲，還以為是從哪個遙遠的地方傳來的山谷回音。

當她醒來之後，她已經躺在老公的懷裡，周圍圍了一圈人在看著她。時間好像沒有過很久，所有的人都還在。老公平常那隻靠不住的細瘦手臂，此時對她而言，是再可靠不過了。

過了一會兒後，初江便回答周圍的人所提出的問題，並說明剛才自己看見的恐怖東西。她本想要簡單扼要地說明的，但對於當時聚集在那裡的人來說，只要是她沒說出來的事，他們也絕對不會察覺。

全都是些無能的人！初江在心中暗自咒罵，然後好像精神崩潰似地脫口而出：『真是受夠這間恐怖的房子了！』

『快拿水來！』

不知道是誰說的，但是她一點也不想喝水。不過，當她喝到送過來的水時，不可思議的是，她居然冷靜了下來。

『要去大廳的沙發休息嗎？』她先生溫柔地問。她輕輕地點了點頭。

但是，她躺在大廳的沙發上後，又再次將自己剛才看到的情形，沒有摻雜任何幻想正確地說明時，她的老公又回復成那個沒什麼力氣、卻很頑固霸道的小市民。

『人偶不可能會走路！』她老公的看法如她所預測的一樣。

『妳是在做夢。』她老公的結論也和她預期的一樣。

『那個樓梯附近有點異常，有什麼東西！』她還是很堅持，於是她老公不容分說地斥責她。

『妳平常就有些怪怪的。』

刑警們打斷他們夫妻的對話，提議說，既然這樣的話，那大家就去確認一下三號房的人偶和十四號房吧。不過很顯然的，他們也不相信初江所說的話。

站在三號房前，幸三郎將門打開後，尾崎便將位於門內側的電燈開關打開。葛雷姆還是坐在那個整面都是天狗面具的牆前方，面向走廊的窗框上。

尾崎莽莽撞撞地走向人偶所在位置的附近。

『是這張臉嗎？』刑警問。

初江站在入口處，不太敢往人偶那裡看，而且也沒必要看。

『絕對不會錯的，就是這個人！』

『請仔細看，真的是這張臉嗎？』尾崎的臉上泛起苦笑。

『絕對沒錯！』

『但是它在這裡呀？』

『這我怎麼知道！』

『它剛才是這樣戴著帽子穿著這件衣服的嗎？』牛越在初江身旁問。

『這個……我怎麼會記得。總之就是這張臉，那張笑得很邪惡的臉，但是……剛才好像沒有戴帽子……』

『沒有帽子嗎？』

『不，不行，我記不起來了，沒辦法記到這些細節。』

『所以我不是說妳頭腦有問題嗎？』金井又說。

『你閉嘴！』初江說：『碰到這種情形，誰都不會記得的，那種枝微末節！』

刑警們沉默了一陣子。初江反駁的理由其實也說得過去，因此沒有人知道該再說些什麼了——除了我的朋友。

『所以我之前不是說過了嗎！』御手洗以高傲的聲調說。

這時，尾崎還有那些刑警們全都露出厭煩的表情。

『兇手就是這傢伙，雖然它生了一張人偶的臉，但可別被它給騙了喔，這傢伙可是行動自如的。只要把自己的關節拆掉，就可以進入很小的洞，然後輕鬆地殺人。它可是個狠角色。接下來，是要確認十四號房吧？很好，那我就在那裡做解說吧！解說有關這個傢伙的無數罪行，對了，巡查先生，你最好不要碰它，生命是很可貴的呢！

『梶原先生，我剛才請你泡紅茶了嗎？那就請你和早川先生一起把紅茶送到十四號房去。還是在十四號房說明比較合適。』御手洗重新轉向刑警們，自信滿滿地說。

第二場　十四號房

十四號房的掛鐘指向凌晨十二點。梶原和早川夫婦將許多裝著紅茶的茶杯送了過來。在房間內無所事事站著的那些人，慢慢往那裡移動。

御手洗兩手各拿起一個茶杯，必恭必敬地將一杯遞給我，另一杯遞給身旁的英子。又趕緊將杯盤遞過來，之後才為自己拿一杯。他的樣子給人手腳很俐落的感覺。

『很難得有這麼好的服務呢！』我說。

『這樣的話，女王大人就不會有怨言了吧？』御手洗回答。

『你能不能快點為我們揭開這個懸疑事件的真相？如果你可以的話。』戶飼端著紅茶茶杯站在那裡，態度生硬地說。

大家看起來也很有同感，就好像軍隊向右看齊一樣，一起往御手洗這裡看。

『揭開真相？』御手洗十分驚訝。

『這不是揭開真相的問題吧！剛才我已經說過了，是死者的冤魂讓那個叫做葛雷姆的人偶動起來的，因而導致這起連續殺人事件。』

我感受到前所未有的痛苦。因為從御手洗的口氣，我可以感覺到他那種一貫的欺騙、不正經的態度。

『根據我的調查，在尚未建這間屋子之前，這裡原本是一片平原。很久以前的某個黃昏，在這屋子前方的懸崖上，有一個愛奴青年跳崖自殺身亡。』

他開始說了，但我總覺得他說的這些內容好像是臨時捏造出來的。我看不到御手洗的誠意，因為我覺得，他好像是在信口開河賺取一些時間。

『那個愛奴青年有一個年輕的愛人，她的名字叫做碧麗嘉。然後，碧麗嘉也追隨著他跳下崖去。』他繼續說著我好像不知在哪裡聽過的故事，『後來這一帶只要一到春天，就會開出像鮮血一樣紅的菖蒲花。』

我想起來了，我和御手洗來到這個地方的那天晚上，用餐的餐廳名字就叫做『碧麗嘉』。那家店的牆壁上還貼著菖蒲花的照片，上面並印有關於這種花的詩。但是紅色的菖蒲花我還是頭一次聽到。

『村人們一直無情地想要拆散兩人，後來，這兩人的冤魂就在這一帶徘徊，直到這間屋子建好之後，他們才找到可以安頓下來的地方。這個靈……』

『啊！』

不知從哪裡發出的叫聲。當我回過神時，我身旁的英子手按著額頭，正要蹲下來。

『這杯茶——』她說完後，我趕緊拿過來看的同時，她已經昏倒在地了。

戶飼和幸三郎跑過來，牛越大叫道：『抬去那張床上！』

『啊，那是安眠藥。讓她先睡吧，明天早上醒來就沒事了。』御手洗看著英子說。

『你確定是安眠藥嗎？』幸三郎問。

『絕對是，你看她睡得這麼沉。』

『到底是誰？』幸三郎痛苦地呻吟，轉過頭去看早川等三人。

『我、我不知道！』三人都害怕地搖手。

『兇手就在這裡！』幸三郎非常激動，一點也不像老人。

『總之，這裡很危險，把英子送回她的房間！』幸三郎的口氣非常強硬。這時，可以看出他年輕時的鐵腕作風。

『但是英子的床已經被燒了啊！』尾崎說。

剎那間，幸三郎的表情像是被電到一樣。

『因為是安眠藥，所以就這樣讓她安靜休息或許會比較好。』牛越說。

『那，那個洞！能不能把那裡給堵起來？』

『但是這樣一來，就必須站在床上……』

『那可以從外面堵！』

『但是，如果在吃了安眠藥的人枕邊敲敲打打的話，明天早上她醒來時可能會嚴重頭痛。』御手洗說。

『總之，這間房間很危險！』

『為什麼？看了十號房和十三號房發生的命案，哪間房間還不是都一樣？』

其實御手洗並沒有明講，就十三號房日下被殺的案子來看，他房間的通風口也是完全封住的。現在要將通風口堵住到底有什麼意義呢？大家心裡或許也是這樣想吧！

幸三郎緊握著拳頭，一直低著頭站在那裡。

『既然這麼擔心的話，那就一整晚戒護吧！因為我們不可能在這房內和英子小姐一起睡，所以將門鎖好後，放張椅子在走廊上，一整晚不睡輪流看守吧。這樣可以嗎？

『喂！阿南，辛苦你了，我想麻煩你。如果很睏的話，就和尾崎輪流，你去和他說。這間房間沒有備份鑰匙是嗎？這樣的話，就麻煩你們自己保管鑰匙。阿南，我們不知道兇手是誰，可能是我們其中一人，所以不管是誰，都不可以讓他進去，即使是我和大熊先生也一樣。你要在那裡待到明天早上大家起床聚集之前，濱本先生也麻煩您了。

『各位也麻煩遵守。我剛才聽這位算命先生說的故事覺得越來越睏，雖然很想再聽下去，但是我好像快睡著了。而且，在這位睡著的小姐旁邊吵人也不好意思，各位要不要去睡了？時間也很晚了。明天再繼續吧。』牛越說完後，大家也頗有同感。

但是，只有幸三郎一個人低聲喃喃自語：『即使是密室，也有好幾個人被殺了，我怎麼能放心。』

第三場　天狗的房間

大家都睡死了，幽暗安靜的館內和空中迴廊只聽見風肆無忌憚狂吹的聲音。

三號房門的鑰匙發出非常細微的聲音慢慢轉動著，門緩緩打開了，微弱的光線從走廊漸漸入侵，映照著天狗房間裡大大小小人偶的臉，其中也有葛雷姆訕笑的那張臉。

有一個人躡手躡腳地走進房內，他用如履薄冰般的謹慎腳步接近葛雷姆。當他走到窗前時，從走廊透過來的亮光照出了這個人的側面。

他是濱本幸三郎。確實只有他一個人有這間房間的鑰匙。

他並沒有看一眼腳伸到地板坐著的葛雷姆，而是朝向掛滿天狗面具的那面牆，開始做出莫名其妙的舉動。他開始動手將掛在牆上的面具拆下來。

有一些放在地上，手裡大約抱了十個左右。因此，南邊牆壁的中央部分突然出現一個圓形的、之前藏在面具後面的白色牆壁。

就在這時，奇蹟發生了！葛雷姆的指尖動了起來！

那個木頭關節發出嘎吱嘎吱的聲音，同時，伸到地板的雙腳也慢慢往身體靠攏，臉上還是那一抹淺笑。它慢慢站起來，就像木偶一樣，朝著幸三郎邁出僵硬的步伐。

葛雷姆的動作雖然慢，但就像時鐘的秒針一樣很確實，它舉起雙手，然後做出環狀，打算勒住幸三郎的脖子。

幸三郎已拆下大半面牆的面具，手上仍抱著幾個面具，為了撿拾放置在房間角落的磚塊，他正背對著葛雷姆彎下腰。他的右手拿著一塊磚塊，慢慢轉過身來，於是看見葛雷姆就站在他身後。

幸三郎非常吃驚，身體抽動著，臉部因為害怕而顯得僵硬。風聲仍然不絕於耳。他似乎費了好大的力氣才叫出聲，天狗的面具零零落落地掉在他腳邊，不久之後，磚塊也掉到了地上，發出了沉重的聲音。

這時！日光燈就像閃電一樣閃了一下，房間一下子變得像白天一樣亮。幸三郎本能地往入口的方向看。刑警們全都站在那裡。

『你被逮捕了！』說這句話的人，並不是面向葛雷姆的刑警當中的任何一人，而是葛雷姆本身。

『為什麼要把那些天狗面具拆下來？濱本先生，這應該只有一個理由吧！那就是因為，只有你知道是這些天狗面具殺了菊岡榮吉。』

葛雷姆說，然後他將帽子拿下來，伸出手按住那張訕笑的臉。隨著他的手往下移動，那個令人害怕的表情便消失了，取而代之的是御手洗詭異的笑臉。

『您沒把人偶額頭上的字母擦掉吧？濱本先生。這是面具啦。做得很逼真吧？』

他的手上握著酷似葛雷姆的臉的面具。

『請原諒我耍了點詭計，這都是向您學來的呢！』

『是嗎？所以才給人偶穿衣服？原來如此，真是厲害！真是完美的結局，御手洗先生，我不得不認輸了。我這一生不斷告訴自己，做人要無所畏懼。我輸了，上田和菊岡都是我殺的。』

第四場 大廳

『仔細想想……』濱本幸三郎開口說。手上還是拿著那支煙斗，餐桌上有牛越、大熊、尾崎還有御手洗和我。

『這樣的夜晚真的很適合我做如此瘋狂的告白，因為那個我最不希望她聽到的人，也吃了安眠藥睡著了。』

其他人不知道是不是嗅到了不尋常的氣氛，也都陸陸續續來到大廳。除了阿南和英子以外，他們又再次聚集在大廳。屋外還是狂風大作，大家可能是睡不著吧！我一看大廳角落的大鐘，已經是凌晨兩點五十分了。

『如果您不想要這麼多人在場，我們幾個可以移到別的地方去吧？』御手洗說。

『不……沒關係。這種自私的話我說不出口，那些人也經歷了極端的恐懼，他們有權利聽，不過，如果你們能答應我唯一的一個自私要求的話。』幸三郎支支吾吾地說：

『我女兒……』

『就算我要英子小姐起來，恐怕也辦不到呢！因為那個安眠藥是強效的。』御手洗很正經地說。

『是嗎！現在我知道了，讓英子服下安眠藥，還有放火燒她床的人就是你對嗎？你到底是怎麼做到的？你不是一直和我們在一起嗎？我真搞不懂。』

『那我就逐一來說明。我現在開始說的東西，如果有錯的地方，請指正我。』

客人們分別在餐桌旁坐下，從現場的氣氛，大家可以感受出這個事件好像終於要落幕了。

『我知道了，但是或許沒有這個需要。』

『你殺死上田的動機實在讓我想破了頭。』御手洗心急地說，看起來好像很焦急似的。

『不，也不只如此，這整起事件的動機都令我傷透了腦筋，尤其是濱本先生應該沒有理由殺死上田。但是，我看到菊岡被殺立刻就明白了，也就是說，你真正想殺的人只有菊岡。這是原本的計畫，所以你花了錢和時間，建造出這個有詭計的房子。你一心一意要殺死菊岡。可是，上田也想要殺菊岡。你如此用心計畫，如果被上田莫名其妙地搶先一步殺死菊岡的話，一切就白費了。是不是這樣呢？』

『我有非殺菊岡不可的理由，否則的話，就太不近情理了。前幾天，我看到從女兒葬禮回來的康平夫婦的樣子，覺得很奇怪。於是在我追根究柢的盤問之下，他們便告訴我已經委託上田要去殺菊岡。我很緊張，然後我跟他們說剩下的錢我來出，請他們去把委託撤回。因為我很相信他們，以為康平先生會照我的話去做。但是上田說不能撤回，他非常固執，有點俠義之情。他本身也非常厭惡菊岡，因為聽說他和菊岡之間也發生了一些事情。』

『是什麼事情？』牛越正經八百地插口問。

『在我看來，是沒有什麼大不了的事，聽說就是菊岡一時口快污辱了上田的母親。上田住在大阪的母親，因為房子用地的問題和隔壁人家發生爭執。那個鄰居家發生火災，因此燒掉了圍牆，兩家的界線就變得模糊不清，於是上田的母親就讓附近的車輛進來停車並收取停車費，結果就被告了。他的母親也很堅持，非要爭個你死我活，所以聽說非得花錢解決不可。菊岡好像就說了上田的母親是頑固的老太婆之類的話，而且，聽他說話的語氣好像也不打算伸出援手，因此上田便懷恨在心。但應該還不至於到要殺他的地步，不，我這樣說有點奇怪……』

『所以，你就下定決心要殺掉上田，反正殺了他的話，就可以做為你千方百計想殺死菊岡的伏筆吧，或許也不失為一個使搜查陷入混亂的方法，所以，你就在那把刀的刀柄上綁了線？』

『是的。』

我不時瞄了瞄早川夫婦，千賀子始終低著頭，康平則目不轉睛地看著主人。

『那是因為，接下來殺菊岡時一定要用有線的刀子，不，應該是說刀柄必須綁線，所以為了預留伏筆，才會在殺死上田的刀子上綁線的吧？其實殺上田的刀子並不需要特別綁上線的。但我不懂的是，為什麼要用繩子將上田的右手腕和床綁在一起呢？』

『那個，我自己也不知道，可能是因為太害怕腦袋變得有點奇怪……我從來沒有用刀子殺過人，所以也無法預測會變得怎麼樣。我可能是想，如果他半死不活掙扎地逃出去我就慘了，不，這是我後來才這樣想的。』

『你一個人居然能殺死從自衛隊退下來、如此強壯的男人。』大熊說。

『是的，所以我必須設計一些圈套。我和他聊了好幾次關於自衛隊的話題，他對我就比較沒有防備，但即使他再大意，我還是不可能打得贏他，他有接受過那樣的訓練。我心想，殺了上田之後我有可能會碰到人，事實上真的派上用場了，我為了隱藏濺到我身上的血跡，穿上了夾克。我是打算先脫掉夾克後再殺他，然後再披在整件都是血的毛衣上。但是，這件夾克還有另一個意義，我來到他的房間……』

『這要怎麼做呢？』牛越說。

『不，敲門後，只要報上名他就會輕易讓我進入。當然囉，如果是康平去找他的話就另當別論了，因為他沒有理由會認為我想要殺他或是菊岡，康平應該是跟他說將請託撤回是他自己的意思。』

『嗯，繼續說下去。』大熊說。

『我一走進他的房間，將夾克脫掉後，就看到了上田。我也曾經想過，如果可以，就直接用刀子刺殺他。但是看來似乎沒辦法，因為他太高大了，我尤其怕他的右手。果然，要殺一個人時，頭腦就會變得很奇怪，我一邊緊握著口袋裡的刀子，一邊想著，只要將他的右手綁在床上，就可以輕鬆下手了。我心想還是按照原先的計畫去做吧。

『我將自己那件有點高級的夾克拿給他，跟他說這件夾克對我來說有點大，如果你可以穿的話，就送給你，你穿穿看吧！他穿上後，將前面的釦子全都扣好以後，果然如我所預期的有點小，於是我一邊對他說真的太小了，一邊將刀子藏在毛衣的右邊袖口。我用雙手替他將釦子解開，抓住他的衣領下方往左右拉扯，想要替他脫下來。他也很聽話地任我擺布。我將衣領褪到他的兩肩時，突然用力往下扯，因為夾克太小，所以就卡在他的雙臂脫不下來，即使這個時候，他仍然不明白我的意圖。

『我將刀子從毛衣的袖口取出來，用力地往他的左胸刺。他應該感覺到有刀子刺穿了他的身體吧！我至今仍忘不了他當時訝異的表情。然後我將夾克脫下來，自己穿了起來。濺到我深色毛衣上的血跡並不明顯，很慶幸的是我手上沾到的血並不多。那件毛衣被我藏在衣櫥的最底下，之前因為你們怕對我不好意思，所以並沒有翻到最底下，我因而逃過一劫。但是我想現在再看的話，血跡幾乎已經看不太出來了。

『殺完人後，我可能還沒有完全回復正常吧！等我回過神時，發現明明都已經把人殺死了，但我還是拚命地將上田的右手綁在床腳上。』

在場所有的人聽完之後，似乎或多或少都受到了打擊。

『殺人兇手將刀子刺進對方的心臟後還是很不放心，擔心那傢伙到底死了沒有，之所以沒有採取將雪夾入鎖下方的方法，也是因為想要趕快把門鎖上。』

『密室的布置就像那個學生之前說的，是用那顆鉛球嗎？』牛越問。

『沒錯。』

『但是即使再害怕，託那條綁在手臂上的繩子的福，可以完全表現出兇手是進入密室行兇的。不管怎麼說，因為下一間密室是不可能進入的，所以這個伏筆埋設的方法起了很大的作用。只不過，上田在尚未完全斷氣前，發現自己的手臂被往上吊，所以就想要留下「死亡訊息」。他雙手舉成的V字形，在手棋信號中就是代表「ハ」。他是在一次偶然的機會學會的。打手棋的人幾乎都得用兩個動作才能打出一個字，只有「ハ」這個字可以用一個動作完成。

『但是，這裡有件麻煩事。如果只打出「ハ」這個字，似乎很難讓人瞭解這是指「濱本」，因為「早川」的發音開頭也是「ハ」⑩呢，所以他想要再做出「マ」這個字。可是「マ」這個字就需要兩個動作：將右手伸直，左手與其成三、四十度放在下方，接著是那一點的打法，那必須將旗子在頭上交錯，一定要藉由這兩個動作才能打出「マ」這個字，不過那樣的連續動作是無法只做一次就可以打出來的。

『於是他想到了腳。打手棋的人就如同字面上的意思，是用手中的旗子來打訊

譯註⑩：濱本的日文發音是『ハマ』，而早川的日文發音則為『ハヤカワ』。

號，所以雙腳通常是不做任何動作的；於是他就想用腳來做出「マ」的動作，也就是用腳來表現出那個字形。然後那一「・」，他就在旁邊的地上用血畫出來，所以才會有那用血畫的圓點以及那奇怪的「跳舞屍體」。我後來有去圖書室查證過他手棋訊號的動作。接下來，是殺死菊岡榮吉的方法……』

『請等一下，御手洗，不是還有很多疑點嗎？』我說。

客人們也開始議論紛紛，似乎也有同感。御手洗這個時候因為已經非常瞭解事情的來龍去脈，所以只想隨便說明一下。

『那兩根木棒呢？豎立在雪地上的。』

『窺看我房內的那個人偶呢？』

『還有，為什麼會在人死了三十分鐘後才聽到叫聲，請說明一下。』

大家你一言我一語。

『那種事情……這樣要從哪一件開始說呢？每件事和大家都有關。石岡，那兩根木棒你應該瞭解吧？為了消除雪地上自己的足跡，倒退著蹲著走，一邊走一邊用手擦掉也可以，但是因為要在同一條路上來回走，而且這樣做擦得也不夠乾淨。你應該明白了吧！那要怎麼做呢？很簡單，只要再讓雪下一次就可以了，而且只下在走過的地方。』

『那要怎麼做？祈雪嗎？』我一說完，御手洗的雙眼瞪得好大。

『而且，只能下在他走過的地方？這怎麼可能！』

『所以要逆向操作，只走在能讓雪降下來的地方。』

『什麼？要如何讓雪降下來呢？』

『當然是從屋頂降下來，只要讓屋頂上的雪落下就可以了不是嗎？很湊巧的，剛好那天下的是粉雪，如果要讓一般屋頂上的雪落下，只要風不吹就會剛好落在屋簷下，但因為這間屋子是斜的，直直落下來後，就會落在距離屋簷下兩公尺左右的地方。』

『哈哈！』牛越說。

『但是，一定要走在可以被雪掩蓋的地方，也就是沿著屋頂樑線的一直線，不可以走出這條線外。因此，最好能事先在地上畫好線，然後沿著那條線往返，但是無法刻意去做這麼麻煩的事吧，而且只要一下雪，那條線就會不見了，這就是理由，明白嗎？』

『我還是不懂，那為什麼要豎立木棒呢？』

『做記號啊！用來取代畫線，那兩根木棒連成的線就在屋頂樑線的正下方，也就是雪會落下來的地方，就是應該走的那條路線。從遠處眺望房子，木棒就豎立在屋頂前端的垂直線與地面的交界處，而且夜晚足跡根本看不清楚，去的時候以西邊的木棒為目標，回去的時候以東邊的木棒為目標，這樣可以一邊將足跡消除一邊走一直線。回去時，當然要將木棒拔起來帶回去丟進壁爐燒掉。當然，使用這個詭計殺了上田一哉後，就不一定需要繼續下雪。這就是為了雪停時的精心設計，很管用呢！』

『是嗎？那殺死上田後爬上屋頂讓雪落下來嗎……』

『是讓雪降下來。』

『原來如此，是喔！』

『那麼接下來……』

『等一下！那間十號房附近被拆散的人偶又是怎麼回事？應該有原因的吧？』

『那是當然的囉，因為無法讓雪降到那附近啊，因為只能降在屋簷下。』

『啊？那麼說來……這是怎麼回事？也是足跡的問題……』

『如果是樓梯的話，可以利用樓梯的扶手，將身體懸在外側踩著樓梯的邊緣，不留下足跡，但是從建築物西邊的轉角到樓梯這段路就沒辦法了，所以就把人偶放在地上，從上面走過去。』

『啊！』

『但是，如果只是這樣放在地上，距離樓梯還是有一段距離，所以才要將手腳拆下來，從那上面走過。』

『啊！』

『所以才會選擇可以分解的人偶。』

『是啊！為什麼這麼簡單的問題我沒有發現？那個……但是這樣一來，相倉小姐從房間窗戶看到的那個人偶，就是在那之前嗎……？』

『不，那只有頭而已，為什麼要這樣做呢，這是因為……』

『我來說明吧！』幸三郎說：『就如同我剛才所說的，我是從人偶的身上走過，將做記號的木棒拔掉後，迅速地將有足跡的地方弄乾淨，回到了屋內。但是這時候，我手裡只拿著一顆人偶的頭。我本來打算先將頭放回三號房，我也躲進三號房或是圖書室一直待到早上。因為那個時間我應該已經回到那塔上的房間才對，所以我必須等明天早上起床要過來主屋時，才能再將橋放下來發出很吵的聲音。等到早上七點左右，大家都還在睡的時候，我再趕緊去到吊橋那裡，故意讓橋一上一下，假裝我起床了的樣子。

『我只將頭抱回來是因為，我擔心那顆頭放在雪地上一個晚上不知會不會損壞。我想要先將頭放進三號房，反正等一下我自己也要躲在三號房，心想如果兩次進出三號房可能會被人看到，所以就帶著這顆頭從吊橋那裡爬著梯子到了屋頂。因為我事先並沒有將吊橋完全鎖好，留了一個隙縫，只要側著身就可以勉強出得去。

『等我把雪落下去之後，心想大功告成了。就在這時，不湊巧的，英子起來了，她將吊橋門緊緊關上。這扇門從外面是打不開的，如果我硬要撬開的話，可能會發出聲音吵醒人，要是我被發現的話，那我一定會遭到懷疑，我已經殺死了上田，在我還沒殺死菊岡之前，絕對不能被捕。

『我被關在屋頂上，絞盡腦汁想著辦法。屋頂的水塔那裡有一根三公尺左右的短繩，那是以前業者爬上水塔時使用後就留在那裡的，但長度當然是搆不到地面的。梯子只能到吊橋那裡，即使可以到下面去也沒用。因為我自己事先將大廳的門從屋內鎖好了，所以如果我沒有回到主屋或是塔上自己的房間，我一定會被懷疑的。突然我一看，我手上有葛雷姆的頭。我心想，使用這個人偶的頭和那根三公尺長的繩子，有沒有什麼辦法可以回到屋內呢？……然後，我好不容易想到了一個辦法。

『首先，我將那根繩子綁在屋頂的欄杆上，然後攀著繩子往下降到相倉房間的窗戶附近，讓她從窗戶看見葛雷姆的臉，只要她嚇醒就一定會尖叫。英子剛剛才起來關上吊橋，所以應該還沒睡著吧，她聽見叫聲一定會起來。我算好時間，回到屋頂上將繩子解開，重新綁在英子房間那一邊的欄杆上，接著，我大叫一聲。因為就在英子房間的正上方，所以英子可能會站起來往窗戶走，將窗戶的鎖打開往外看。因為她個性某些部分很像男孩子，所以這個可能性很大。

『然後，她發現窗戶下什麼東西也沒有的話，接下來會怎麼做呢？我想她一定會去剛才傳來叫聲的相倉小姐的房間吧。英子因為匆匆忙忙，即使將窗戶關上可能也不會鎖回原來的樣子，如果運氣好的話，我就可以攀著繩子進入英子的房間。這時，我先將葛雷姆的頭從屋頂的西邊用力地往下丟。如果英子按照我計畫進入一號房的話，我從二號房中確認後，趕緊將吊橋放下來，就可以假裝是在塔上的房間聽見剛才的尖叫聲才趕過來的樣子。

『但是，如果英子只是站在一號房門那裡說話，我就只能躲進英子的房間內，一直待到天亮。即使我進入英子的房內，如果當我在解開繩子時她回來的話，我就很難找到藉口了吧！而且，窗戶也有可能是關著的，或是我從窗戶爬進來時正好被金井先生看見，這都只能碰運氣了。但是我非常瞭解英子的個性，所以我研判這是一個成功可能性很大的計畫。然後我就試著去做，果真進行得非常順利。』

『原來如此！頭腦很好呢！』牛越很佩服地說。

『如果是我，一定馬上敲女兒的窗戶，叫她快讓我進去。』

『我也有想過這個方法，而且幾乎就要這樣做了，但我還有事情沒完成呢！沒錯，就是殺死菊岡。牛越先生，你現在就這麼驚訝，那你聽到我接下來的說明後可能要嚇破膽了。這才是真正完美的計畫，你得佩服我的構思。』

『殺死菊岡……但是那個時候，我一直都和你在一起，死者的死亡時間我們也一直在一起，還喝上等的酒。你到底是怎麼辦到的？……』牛越說。

『當然是冰柱囉！我來這間屋子時，看到塔的時候，和我之前預測的一樣，有好多好大的冰柱。』

『冰柱！』刑警齊聲大叫。

『但不是用刀子嗎？是刀子才對啊，殺死菊岡的兇器！』大熊叫道。

『嵌著刀子的冰柱。』御手洗一個字一個字慢慢吐了出來，『先用線將刀子吊在屋簷下，就可以結成前端是刀子的冰柱對吧？』

『沒錯，正如您所言。』

『這個地方結成的冰柱是很巨大的，有一公尺以上。將結好的冰柱前端放進熱水裡，讓刀刃露出來就可以了，然後保存在冰箱裡。』

『原來如此！所以才要綁線！真是太佩服了！但是……』

『你說得沒錯。但是實際上去做的話，才發現比我想像的還要困難。冰柱是從用線吊著的刀尖開始結冰，我花了很長的時間才做好我想要的兇器。』

『但是為什麼一定要用冰柱？為什麼刀子的後端一定要有冰柱？』牛越問。這也是我想要問的問題。

『不，我瞭解那是兇器，但是要怎麼把……』

『那還用說嘛，當然是用滑的。』

『在哪裡滑？』包含我在內所有的人，都異口同聲地問道。

『當然是樓梯吧！請回想看看，這間屋子的樓梯分為東西兩個部分，然後再架一個吊橋式的樓梯到塔上的話，從塔上的廚房窗戶到十四號房的通風口，就變成了一個又直又長又陡的滑坡。將這間屋子分成兩邊的奇怪樓梯就是為此設計的。』

『等……等一下！』瞬間，我覺得有些東西無法理解，不禁叫道：『即使讓有冰柱的刀子在樓梯滑行，但是……碰到走廊應該就會停下來不是嗎？』

『為什麼？走廊盡頭和牆壁之間都留有十公分的空隙。』

『你是說，刀子一定會經過那個空隙嗎？樓梯那麼寬，怎麼知道刀子會滑過哪

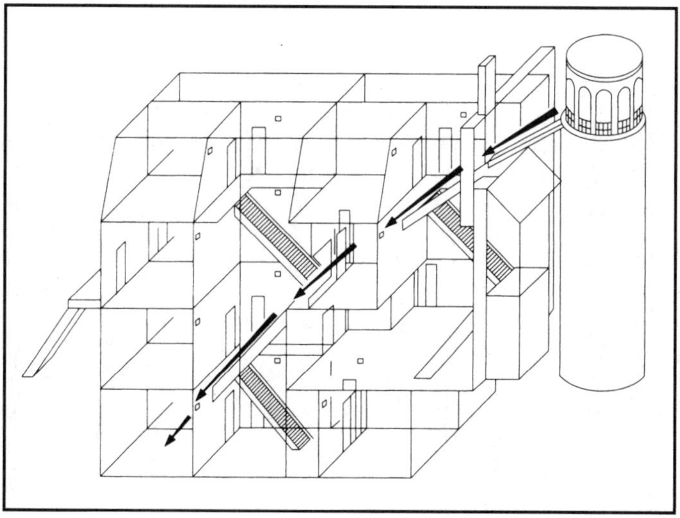

圖9

裡？也有可能會滑過正中央啊！怎麼會剛好滑過樓梯的邊緣……啊！對了！』

『沒錯，就是為了這個，這間屋子才設計成斜的。如果屋子是斜的，樓梯當然就是斜的，這個長長的樓梯滑坡就變成了一個V字形的滑坡。因為屋子是朝南方傾斜的，所以刀子一定會滑落到樓梯南方的盡頭。』

『原來是這樣！』

我、刑警們還有客人們都發出了忘我的嘆息。如果這時英子也在的話，對於向來引以為傲的父親，她會如何讚美呢？

『所以，刀子一定會通過走廊和牆壁之間的那個十公分空隙……（圖9）沒想到為了殺一個人，竟然專門建造一間房子……但是御手洗先生，這樣一來，冰柱就飛進了十四號房的通風口吧？但是……』牛越發出像是低吟的聲音。

『也就是說，經過了好幾次實驗後，才將通風口開在適當的位置上，不用施加任何外力將冰柱放在吊橋樓梯的最上方是吧？』

我發現了牛越想要問的問題。

『對了，但是那個長長的滑坡，中間會經過三號房那間天狗的房間不是嗎？那裡沒有東西可以支撐刀子的滑行啊！』

『有啊！』

『是什麼？』

『天狗的鼻子啊！』

『啊！』

這樣大叫的人不只我一個。

『南邊牆壁在最裡面，根本不需要什麼窗戶，就是那個稱之為通風口的，居然有三、四十公分見方那麼大，你不覺得很奇怪嗎？』

『是啊！在牆壁上那麼多的天狗面具裡，有一排的鼻子就是排在樓梯的延長線上，但是這太顯眼了，所以就在牆上排了一整面的天狗面具，使得那一列不會那麼明顯。這是障眼法，居然能想到這個方法！原來如此！』

『應該做了很多次實驗吧？』

『是的，面具擺放的位置也很傷腦筋，還會因為冰柱滑行速度的不同就造成完全不同的結果……其他還有很多問題，感覺我好像在誇耀什麼似的，所以我不太想說呢！』

『不，願聞其詳。』牛越說。

『總之，因為時間很充裕，所以我編了一些藉口把康平先生和女兒趕出去，在家裡做了好幾次實驗。我擔心冰柱會不會在途中裂成兩半，或是經過長距離的滑行後，因為摩擦生熱而融化掉。所以最簡單的作法就是，將冰柱做得又粗又大。但是，如果殘留在十四號房內的冰太多的話，即使暖氣開一整晚也可能無法融化，而且融化出太多的水也很傷腦筋，所以，必須盡量將冰柱做得又細又小，而且在融化之前能滑到十四號房。但是我實驗之後才發現，冰柱只要一眨眼的工夫就能滑行很長一段距離，摩擦所產生的熱只能融化少部分的冰柱。』

『但是，融化出來的水也很麻煩吧？』

『你說得沒錯。我還曾經有幾次認真想過要改用乾冰。但是這樣，警察可能會從我購買的地方查出一些蛛絲馬跡，所以我就放棄了。不過這樣一來，就必須冒險在菊岡的屍體上灑水。不，水的問題裡，還包含了很多棘手的因素。首先是水會殘留在樓梯上，然後當冰柱滑入十四號房時，雖然可能量不多，但還是會留在地下室的走廊、通風口下方的牆壁上，不能說一定不會被發現。只不過我想走廊很幽暗，而且屋內有暖氣，經過一個晚上，只要在早上之前沒被發現的話，應該就會蒸發了吧！因為那只有很少的量。』

『是啊，但是用天狗的鼻子很令人吃驚，這讓我想起了天狗面具出口的故事。』

『那是什麼？』我問。

『聽說以前歐美大量訂購天狗面具，做面具的業者因此大發利市，所以他們接著又做了醜男和醜女的面具，但是卻完全滯銷。』

『為什麼？』

『因為聽說天狗的面具可以用來掛帽子，看到天狗的鼻子，沒有想要拿來利用的，可能就只有日本人了吧！』

『也就是說，從樓梯到滑入通風口之前的這一段，是沒有支撐物的嗎？』大熊警部補說。

『在十四號房的通風口之前是這樣的，這是因為，冰柱滑到這裡時速度已經很快了。但是，在天狗房間的通風口之前，為了有所支撐，在牆壁上就有一個造型像飯糰的大型浮雕裝飾突出。』

（只有這一點會不會有點不公平？筆者覺得有些遺憾。但是相信對於真相能實際有所感應的人而言，是沒有太大的影響。）

『原來是這樣，冰柱從天狗房間的鼻子上，衝到第二層樓梯這裡時，就不用設計得那麼精細了。』我也說。

『原來如此，所以才會將床腳固定在地板上，而且床又那麼狹窄……』尾崎刑警從進了天狗的房間到現在之後，首次開口。

『那是為了固定心臟的位置。然後，薄薄的電毯也是為了讓刀子可以從上面刺穿，如果棉被太厚，刀子就無法刺穿了；但如果是電毯，刀子就有可能穿過而刺到菊岡。然而，現實還是很奇怪，出乎我意料的幸運事和倒楣事都發生了。』

『那是指？』大熊和牛越不禁異口同聲問道。

『這個詭計的優點就是冰柱融化後，屍體上只會留下刀子，看起來就像是被刀子殺死的。而之前因為上田一哉是真的被刀子殺死，所以大家也就容易陷入這種迷思。』

『原來如此。』

『為了要讓冰融化，所以那天晚上濱本先生指示要將暖氣調得大一點。很幸運的是，菊岡因為太熱，所以沒蓋電毯睡覺，刀子因此可以直接刺入菊岡的身體；而倒楣的是，他是趴著睡的。這個殺人機制已被調整成：目標對象仰躺在十四號房床上睡覺時，刀子會正中心臟部位，但是他居然有趴睡的癖好，所以刀子是刺中他的右背部。

『即使這樣，最後還是發生了一件算是幸運的事，所以也不能說濱本先生運氣不好吧！菊岡的個性非常謹慎小心，當他的司機被殺之後，他覺得即使門上有三道鎖，還是不夠，便移動沙發將門堵住，然後再在上面疊上桌子。因此，當他身負重傷想要趕快逃到走廊去求救時，也因為打不開這層層關卡而出不去。

『如果沒有這些阻礙，他應該可以逃得出去，或許還可以拖著重傷的身軀跑到大廳去。他用盡最後的力氣將礙事的桌子推倒，自己則倒在沙發前。但是那時他已經完全虛脫了。所以，從現場的情形看來，剛好可以呼應上田命案時的情形，其實這並非濱本先生當初的意圖，「兇手闖入屋內的痕跡」其實是湊巧發生的。』

『是的，關於這一點我覺得很幸運。倒楣的只有一件事，那就是來了你這一號人物。』濱本幸三郎說，但他似乎一點悔意也沒有。

『喔，我想起來了！』牛越突然大叫，『菊岡死的時候是十一點，那天晚上，我和你在塔上喝白蘭地的時候，你放的那首曲子，那是……』

『是〈別離曲〉。』

『對。』

『我說我女兒不喜歡這首曲子，但以前我就是透過這首曲子認識蕭邦的。』

『我也是。』牛越說：『現在我還是只知道這首曲子。』

『因為課本上有。』大熊在一旁說。

『當時要是我能想起這首曲子的曲名就好了。』牛越似乎有些後悔地說。我想如果他從這些事情發現了真相，結局也一定會變得非常無趣吧！

『我早就看出了事情的真相。』御手洗邊站起來邊說：『當我聽到相倉小姐在房間的窗戶看到葛雷姆的臉時，我馬上就覺得不對勁。這一定是常使用吊橋的人的傑作。因為如果是其他人的話，應該很難會去想到要將屬於濱本先生管轄的吊橋門，稍微打開這樣的計畫吧！但我仔細一想，雖然可以證明犯行，卻無法證明兇手是誰。我可以很簡單地用實驗解說兇手就是這樣行兇的，但會這樣做的人不見得只有濱本幸三郎一人。』

我們邊思考邊點頭認同。

『如果要快的話，住在一號房和二號房的人立刻就可以下手，而且早川千賀子在接近行兇的時間還曾經去過塔上那個房間，也不排除她涉案的可能。

『剛才是假設從樓梯的最頂端讓冰柱滑下，不過，滑坡過了三號房時，也就是來到三號房前方的樓梯時，從這裡加把勁讓冰柱滑下去的話，雖然有點困難，但也不是絕對辦不到的。因為關於動機這一點，每個人都一樣曖昧不明。冰柱這個兇器在未被使用之前，即使是掛在自己房間的窗外也沒有任何問題。室外就是冷凍庫。

『於是，我想只有讓兇手自己來說明，也就是說，我決定要想一個好方法，將兇手逼出來，讓被逼到死角的他採取一些行動，迫不得已為自己的罪行辯解。其實我的個性是很不喜歡這種掐著人的脖子，讓人自白的野蠻方法。』

這樣說完後，御手洗瞄了瞄尾崎。

『我當然已經知道兇手是誰了，所以我使用的方法就是讓他以為他最愛的人，也就是他的女兒，已經受到威脅，可能會以殺害菊岡相同的方法被殺。所以，我故意讓他的女兒非睡在十四號房不可。但是，身為父親的他即使明白，當然也無法跟警察解釋女兒會遭到什麼樣的方法殺害，只能獨自一人想辦法阻止——因為他自己就是兇手嘛。這個時候，如他所願，屋外颳起了暴風雪。喔……已經停了呢！』

屋外的風聲減弱了。

『也就是說，殺人時屋外需要有很大的聲音。因為冰柱滑過樓梯時，多少還是會發出聲音。』

『是啊，所以說上田命案和菊岡命案才會連續發生！』我說。

『沒錯。絕對不可以錯過暴風雪的夜晚，因為不知道下一場暴風雪何時會來呢！但是，耳朵靠近柱子的人，應該聽得到兇器滑過樓梯的聲音，這個……』

『有人說有聽見蛇爬行的聲音！』

『還有女人啜泣的聲音！』

刑警們異口同聲叫道。

『當然，因為是使用冰柱，所以冬天是必要的條件。如果是我的話，即使今天晚上屋外像墓園一樣安靜，我也不介意，我想要試試看，所以已經準備好了。

『濱本先生不知道是誰要殺他的女兒，所以無法直接交涉，他只知道這傢伙清楚殺死菊岡的方法，而且想要用相同的方法復仇，他可能認為是菊岡的手下吧！因此，濱本先生便這樣想：如果是這樣的話，吊橋已經關閉了，而且兇手可能要費一番功夫才能很大聲地將這個門打開；所以他就想，兇手可能會就近在主屋東邊樓梯的最上方，使一點勁將冰柱丟下來吧！

『但接下來的預測就很困難了，幸三郎接下來會採取什麼行動，要百分之百正確判斷是很困難的，是要去東邊樓梯嗎？這樣一來可能會和兇手碰個正著，幸三郎會選擇去那裡嗎？還是會在西邊的樓梯，阻擋兇器滑下去呢？這個判斷很困難。可以想到的行動模式有好幾種。也可能在西邊樓梯堆放磚塊，然後再去東邊樓梯。但實際上他應該只會做一件事，那就是將三號房的天狗面具從牆壁上拆下來。』

我們不斷發出驚嘆聲。

『但是，我也不敢說他一定會這樣做，或許他會不管面具而採用其他方法，這就要賭了。可是，離早上還很久，他不知道兇手何時會下手，最重要的是，不要讓人看見就好了。如果放了毫不費力就可以移開的磚塊，濱本先生應該無法放心吧！也不能一整晚站在樓梯那裡。不過，天狗鼻子的位置很弔詭，將這些面具取下來，拿幾個去燒掉或是把鼻子折斷，就可以百分之百阻擋來自東邊樓梯的攻擊。我認為無論如何，他應該會這樣做。

『如果我能完全目擊幸三郎從牆壁拆下天狗面具的過程，那他就幾乎無法抵賴了。假設是其他人睡到一半時想出了菊岡命案的詭計，但是因為討厭警察而一人獨自行動，也不是完全沒有可能。不過，幸三郎因為無論如何都要保護自己女兒的性命，所以如果他不和警察開誠布公商量，就表示他有鬼。而唯一的理由就是因為他是兇手。別無其他理由。

『但是，我要在哪裡目擊呢？這又是一個難題。我要潛入隔壁的圖書室附近等待嗎？幸三郎先生在進入三號房之前，應該會先去圖書室檢查吧！即使他和我打照面，也沒什麼好不自然的。因為就算幸三郎先生在那個時間點，要說已經想到菊岡命案使用的詭計也沒什麼。那麼這樣一來，他就成了建造這間斜屋的肇事者，所以他的立場應該會變得非常尷尬吧！但是他可以堅持這一切都是巧合，在設計的階段完全沒發現這房子有可能會殺人，再怎麼說，他也算是有頭有臉的人吧！

『總之，因為他是設計這間屋子的人，所以他比我更瞭解屋內哪裡可以藏身，在這方面我是比不過他的。假設在幸三郎先生上樓後不久我也跟著上樓，在他將拆下來的面具拿在手上時我才出現的話，對他並不能構成威脅。因為他可以對我說：「你不用這麼緊張吧，我因為睡不著過來一看，發現屋子變得這麼亂。」如果是天才般的他，就會利用從床上被叫醒的警察，或許會立刻改變作戰計畫。因為面具已經全拆下來，所以就只剩下西邊的樓梯了。刑警們出來，反而助他一臂之力也不一定，所以我一定要目擊他正在拆面具的過程。

『不僅如此，為了排除之後的一切紛爭，而且讓事態單純明快，就必須讓他親自承認「這件事確實是我做的」。就這樣，我才會坐在這個特等席上，沒有比這個更理想的藏身之處了。』

『太厲害了！』幸三郎又說了一次。

『但是那個面具，就是葛雷姆的面具，是怎麼做的？在這麼短的時間內，你是從哪裡、如何得到的？』

『那是我帶著那個頭去請我的一位藝術家朋友做的。』

『能給我看一下嗎？』

御手洗將面具遞給幸三郎。

『嗯……做得非常好，就連細部的刮傷都做得一模一樣，真是一流的技術。北海道有這麼厲害的人嗎？』

『應該只有京都有吧！是我和這位石岡先生共同的朋友，一位住在京都的人偶製作名人。』

『啊！』我不由得叫出聲，是那個人嗎？

『去京都？這麼短的時間？』

『是三十一日晚上出發的。朋友說，不管再怎麼趕，也要到三日早上才能完成，我事先打電話去確認過。所以，破案就必須等到三日晚上了。』

『整整兩個工作天呢……』幸三郎似乎不勝佩服地說：『你的朋友還真厲害。』

『你是叫警察去的嗎？』我問。

『不，我怎麼好意思拜託巡查先生做這種事？』

『但是，我怎麼一點都沒發現。那你是何時拿到做好的葛雷姆面具的？』

『這種細節一點也不重要吧！對了，現在能不能請你說明一下十三號房密室中的那個日下命案？』大熊說。我也沒有異議。

『但是濱本先生，』御手洗說：『我還有一個問題怎麼樣也想不通，那就是殺人動機。只有這個我怎麼都不明白。像你這樣的人，應該不會只是基於好玩而殺人，你沒有理由要殺死那個和你並沒有深厚交情的菊岡榮吉。能不能請你親自說明一下呢？』

『在這之前，十三號房密室殺人案件的說明該如何呢？還有很多事不瞭解呢。』我說。

『這個根本不用說明吧！』御手洗不耐煩似地阻止我。

『我來說明吧！』幸三郎以沉穩的聲音說。我以為他要說明十三號房的事，便不再說話。

『如果是這樣的話，那我必須叫另一個有權利聽的人過來。』御手洗說。

『是阿南嗎？』大熊說。

『我去叫他過來。』他邊說邊站起來，往十四號房走去。

『大熊先生，順便……』御手洗大叫，警部補停下腳步，轉過身來。

『叫一下十三號房的日下過來好嗎？』

當時大熊露出一臉驚愕的表情，我想即使他看見飛碟在他眼前降落，從裡面走出一個雙頭的外星人，也不至於那麼驚訝吧！

但是我也沒資格笑他。包含我在內，餐桌上的所有客人應該都是相同的表情。阿南和日下一起出現在大廳時，客人們因為這一連串不愉快的事件當中，終於出現了唯一令人高興的事而發出了低聲的歡呼。

『這是從天國歸來的日下。』御手洗很興奮地介紹，『看來天國好像不缺醫生的樣子。』

『那麼，去京都的人就是他囉？』我不禁大叫。

『初江女士看見的葛雷姆幽靈，還有在床上放火的，都是他。』

『吃麵包和火腿的也是他。』御手洗開心地說。

『他是最適合飾演屍體的人選呢！因為他是醫學院的學生，不使用番茄醬的假血也可以，而且也很瞭解心臟填塞（Cardiac tamponade）的出血量。』

『我不吃不喝躲在十號房或是在屋外等，要不然就是躲在二號房的置物櫃裡，真的快要變成屍體了呢！』他很興奮地說。

從他的樣子看來，我可以理解為什麼御手洗要分派給他這麼重要的任務了。

『原來如此，不可能的密室殺人，果然還是不可能的……』我說。

『邏輯是不能相信的呢！』御手洗說。

『由我去京都不是也可以嗎？』

『話是沒錯，但是你完全不會演戲，即使刀子插在你的胸前睡覺，一旦把刀子拔出來，你就會醒過來了。而且，我認為如果是濱本先生以前就認識的客人被殺的話，對他會造成較大的壓力。』

『那麼，那張威脅的紙條也是你寫的？』牛越說。

『是啊，還好沒有做所有人的筆跡鑑定。』

『但是，下一次這位朋友說他想要寫呢！』御手洗拍拍我的肩膀。

『就連我們也被騙了不是嗎！』尾崎刑警憤怒地說。

『那如果我跟你說明我的計畫，你會立刻同意並給予我協助嗎？』御手洗只要一開口，話裡就帶滿了刺。

『但是，居然連我們警局裡正直的夥伴們都同意呢……』大熊似乎很佩服地說。

『這就是這個案子最麻煩的一點。』

『那是當然的。』

『我在電話中花了很長的時間說服中村先生，最後他才勉強答應的。』

『嗯，中村先生的眼光可是很獨到的。』牛越低聲自言自語，只有我聽見。

『我想，該講的應該都講了吧！那就……』

『對了！難怪那天晚上你一直叫嘉彥和英子小姐待在撞球檯那裡，如果是和警察在一起，就沒有比這個更具說服力的不在場證明了。』

牛越說完後，幸三郎默默地點點頭。因為慈父之愛這個致命的弱點，他掉入了我朋友所設計的陷阱之中。

『牛越先生應該已經從那傢伙那裡瞭解了某種程度的案情吧？』尾崎壓低聲音說。

『是啊，兇手的名字以及大致的來龍去脈，還有他交代我做的一些事情。』

『那你就乖乖聽他的？』

『是啊，他的判斷應該也沒錯吧？那傢伙不是普通人。』

『是嗎？我可不這麼認為。只不過是個譁眾取寵的傢伙！』尾崎心有不甘地說完，然後不發一語。

『是嗎？我想對於他的評價是因人而異的吧！』

『啊……對了，頭髮應該是和牛越先生一起去到菊岡房間的濱本先生，在轉動喇叭鎖時掉下來的吧？那根我故意黏在十四號房門的頭髮。』尾崎想起來後說。

『啊，可能吧……還有，我剛才才發現，線上的血跡。殺死上田時是染成紅色的，但是殺死菊岡時並沒有染紅。明明兩根線都有碰到血，我應該注意的。』

『如果沒有其他問題的話，是不是可以開始講我最想知道的部分了。』

御手洗這種完全不帶一點感情、公事公辦的說話態度，讓我覺得有一點殘酷，心裡很難過。在這樣的場合他總是這個樣子。

只不過，他不會像警察那樣，知道誰是兇手後，就擺出睥睨的態度。他對於濱本幸三郎這樣可敬的對手，還是不忘表示敬意。

『是啊，要從哪裡開始說比較好呢……』

幸三郎非常謹慎地開口。他的模樣在我眼裡看來滿是艱辛。

『為什麼我想要殺死菊岡榮吉這個和我並沒有什麼交情的人呢？各位一定非常疑惑吧。這也難怪。我和菊岡先生並非從小就認識，年輕時也沒什麼往來。我個人是對他沒有什麼怨恨，但是我不後悔，我還是有非殺他不可的理由。我只後悔我殺了上田，我覺得沒有必要殺他，都是因為我太自私了。

『我來說一說非殺菊岡先生不可的理由吧。這絕對不是很美的東西，或是正當的、因為正義感而產生的產物，這和我年輕時自己犯下的錯誤有關。』

他稍微停頓了一下，好像在忍受著某種痛苦。他的表情看來，好像是誰的眼睛讓他聯想到良心的苛責。

『這已經是將近四十年前的事了，是濱氏柴油機還叫做村田發動機的時代。我簡單扼要地說。當時村田發動機是只有在玄關前擺了幾張桌子的辦公室，和在火災廢墟上搭建的木板房工廠，只比鄉下工廠稍微好一點而已。我對自己的能力很有自信，從學徒升到了領班，老闆也很依賴我。雖然這樣講有點不好意思，但事實上，當時公司已經不能沒有我了。

『老闆有一個獨生女，其實，她上面本來有一個哥哥的，但是因為戰爭過世了。他的女兒和我很談得來，當然因為以前那個年代，我和她之間是不可能有什麼的。但很顯然的，她很需要我，我覺得她的父親也認同。我不能說我沒有絲毫野心，不想和他女兒一起繼承這間工廠，但我的想法是很單純的。我赴戰場時，父母因為遭遇空襲雙亡，所以若是要我做老闆的養子，也是毫無問題的。

『就在這時，出現了一個叫做平本的男人，這個男的是過去某個政治家的次男。老闆的女兒叫做富美子，富美子和他是同學，好像從以前開始，他就對富美子有意思。

『這個男的可說是道道地地無可救藥的流氓，當時他好像已經跟一個奇怪的女人同居了。其實如果他是一個正派的男人，我比誰都希望富美子能和他過著幸福的生活，所以，我覺得我是以一個有擔當的男人身分來處理這件事情的。和我在一起、還是和一個在社會上有地位、人格卓越的人在一起，她父親的立場、還有公司的立場，我並不覺得我不會根據這些東西做整體性客觀的判斷。可是，這個叫做平本的男人，根本就是個遊手好閒的混混，我怎麼都覺得他不適合富美子。

『但是，我可以感受到老闆動搖了。我實在無法理解老闆當時的想法，日夜煩惱著。現在我自己當了父親以後，我終於能有所體會。父親這種生物，是打從心裡排斥女兒和自己全心全意喜歡的人在一起。總之，我犧牲自己沒關係，但是我想把我最愛的富美子從即將成為平本妻子的深淵中救出，為此我反覆思索著。我發誓，我不是為了要把富美子據為己有才這樣想的，當時我根本沒有那個念頭。

『就在這個時候，有一個叫做野間的老朋友突然出現了，他是我兒時的玩伴，我還以為他戰死在祕魯的戰場了。我們都很高興能再次重逢，飲酒聊天。野間變得又黑又瘦，臉色也很難看，好像身體很不好的樣子。

『我說重點好了，野間此時會出現在東京，好像是在找一個男的。那個男的比他年輕，但是在部隊裡是他的長官，聽說是一個很殘酷的人，在外地極盡所能地虐待他，即使到今天，他仍無法忘記。這種事在當時是很常見的，但是他的情形不太一樣，他是要為戰友和自己的愛人報仇。聽說那個長官在戰爭時，對部下動用私刑是家常便飯的事，因此他有些戰友幾乎變成了殘廢。

『野間在戰地和當地的一個姑娘談戀愛，聽說是個大美人，他本來是想，如果戰爭結束而自己仍活著的話，就和那個女的一起留在當地。但戰爭下的不幸情況是，那個長官叫他去逮捕那個女的，理由是她有間諜之嫌。野間問他理由，拚命求他，但是那個長官說「美女就一定是間諜」，真是歪理。聽說他對那個女人施以極不人道的虐待，然後將那女的逮捕拘留。

『如果只有這樣還好，但是戰局節節失利，到了要撤退的階段時，那個長官便下令虐殺所有的俘虜。不僅如此，後來投降時，他還不准他的部下把這件事，也就是他下令虐殺俘虜的事說出去。因此，聽說野間其中一名替他執行命令的戰友便被處死，但那個長官卻還活著，拘留一段時間後就又復員了。

『野間是個想不開的人，心思非常細膩。他不斷思索著如何向那個長官復仇，身體因此搞壞，甚至還會吐血，我看他已經來日無多了。野間說，他一點也不怕死，但如果就這樣死掉的話，他心有不甘，因為前幾天，他終於找到了那個長官。野間隨身帶著一把南部式手槍，但是裡面只有一顆子彈，他說已經無法取得子彈了。不過，聽說他拿著那把槍出現在那個長官面前時，長官一動也不動。

『長官復員後失去了一切，就形同裸體似的，每天都喝得爛醉如泥。當時他正拿著一瓶便宜的酒，看到野間之後，還對他說：「你要射中心臟喔！」野間愣住了，長官又開始大放厥詞：「我已經沒有什麼東西可以再失去了，也沒有理由珍惜生命，死反而讓我解脫。」和自己、戰友以及心愛的女人所受的苦比較起來，他說他實在無法當場一槍讓他死得痛快，野間在我面前潸然淚下。

『這樣的故事或許很多，但我想這應該算是很慘的那一類吧。我怒不可遏，甚至想要替他去復仇。野間問了問我的近況，所以我也慢慢將自己的事告訴他，和他比較起來，我心想，我的那點煩惱算什麼呢？聊完之後，野間的眼睛又閃爍著光芒，接著他說：「你就用我剩下的唯一一顆子彈把那個叫平本的傢伙斃了吧，這樣你就可以和那個女人在一起了。但是，因為我活不久了，所以哪天我要是死了的話，你能代替我去殺那傢伙嗎？」我的好朋友吐著血大叫。

『我非常煩惱。只要那個平本消失的話，我就可以名正言順地娶富美子為妻，將村田發動機據為己有。我不管怎麼想，都覺得這樣做對老闆、對富美子都是最好的辦法。我還年輕，正是為事業打拚的時候。我也覺得自己的能力過人，所以我認為老天爺若不賦予我更有意義的工作，就太不合理了。我也有自信可以讓公司更上一層樓，因為我已經有了具體的想法。

『我想，如果我太仔細描述我是如何煩惱的話，大家會覺得太無聊吧！總之，平本死了，我得到了我最心愛的女人和掌管村田發動機的位子。那是一個身上有燒燙傷又沒本事的復員兵會在屋外徘徊，每天好幾個小孩餓死也束手無策的年代。我不辭辛勞地將一個鄉下地方的小工廠，改造成現在的濱氏柴油機公司，光是這個成就我就非常自豪了。但是，即使我穿的外套越來越高級，胸前的暗袋裡還是一直都放著那張野間給我的長官的舊相片，和寫著住址的便條。不用說，那個長官就是菊岡榮吉。』

幸三郎在這裡停頓了一下，我趕緊偷瞄了一眼相倉久美的表情。她的表情並沒有太大的變化。

『我聽人說，菊岡自己開了公司，但是我並沒有想要與他接觸。不久之後，我的公司經營得越來越好，在海外的投資也接二連三地成功，野間和我之間的事情，就像是年輕時代的一場惡夢一樣。我身穿華服坐在董事長室已經十年了，很不可思議的是，我走的路、坐的椅子都和以前沒有錢的時候截然不同，簡直就像是生活在另一個世界。我再也不要和貧窮打交道了。我誤以為我是憑著自己的力量打拚，才能得到今天的地位。然而，如果平本沒有死，村田發動機可能還是間鄉下小工廠，而我應該也不過是個平凡的員工，讓我覺悟這一切的，就是我妻子的死。

『人還是不能做壞事。我的妻子雖然還不到應該離開人世的年紀，但她卻病死了。原因仍然不明。我感受到野間從另一個世界發出的意念，覺得他在催我。這個時候，菊岡的公司也逐漸步入正軌。我盡量以非常自然的方式與他接觸，他可能也以為我是他的救星吧！

『後來，就如各位所知的，我隱居並且蓋了這間詭異房子。各位可能以為我這不過是瘋子的瘋狂行為，但我卻知道我有一個明確的目的——就是昨天晚上被揭穿的事。

『我犯了罪，但我也因此有所收穫。前幾天我在聽華格納時才發現的，我過了好幾年安靜的生活，我的周圍全都是謊言，就好像是已經和進了水泥裡一樣。我的周圍全都是應聲蟲吱吱喳喳的聲音，對我說的淨是一些肉麻的奉承話。可是我覺得我成功地破壞了一部分，年輕時存在於我周遭的真實感又回來了。是誰曾說過「跳躍的傑克」？』

『是「冒出來的傑克」。』御手洗說。

『彈跳起來的人偶一時的真實嗎……那不是葛雷姆，是我自己。這二十年來，我所過的生活，就連我的人偶都可以勝任。只有一開始的工作還有些創意，但是後來的工作就連雪人都可以勝任吧，我剛才已經說過了，那絕不是美好的工作。即使只是短暫的，我也想做回我自己，過去那個有好朋友、單純的自己。所以，我遵守了約定，四十年前和自己的約定。』

大家無言以對。擁有成功，是多麼危險、多麼短暫——

『如果是我的話，我就不管這麼多了。』金井道男突然說出很像他會說的話，我看見初江用手指戳了戳他，示意要他住口，但是他並沒有理睬，可能他認為現在是輪到他表現的時候吧！

『如果是我的話，我可沒那麼講義氣。這個世界本來就是在互相欺騙。不，在某些方面我不應該這樣說。我並沒有什麼惡意，欺騙也是一種藝術、一種工作。上班族說的話裡如果沒有百分之五十的謊言，就很難生存下去。這也不是沒有誠意，不是嗎？

『例如，醫生會對胃癌的病人說他得的是胃潰瘍。但是，誰能責怪醫生？病人死了也會以為是胃潰瘍惡化而死，然後慶幸自己沒有得到那恐怖的癌症，覺得自己這一輩子都很幸運。你的朋友也一樣，他相信你會代替他去殺了那個該死的人，而走得很安詳。這和胃癌的患者有什麼兩樣？濱氏柴油機公司董事長的位子需要你，所以你才會去坐。沒有人因此蒙受損失。

『我也很看不起那個菊岡，曾經好幾次想要殺了那個好色的老頭。但這個世界就是互相欺騙，所以我想還不如利用那傢伙到死，把他吃乾抹淨，因為這樣做才划得來，你也應該這樣做才對，我是這樣認為的。』

『金井先生，』幸三郎說：『今晚我感受到大家……非常，該怎麼說呢……我感受到各位不可思議的體貼，這是我坐在董事長辦公室裡從來沒有感受過的。你說得或許沒錯，但野間是裹著拘留所的薄毛毯而死的。我只要一想到這個，就沒辦法一個人睡在那張高級的床上直到我死去。』

等我發現時，天已破曉，風也停了。屋外靜悄悄的，大雪也不再紛飛。從大廳的窗戶望出去，湛藍的天空上沒有一朵雲彩。

客人們仍然坐著不動，過了一會兒，才三三兩兩地站起來，對幸三郎深深一鞠躬後各自回房，為結束這特別的冬季假期做準備。

『對了，御手洗先生——』幸三郎好像想到了什麼似地說。

『啊？』御手洗無精打采地應了一聲。

『你明白那個嗎？你應該有從戶飼他們那裡聽說吧？我出給他們的花壇謎語。』

『喔，那個啊。』

『你解開了嗎？』

『那個……嗯，我解不開。』

『喔！這不像你耶，如果你不能解開的話，我可不能百分之百服你喔！』

『啊，是嗎？這樣不太好嗎？』

『如果你覺得這是你對我的仁慈，我可不領情喔，這樣只會讓我感到遺憾。』

『那麼，不知道刑警先生們是否有力氣散步到那小丘上？』

於是，幸三郎發出了洪亮的笑聲。

『果然不出我所料，我能認識你真是榮幸，我輸得心服口服。如果能早點認識你就好了，這樣一來，我也不會覺得那麼無聊了，真是可惜。』

第五場　小丘

我們誇張地吐著白煙，在冷冽的空氣中爬上山丘頂端時，太陽已在流冰的右邊升起。在我們短暫停留的那間屋子附近，周圍一整面都像是被柔軟的棉花覆蓋住般，只留下一小部分，那是一種被朝陽的顏色暈染開來的溫暖感覺。

我們一行人重新轉向流冰館和它右邊的塔，玻璃塔因為漸漸升起的朝陽，一瞬間放射出刺眼的金色光芒。御手洗將手遮在額頭上，一直眺望著這景象，因此我以為他是在欣賞，但其實不是，他是在等這金色的光芒消失。

不久之後，他開口了：『那是菊花嗎？』

『是菊花，折斷的菊花。』幸三郎回答。我完全不明白是怎麼回事，因此便問了聲：『哪個？』

『就是那個玻璃塔啊，很像折斷的菊花吧？』

『喔！』我興奮地大叫。在過了好一陣子之後，警察們也發出低聲的讚嘆。

那個玻璃圓筒上正綻開一朵巨大的折斷的菊花。真是壯觀的景象，塔四周的花壇圍繞成的奇怪圖形反射到中央的圓筒上，就變成了完美的菊花形狀。無色綻放的菊花。

『如果那是平的話，即使坐直升機也無法欣賞到吧！站在花壇的正中央抬頭往上看，什麼也看不到，距離遠一點從斜坡上往下看的話，就可以看得到了。最好的位置就是這個小丘。不過，這頂點還不夠高，因此塔才要往這裡稍微傾斜吧？這樣就可以看得很清楚了。那個塔之所以要做成斜的，最主要就是因為這個原因吧？』

幸三郎默默地點頭。

『原來如此！菊就是菊岡的菊呢！將菊花的頂端折斷，就是表示要殺死菊岡！』

我不由得提高音量。

『我一點也不想逃走，反正我覺得我會進牢房。因為，如果繼續過那種淨是謊言的生活，也有走到盡頭的一天。只不過，如果可以的話，我希望有人能徹底看穿我這一輩子唯一的一次罪行。所以我才會建造那樣的房子，但是，根本沒那個必要呢。

『還有一個原因是，野間家是經營花店的。他父親是種植菊花的名人，戰前就推出了精心設計成菊人偶的菊花，野間復員之後的夢想，就是繼承父親的衣缽種植菊花。而且，我們這一代的人對於菊花有一種特別的情感，這也算是對朋友聊表心意。

『但是老實說，我還真想忘記我和野間之間的約定。如果我身邊有很多不同的人的話，或許我就可以忘記了……』幸三郎停了一下，苦笑著說：『御手洗先生，最後我還有一個問題，為什麼你這次從頭到尾都在模仿小丑呢？』

御手洗一臉茫然，『我不是在模仿，我本來就是這樣。』

『我不這麼認為，那是為了讓我對你沒有防備吧。如果你一開始就表現出頭腦清楚的樣子，我可能就會對你有所警戒，而不會被騙了吧！

『但是啊，我還是有猜到一點點。昨天晚上英子會睡著，我就在想會不會是你設下的陷阱。事到如今，我不能說我不服輸，但是我也曾想過，萬一不是你設的陷阱時我該怎麼辦，當時我實在無法坐視不管。』

濱本幸三郎無言地盯著御手洗。

『對了，御手洗先生，你覺得我女兒怎麼樣？』

御手洗瞬間好像在注視著什麼似的，很謹慎地說：『鋼琴彈得很好，很有教養的好女孩。』

『嗯，然後呢？』

『非常自私的利己主義者。嗯，但沒有我那麼嚴重。』

濱本幸三郎聽了之後，將目光從御手洗身上移開，苦笑了一下。

『嗯，你和我某些部分很相似，但是內心深處是絕對不同的。想想現在的我，你應該才是對的。御手洗先生，很高興能認識你。如果可以的話，我想拜託你把這件事的經過轉告給我女兒，但是我不想提出那麼自私的要求。』

幸三郎伸出右手。

『還有更適合的人喔。』這樣說完之後，御手洗握住了幸三郎的右手。

『就是那些更想要錢的人嗎？』

『應該說是知道怎麼用錢的人吧。我想，你不也是這樣嗎？』

短暫的握手結束後，兩人的手可能也要就此永別。

『你的手好軟，很少做粗活吧？』

於是，御手洗詭異地笑了笑，這樣回答：『如果一直握不到錢的話，手的皮膚也不會變粗。』

後記

『我看見了，我這一輩子，沒有一個人例外，沒有擔當的人們做出無數瘋狂的舉動。將同類當作畜生對待，再使盡所有手段讓靈魂腐敗，然後昭告世人這種行為動機是光榮的。』

摘自羅赫雅蒙⑪《瑪朵爾之頌》（Les Chants de Maldoror）

此刻，我站在小丘上相同的地方，一切彷彿是昨天才發生的事。

現在這個季節是夏末，不，在這日本的最北邊，應該已經算是秋天了吧，但是還沒降下白雪讓任風狂吹的枯草可以躲藏，也沒有流冰覆蓋在藍色大海上。

曾經讓我們驚心動魄的那個巨大的犯罪箱子，已經全都荒廢了，上面佈滿了蜘蛛網和灰塵。沒有訪客來這裡，也沒有人住在這裡維護這間屋子。

自那以後，我沒有聽說日下或是戶飼和濱本英子結婚的消息。金井道男後來怎麼樣了我也不清楚，不過，我和御手洗收到了相倉久美在青山開店的邀請函，只是我們兩人至今都還沒去光顧過。

最後，御手洗突然對我透露了一件非常重要的事，我覺得我應該在這裡提一下。

『你覺得早川康平只因為要替女兒報仇，就委託上田殺死菊岡嗎？』有一天，御手洗突然對我說。

『難道還有其他理由嗎？』我說。

『當然有。』

『你怎麼知道？』

『這個很簡單。濱本幸三郎即使想做冰柱的實驗，但再怎樣也無法一個人完成。他在三號房調節天狗的鼻子時，需要一個助手從樓梯最頂端幫他把冰柱丟下來，你覺得他會叫誰呢？』

『早川康平嗎？』

『嗯，絕對不可能是其他人。所以，康平知道主人要殺死菊岡的意圖，於是……』

『他想要事先阻止主人！』

『嗯，他不希望有身分地位的濱本幸三郎淪為一無所有的殺人犯。』

『是嗎？……但終究還是沒辦法，濱本先生心意已決。』

『幸三郎可能直到關進牢房，都還不知道這個忠心耿耿的僕人的心意。但是他也

譯註⓫：羅赫雅蒙伯爵（Le Comte de Lautr amont，一八四六年四月四日—一八七〇年十一月二十四日）是法國的詩人、作家。

秉持他一貫為人著想的善意，堅持實驗從頭到尾都是他一人所為。早川康平也沒有說出自己的想法，而選擇藏在心裡。』

『為什麼呢？為什麼早川康平不說呢？如果是他那麼尊敬的主人，他應該要說出他們是共同行動的，他有幫忙做冰柱的實驗……』

『可能是為了英子吧！我想康平能理解幸三郎的想法，雖然他也犯了教唆殺人的罪，但是和幸三郎比起來，他的罪要輕多了。這樣一來，至少他還可以照顧失去雙親的英子吧！』

『原來如此。』

逐漸老舊的流冰館的傾斜，現在看來極具象徵意義。這棟建築物現在好像完成了任務，結束了短暫的生命，正要回到土裡去。當我這樣想著時，這間屋子現在看起來就像是一艘正要沉入大海的大船。

這次我有機會一個人來到這北方旅行，因此特地繞到這有許多回憶的小丘上。

太陽正要下山。彷彿感到不安似的，我腳邊的枯草沙沙作響。在即將把它們深鎖在地下、讓它們長眠的大雪來臨之前，就這樣任風吹拂著它們所剩不多的生命。

本書所引用之文章均摘錄自：《波特萊爾詩集》（新潮社）堀口大學譯、《愛倫坡小說全集》（創元推理文庫）中之〈偷走的信〉丸谷才一譯、《瑪朵爾之頌》（角川文庫）栗田勇譯等。

島田莊司推理傑作選新書預告

《高山殺人行1/2之女》(暫名)

【2007年9月出版】

《異想天開》(暫名)

【2007年12月出版】

國家圖書館出版品預行編目資料

斜屋犯罪 / 島田莊司著；劉珮瑄譯. -- 初版. --
臺北市：皇冠, 2007[民96] 面； 公分. --（皇冠叢書；第3647種；島田莊司推理傑作選；15）
譯自：斜め屋敷の犯罪
ISBN 978-957-33-2335-8(平裝)

861.57 96010336

皇冠叢書第3647種
島田莊司推理傑作選 15

斜屋犯罪

作　　者—島田莊司　　譯　者—劉珮瑄
發 行 人—平雲
出版發行—皇冠文化出版有限公司
台北市敦化北路120巷50號　電話◎2716-8888
郵撥帳號◎15261516號
香港星馬—皇冠出版社(香港)有限公司
總 代 理　香港灣仔告士打道88號19樓
電話◎2529-1778　傳真◎2527-0904
出版統籌—盧春旭　版權負責—莊靜君
責任編輯—施怡年　外文編輯—羊恩媺
美術設計—李家宜　行銷企劃—江孟穎
印　　務—林莉莉　校　　對—余素維・鮑秀珍・施怡年
著作完成日期—1982年
初版一刷日期—2007年6月

法律顧問—王惠光律師

讀者服務傳真專線◎02-27150507
皇冠文化集團網址◎www.crown.com.tw
電腦編號◎432015　ISBN◎978-957-33-2335-8
Printed in Taiwan
本書定價◎新台幣280元/港幣93元